KT-424-875

SV

Ben, Chon und O sind jung und sehen unverschämt gut aus, sie leben gefährlich und sind erfolgreich damit. Ihr Geschäft: erstklassiges Marihuana. Als korrupte Cops und rivalisierende Dealer mitverdienen wollen, wehren sie sich, planen ihren nächsten Zug. Sie sind klug, sie halten zusammen, doch ihr Spiel ist riskant, ihr Gegner übermächtig. Und noch ahnen sie nicht, dass ihr Schicksal unauflösbar mit der Vergangenheit ihrer eigenen Familien verknüpft ist. Dass sie die Sünden ihrer Eltern geerbt haben. Was folgt, ist ein blutiger Kampf der Generationen.

Kings of Cool erzählt eine Geschichte, die weit zurückreicht, bis in die Sechziger, als in Laguna Beach Surfer und Hippies zusammentrafen und einen Pakt mit dem Teufel schlossen. Eine brutale, majestätische, atemberaubende Geschichte.

Don Winslow wurde 1953 in der Nacht zu Halloween in New York geboren. Er lebt als erfolgreicher Autor von Romanen und Drehbüchern in Kalifornien. Für seinen Roman *Tage der Toten* wurde er mit dem Deutschen Krimipreis ausgezeichnet.

Weitere Informationen zu Don Winslow und seinen Büchern finden Sie am Schluss dieses Bandes.

Don Winslow
KINGS OF COOL

Roman

Aus dem amerikanischen Englisch von
Conny Lösch

Suhrkamp

Die Originalausgabe erschien 2012 unter dem Titel
The Kings of Cool
bei Simon & Schuster, New York

Erste Auflage 2012
suhrkamp taschenbuch 4400
Deutsche Erstausgabe
© Suhrkamp Verlag Berlin 2012
Copyright © 2012, Don Winslow
Druck und Bindung: CPI – Ebner & Spiegel, Ulm
Umschlaggestaltung: cornelia niere, münchen
Printed in Germany
ISBN 978-3-518-46400-7

KINGS OF COOL

Für Shane Salerno, für alles.
Jederzeit, egal wo, Mann.

»In the Bible, Mama, Cain slew Abel
And east of Eden, Mama, he was cast,
You're born into this life paying
For the sins of somebody else's past.«

Bruce Springsteen, »Adam Raised a Cain«

1

Leck mich am Arsch.

Laguna Beach, Kalifornien
2005

2

Denkt O, als sie zwischen Chon und Ben auf einer Bank am Main Beach sitzt und potenzielle Partnerinnen für die beiden ausguckt.

»Die da?«, fragt sie und zeigt auf eine typische BB (Baywatch-Blondine), die über die Strandpromenade schlendert.

Chon schüttelt den Kopf.

Bisschen zu abfällig, denkt O. Für einen Typen, der den Großteil seiner Zeit in Afghanistan oder im Irak verbringt und außer Tarnkleidung und Burkas nichts zu sehen bekommt, ist Chon ganz schön wählerisch.

Eigentlich kann eine Burka ziemlich scharf sein, denkt sie, wenn man sie richtig einsetzt.

Die Nummer mit dem Harem und so weiter.

Mag sein, aber lieber nicht.

Burkas sind nichts für O. Wer würde diese blonden Haare verstecken wollen, diese strahlenden Augen aus einem Niqab spähen sehen.

O ist für Sonnenschein geschaffen.

Ein California Girl.

Und Chon? Er ist nicht klein, aber schmal. O findet, er sieht noch dünner aus als sonst. Klapperdürr war er schon immer, aber jetzt sieht er aus wie mit einem Skalpell geschnitzt. Sein kurzes, fast geschorenes Haar gefällt ihr aber.

»Die da?«, fragt sie und schiebt ihr Kinn in Richtung einer

Brünetten mit monsterdicken Titten und Stupsnase, Typ Touristin.

Chon schüttelt den Kopf.

Ben schweigt wie eine Sphinx, fast schon ein Rollentausch, normalerweise ist Ben der Gesprächigere der beiden. Was keine große Kunst ist, denn Chon redet wirklich wenig, es sei denn, er wettert drauflos, und das ist dann, als hätte jemand den Stöpsel aus einem Feuerwehrschlauch gezogen.

Ben mag zwar der Eloquentere sein, überlegt O jetzt, aber er ist weniger promiskuitiv.

Er ist eher konsekutiv monogam, während Chon sich gerne parallel um seine Frauen kümmert. O weiß ganz sicher, dass sich beide – Chon mehr als Ben – ungeniert an den Touristinnen schadlos halten, die ihnen hier am Strand, nur wenige Schritte vom Hotel Laguna entfernt, beim Volleyball zusehen. Dabei handelt es sich um Begegnungen, die O unter der Bezeichnung FZDT zusammenfasst.

Ficken, Zimmerservice, Dusche, tschüss.

»Das trifft's ganz gut«, hat Chon bereits zugegeben.

Obwohl er den Zimmerservice manchmal überspringt.

Die Dusche, niemals.

Eiserne Überlebensregel im großen Kreuz-versus-Halbmond-Sandkastenturnier:

Wenn es eine Dusche gibt, stell dich drunter.

Und zu Hause kann er die Gewohnheit nicht ablegen.

So oder so, Chon steht zu seinen Vormittagsvorstellungen im Hotel Laguna, dem Ritz, dem St. Regis und dem Montage, von denen nicht nur Touristinnen profitieren, sondern auch Trophäenfrauen aus Orange County sowie Geschiedene – wobei der Unterschied zwischen ersteren und letzteren rein temporärer Natur ist.

So ist das mit Chon – er ist total ehrlich. Er macht niemandem was vor, sucht keine Ausflüchte, entschuldigt sich nicht. O kann sich nicht entscheiden, ob es an seinen hohen moralischen Ansprüchen liegt oder daran, dass ihm einfach alles scheißegal ist.

Jetzt dreht er sich zu ihr um und sagt: »Du hast noch einen Versuch. Überleg's dir gut.«

Das Spiel heißt ODB – Offline Dating Baseball. Sie müssen die sexuellen Präferenzen des anderen erraten und einen Single, einen Double, einen Triple oder gleich einen Home Run hinlegen. Das ist ein richtig gutes Spiel, wenn man high ist – was sie jetzt sind, dank Ben und Chons feinstem Gras.

(Das eigentlich gar kein Gras ist, sondern eine erlesene Hydromischung, die sie »Saturday in the Park« genannt haben, weil schon nach dem ersten Zug jeder Tag ein Samstag ist und überall ein Park.)

Normalerweise ist O der Sammy Sosa des ODB, aber jetzt, wo sie schon Runner auf der ersten und dritten Base hat, zögert sie.

»Und?«, fragt Chon.

»Ich warte noch auf einen guten Wurf«, sagt sie und sucht den Strand mit den Augen ab.

Chon war im Irak, er war in Afghanistan –

Was Exotisches.

Sie zeigt auf eine wunderschöne Asiatin mit glänzend schwarzem Haar, das sich von ihrem weißen Strandkleid abhebt.

»Die.«

»Strikeout«, entgegnet Chon. »Nicht mein Typ.«

»Was ist denn dann dein Typ?«, fragt O frustriert.

»Dunkler Teint«, erwidert Chon, »schlank – niedliches Gesicht, große braune Augen, lange Wimpern.«

O dreht sich zu Ben.

»Ben, Chon will Bambi ficken.«

3

Ben ist ein bisschen abgelenkt.

Er folgt dem Spiel, aber nicht so richtig, weil er in Gedanken bei einer Sache ist, die sich am Vormittag ereignet hat.

Ben lässt den Tag für gewöhnlich ruhig im Coyote Grill angehen.

Er setzt sich an einen Tisch auf der Terrasse in der Nähe des Grills und bestellt eine Kanne schwarzen Kaffee und die irre guten Eggs Machaca (für die Ahnungslosen in den Gebieten östlich des Interstate 5: Das sind Rühreier mit Huhn und Salsa, dazu schwarze Bohnen, Bratkartoffeln und entweder Mais- oder Mehltortillas – möglicherweise das beste Gericht in der Geschichte des Universums), dabei liest er die Onlineausgabe der New York Times, der guten alten Gray Lady, um mitzubekommen, was sich Bush und seine Mitverschwörer wieder vorgenommen haben, um die Erde unbewohnbar zu machen.

Jeden Tag zur selben Zeit, sein Ritual.

Bens Partner Chon hat ihn vor Gewohnheiten gewarnt.

»Das ist keine Gewohnheit«, hatte Ben erwidert. »Das ist ein Ritual.«

Eine Gewohnheit hat mit Zwang zu tun, einem Ritual folgt man freiwillig. Die Tatsache, dass man jeden Tag dasselbe will, ist irrelevant.

»Egal«, sagte Chon. »Hör auf mit dem Scheiß.«

Geh zur Abwechslung mal ins Heidelberg Café oder fahr runter nach Dana Point Harbor und schau den Yummy Mummies mit ihren Buggys beim Joggen zu oder trink deinen scheiß Kaffee zu Hause. Aber mach niemals, nie und nimmer, unter keinen Umständen jeden Tag zur selben Zeit dasselbe.

»So kriegen wir die Kasper von der al-Qaida dran«, sagte Chon.

»Ihr erschießt die al-Qaidas, wenn sie im Coyote Grill Eggs Machaca essen?«, fragte Ben. »Wer hätte das gedacht?«

»Sehr witzig, Arschloch.«

Ja, irgendwie war's lustig, aber nicht richtig lustig, weil Chon wirklich schon mehr als nur einer Handvoll Jungs von der al-Qaida, den Taliban und deren diversen Abspaltungen die Lichter ausgeknipst hat, und zwar genau deshalb, weil sie es sich zur schlechten Angewohnheit gemacht hatten, Gewohnheiten zu haben.

Entweder drückte er selbst ab oder erledigte es per Fernbedienung, indem er bei einem Warmaster-3-Nerd in einem Bunker in Nevada einen Drohnenangriff bestellte, für den dieser nur auf eine einzige Taste drücken musste, um einen ahnungslosen Mudschaheddin ins Jenseits zu befördern und sich dabei gelassen eine Flasche Mountain Dew hinter die Binde kippte.

Das Problem mit der modernen Kriegführung: Sie ist zum Videospiel geworden (es sei denn, man befindet sich direkt auf dem Schlachtfeld und wird erschossen, dann ist das kein Spiel mehr).

Ob direkt von Chon oder dem Zocker im Bunker, der Effekt ist derselbe.

Wie bei Hemingway.

Blut und Sand.

Nur ohne Stier.

Alles richtig, trotzdem hat Ben keine Lust, sich mehr als nötig auf diesen ganzen Quatsch mit den Vorsichtsmaßnahmen einzulassen. Er ist im Drogengeschäft, weil er mehr Freiheit will, nicht weniger.

Er will sein Leben größer machen, nicht kleiner.

»Was soll ich deiner Meinung nach tun?«, fragte er Chon. »In einen Bunker ziehen?«

»Solange ich weg bin?«, erwiderte Chon. »Gute Idee.«

Ganz *schlechte* Idee.

Ben blieb bei seinem Ritual.

Und heute Morgen noch schenkte ihm Kari – eurasische Abstammung und beinahe überirdisch schön: goldene Haut, Mandelaugen, schwarze Haare, Beine länger als ein Winter in Wisconsin – Kaffee ein.

»Hey, Ben.«

»Hey, Kari.«

Ben versucht ernsthaft bei ihr zu landen.

Also fick dich, Chon.

Kari brachte das Essen, Ben vertiefte sich in sein Frühstück und die Times.

Dann merkte er, dass sich jemand ihm gegenüber an den Tisch setzte.

4

Stämmiger Kerl.

Breite, abfallende Schultern.

Hohe Stirn, sandfarbenes, schütteres Haar, streng zurückgekämmt.

Irgendwie old school.

Tatsächlich trug er eins von diesen »Old Guys Rule«-T-Shirts, die völlig daneben sind, denn wenn alte Säcke wirklich das Sagen hätten, würden sie's nicht auf billigen T-Shirts behaupten.

Sie würden's einfach, na ja, sagen.

Das sind Typen, die soziale Medien nicht kapieren, weshalb Ben vermutet, dass die Zeiten, in denen sie was zu sagen hatten, genauso vergessen sind wie Compact Discs.

Egal, der Kerl sah aus wie Mitte fünfzig, saß da und starrte Ben an.

Gruselfaktor extrem hoch.

Ben dachte, kennen wir uns, müsste ich den kennen, ist das irgendeine schwule Guten-Morgen-Anmache? Oder ist er einer von denen, die es für ihre menschliche Pflicht halten, mit jedem ein Gespräch anzufangen, der alleine im Restaurant sitzt?

Ben ist niemand, der gerne neue Leute kennenlernt. Er ist jemand, der seine verfluchte Zeitung lesen und mit der Kellnerin flirten will, weshalb sich der Typ verdammt noch mal verpissen soll.

Er sagte: »Alter, nimm's mir nicht übel, aber ich würde gerne in Ruhe lesen.«

Was heißen sollte, da sind fünf freie Tische, wieso setzt du dich nicht an einen davon?

Der Mann sagte: »Dauert nur eine Minute, mein Sohn.«

»Ich bin nicht dein Sohn«, sagte Ben. »Es sei denn, meine Mutter hat mir all die Jahre was verschwiegen.«

»Halt den Rand, Klugscheißer, und hör mir zu«, sagte der Mann ruhig. »Es hat uns nichts ausgemacht, dass ihr ein bisschen selbstangebauten Shit an eure Freunde verkauft habt. Aber wenn das Zeug im Supermarkt steht, wird's zum Problem.«

»Das ist ein freies Land mit freier Marktwirtschaft«, antwortete Ben und fand, dass er plötzlich wie ein Republikaner klang. In Anbetracht der Tatsache, dass Ben sonst linker ist als Trotzki, eine unangenehme Erkenntnis.

»Es gibt keine freie Marktwirtschaft«, sagte der alte Sack,

»Marktwirtschaft kostet – man hat Auslagen. Wenn du was in LA verdealen und unseren kleinen braunen und schwarzen Brüdern Konkurrenz machen willst, fühl dich herzlich eingeladen. Aber Orange County, San Diego, Riverside – das kostet Gebühren. Hörst du mir zu?«

»Ich häng an deinen Lippen.«

»Willst du mich verarschen?«

»Nein.«

»Das würde mir nämlich nicht gefallen.«

»Und ich könnt's dir nicht verdenken«, sagte Ben. »Also, nur um mal drüber gesprochen zu haben, rein theoretisch: Was passiert, wenn ich die Gebühr nicht bezahle?«

»Das willst du nicht wissen.«

»Okay, aber nur mal theoretisch.«

Old Guys Rule sah ihn an, als müsste er überlegen, ob er sich gerade auf der Nase herumtanzen lässt.

»Dann machen wir euren Laden dicht.«

»Und wer ist *wir*?«, fragte Ben. Er sah den Gesichtsausdruck von dem Kerl und sagte: »Lass mich raten – *ich will's nicht wissen*. Und wenn ich bezahle?«

Old Guys Rule hob die Hände und sagte: »Willkommen auf dem Markt.«

»Kapiert.«

»Also, hast du mich verstanden?«

»Hab ich«, sagte Ben.

Old Guys Rule lächelte.

Zufrieden.

Bis Ben fortfuhr: »Ich hab verstanden, dass du ein Arschloch bist.«

Weil Ben weiß, dass niemand die Kontrolle über den Marihuana-Markt hat.

Kokain ja. Das regeln die mexikanischen Kartelle.

Heroin dito.

Meth: die Biker-Gangs und in letzter Zeit auch die Mexikaner.

Verschreibungspflichtige Pillen: die Pharmaindustrie.

Aber Pot?

Ein freier Markt.

Was hervorragend ist, weil es bedeutet, dass die Marktgesetze gelten: Preisentwicklung, Qualität, Vertrieb.

Der Kunde ist König.

Im Prinzip tat Ben den alten Sack ab als jemanden, der's halt mal versuchen wollte. Trotzdem war's ein bisschen beunruhigend, dachte Ben – woher weiß der, wer ich bin?

Und wer ist er überhaupt?

Wer auch immer er war, er bedachte Ben mit einem dieser starren, bösen Old-School-Blicke, bis Ben tatsächlich lachen musste.

Old Guys Rule stand auf und meinte: »Ihr Wichser haltet euch für die Kings of Cool, hab ich recht? Ihr wisst alles, keiner kann euch was. Aber weißt du was – ihr wisst einen Scheiß.«

Old Guys Rule guckte Ben noch einmal böse an, dann ging er.

Kings of Cool, dachte Ben.

Gefiel ihm irgendwie.

Aber jetzt konzentriert er sich wieder auf ihr Spiel.

5

»Ich bin ziemlich sicher, dass das illegal ist«, sagt Ben, verschränkt die Finger hinter dem Kopf und hält das Gesicht in die Sonne.

»Sex mit einem Reh oder Sex mit einer Zeichentrickfigur?«, fragt Chon.

»Beides«, sagt Ben. »Und darf ich dich darauf aufmerksam machen, dass Bambi ein minderjähriges Huftier ist? Und außerdem männlich?«

»Bambi ist ein Junge?«, fragt O.

»Ich sag's noch mal, Bambi ist ein Reh«, stellt Ben klar, »und, ja: ein Rehjunge.«

»Wieso heißen so viele Mädchen im Playboy Bambi?«, fragt O.

Sie mag den Playboy und ist ihrem Stiefvater Nummer vier dankbar dafür, dass er seine Ausgaben in einer Schublade seines »Arbeitszimmers« aufbewahrt, damit Paku –

so nennt O ihre Mutter: *passiv aggressive Königin des Universums* –

damit Paku sie nicht findet und angepisst ist, weil sie älter ist als das Playmate des Monats und ständig versucht, sich mittels teurer Kosmetik und noch teurerer plastischer Chirurgie aufzupimpen.

O ist fest davon überzeugt, dass der National Geographic Channel eines Tages archäologische Ausgrabungen an ihrer Mutter durchführen wird, und zwar in dem vergeblichen Bemühen, auch nur ein einziges Körperteil im Urzustand freizulegen, ein Insider-Scherz, der auch erklärt, weshalb O Nummer vier zu seinem letzten Geburtstag einen Tropenhelm schenkte.

(»Äh, danke schön, Ophelia«, sagte Nummer vier verdattert.

»Gern geschehen.«

»Wofür soll der gut sein?«, erkundigte sich Paku unterkühlt.

»Damit dir die Sonne nicht auf die Muschi knallt«, hatte O erwidert.)

»Mädchen heißen Bambi«, sagt Ben jetzt, »weil wir kulturell ungebildet sind, sogar in Hinblick auf Pop-Kultur, und uns nach kindlicher Unschuld in Verbindung mit erwachsener Sexualität sehnen.«

Seine Eltern sind beide Psychotherapeuten.

Ben, oh Ben, denkt O.

Harter Körper, weiches Herz.

Lange braune Haare, warme braune Augen.

»Aber das bin ja ich«, erklärt O. »Kindliche Unschuld gepaart mit erwachsener Sexualität.«

Kurze blonde Haare, schmale Hüfte, kein nennenswerter Vorbau, kleiner Hintern an zierlicher Statur. Und ja, große Augen – wenn auch blau, nicht braun.

»Nein«, sagt Ben. »Du bist eher erwachsene Unschuld gepaart mit kindlicher Sexualität.«

Da hat er nicht ganz unrecht, denkt O. Sie betrachtet Sex in erster Linie als Spiel – etwas, das Spaß macht, kein Job, mit dem man beweist, dass man jemanden liebt. Deshalb spricht man ja auch von Sex-Spielzeug und nicht von Sex-Werkzeug, wie O an anderer Stelle erläutert hat.

»*Bambi* ist ein proto-faschistisches Machwerk«, wettert Chon. »Könnte auch von Leni Riefenstahl sein.«

Chon liest Bücher, Chon liest sogar *Wörterbücher*, und er stöbert bei Netflix in den ausländischen Filmen und Klassikern. Er könnte einem sogar *Achteinhalb* erklären, aber er lässt es lieber bleiben.

»Apropos sexuelle Ambivalenz«, sagt O. »Ich hab Paku gesagt, dass ich mir überlege, bisexuell zu werden.«

»Was hat sie gesagt?«, fragt Ben.

»Sie hat gesagt: *Was?*«, erzählt O.

Sie könnte für die eine wie für die andere oder auch für beide Mannschaften spielen und würde in jedem Fall eine

Menge Mitspieler finden, weil sie mit ihren neunzehn Jahren einfach umwerfend gut aussieht.

Aber das weiß sie noch nicht.

O bezeichnet sich als »polysexuell.«

»Wie Pollyanna in dem alten Disneyfilm, nur *viel* besser gelaunt«, erklärt sie.

Sie würde sich ja überlegen, auf LBZE zu machen

lesbisch bis zum Examen

nur, dass sie gar nicht studiert, was ihr Paku so gut wie täglich aufs Brot schmiert. Sie hat es ein Semester auf dem Junior College versucht (okay, die ersten drei Wochen des Semesters), aber das war, na ja –

Junior College halt.

Jetzt ist sie einfach nur froh, ihre Jungs um sich zu haben. Und sie können beim ODB alle Frauen haben, die sie wollen, Hauptsache, sie selbst ist eine davon.

Das heißt –

sie können alle Frauen haben, die sie wollen.

Solange sie mich lieben.

Der Haken daran ist nur

der scheiß Haken ist

Chon fliegt heute Abend weg.

Es ist sein letzter Tag am Strand.

6

Am Strand von Laguna Beach.

Der schönsten Perle in der Kette südkalifornischer Küstenstädte, die sich von Newport Beach bis runter nach Mexiko zieht.

Newport Beach, Corona del Mar, Laguna Beach, Capistrano Beach, San Clemente (Camp Pendleton wird übersprungen), Oceanside, Carlsbad, Leucadia, Encinitas, Cardiff-by-the-Sea, Solana Beach, Del Mar, Torrey Pines, La Jolla Shores, La Jolla, Pacific Beach, Mission Beach, Ocean Beach, Coronado, Silver Strand, Imperial Beach.

Alle sind schön, alle prima, aber am besten ist

Lagoona.

Das war der offizielle Name, den die Stadt vom Staat Kalifornien erhielt, bis jemand draufkam, dass es streng genommen gar keine Lagune dort gibt, sondern sich der Name von »cañada las de lagunas« ableitet, was im Spanischen »Schlucht der Seen« bedeutet. Es gibt nämlich zwei Seen oben in den Bergen über besagter Schlucht, aber Laguna ist nun mal nicht bekannt für seine Seen, sondern für seine Strände und seine Schönheit.

Auf die sich Ben, Chon und O einiges einbilden, schließlich sind sie hier aufgewachsen und halten das alles für selbstverständlich.

Nur Chon gerade im Moment nicht, weil sein Heimaturlaub abgelaufen ist und er wieder nach Afghanistan, alias Stanland, muss.

Oder auch –

Affengeilistan.

7

Chon sagt Ben und O, dass er seinen Scheiß zusammenpacken muss.

Er geht noch in seine Einzimmerwohnung an der Glenneyre Street und legt einen Baseballschläger in seinen grünen Mustang Baujahr 68

im Gedenken an Steve McQueen

den einzig wahren King of Cool

und fährt runter nach San Clemente, nicht weit von dem, was in den späten Siebzigern Richard Nixons Elba wurde und deshalb auch bekannt war als

Sans Clemency.

Chon fährt aber nicht zu dem alten Weißen Haus des Westens

Das eigentlich, vermutlich unbeabsichtigt ironisch, La Casa Pacifica hieß.

Friedvolles Haus.

Hier hockte Nixon im Exil, schlenderte durch sein friedvolles Haus und plauderte mit den Bildern an der Wand, während unten am echten Pazifik Secret-Service-Agenten Surfer vom berühmten Break in Upper Trestles verjagten, für den Fall, dass einer von ihnen einen Anschlag auf den Präsidenten plante, womit wahrscheinlich, um das hier mal festzuhalten, die Begriffe »Surfer« und »planen« zum ersten Mal überhaupt im selben Absatz verwendet wurden.

Surfer? Ein versuchter Mordanschlag?

Surfer?

Kalifornische Surfer?!

(»Okay, Uhrenvergleich.«

Ääääh … Uhren?)

Egal, Chon fährt jedenfalls zum Krankenhaus.

8

»Wer hat dir das angetan?«, fragt Chon.

Sam Casey, einer ihrer besten »Vertriebspartner«, liegt mit gebrochenem Kiefer, einer Gehirnerschütterung, einem dreifach gebrochenen Arm und inneren Verletzungen im Bett.

Jemand hat Sam die Scheiße zu den Ohren rausgeprügelt.

»Brian Hennessy und drei seiner Surferkumpels«, sagt Sam durch seinen verdrahteten Kiefer. »Ich hab denen ein beschissenes Viertelpfund verkauft und die haben mich abgezogen.«

»Du hast denen aber vorher schon mal was verkauft, oder?«, fragt Chon.

Eine von Ben und Chons Kardinalregeln: Keine Geschäfte mit Leuten, die man nicht kennt.

Vielleicht ist Chon aber der Einzige, der weiß, dass »Kardinalregel« nichts mit katholischen Würdenträgern zu tun hat, sondern vom lateinischen »cardo« kommt, was Dreh- und Angelpunkt bedeutet. Eine Kardinalregel ist also eine Regel, von der alles andere abhängt.

Und alles hängt davon ab, dass man Leuten kein Dope verkauft, die man nicht kennt.

Die man nicht gut kennt.

»Ich hab denen schon ein Dutzend Mal was verkauft«, sagt Sam. »Gab nie Ärger.«

»Okay, pass auf, die Rechnungen sind bezahlt«, sagt Chon. Ben hat eine Scheinfirma gegründet, über die seine Vertriebspartner krankenversichert sind. »Und um Brian kümmere ich mich. Aber tu mir einen Gefallen, ja? Sag Ben nichts davon.«

Denn Ben glaubt nicht an Gewalt.

9

Chon schon.

10

Die Diskussion ist steinalt und soll hier nicht aufgewärmt werden, aber im Prinzip ist das so:

Ben glaubt, wenn man Gewalt mit Gewalt erwidert, erntet man noch mehr Gewalt, während Chon glaubt, wenn man Gewalt gewaltfrei erwidert, erntet man noch mehr Gewalt, wofür ihm die gesamte Geschichte der Menschheit als Beleg dient.

Seltsamerweise glauben beide an Karma und daran, dass sich alles früher oder später rächt – nur dass es sich Chons Ansicht nach verdammt früh rächt, und zwar meistens sehr gemein und heftig.

Chon nennt das »Mikrowellen-Karma«.

Zusammen ergeben Ben und Chon einen kollektiven Pazifisten.

Ben: *paci*.

Chon: *fist*.

11

Überlebensregel –

Okay, eher ein gut gemeinter Vorschlag –

Wenn du schon unbedingt ein Arschloch sein musst, dann achte wenigstens drauf, dass man dich nicht ganz so leicht findet.

Geh und mach deinen Arschlochscheiß, schließ dich bei deiner Mutter im Keller ein und häng ein Handtuch über die X-Box, damit kein Licht nach draußen dringt, aber verprügel keinen Unschuldigen und geh dann genau dort surfen, wo du immer surfen gehst.

Lass es einfach bleiben, Arschloch.

Vielleicht versuchst du ja zur Abwechslung mal kein Riesenwichser zu sein, einfach mal so, vor allem aber –

Park deinen Transporter nicht an der Stelle, wo du die Scheißkarre während deiner »Sessions« immer abstellst, Bruder, weil sich sonst

jemand wie Chon

oder in diesem Fall: Chon

mit einem Baseballschläger dran zu schaffen macht.

Chon schlägt die Frontscheinwerfer, die Rücklichter, die Windschutzscheibe und alle Fenster ein (so geht Baseball in steroidgesättigten Zeiten) und hängt sich anschließend auf die Hupe, weshalb Brian und seine drei Kumpels wie die »Eingeborenen« in einem alten Tarzan-Film völlig bekloppt an Land paddeln.

Brian, der ein verdammt großer Pisser ist, steigt als erster aus dem Wasser und brüllt: »Alter, was soll der Scheiß?!«

Chon schiebt sich aus dem Wagen, lässt den Baseballschläger fallen und fragt: »Bist du Brian?«

»Ja!«

Schlechte Antwort.

Echt.

Schlechte Antwort.

12

Billy Jack.

Ihr habt's gesehen, ihr wisst, wovon ich rede, also tut erst gar nicht so, als ob …

Okay, also gut.

Chons Roundhouse-Kick bricht Brians Kiefer und verpasst ihm eine Gehirnerschütterung, noch bevor er mit kleinen Doppelkreuzen in den Augen, als wär's ein Zeichentrickfilm, bewusstlos auf den Boden knallt.

Chon steigt über Brians der Länge nach ausgestreckten Körper und rammt Kumpel Nummer eins eine Faust in den Solarplexus, woraufhin dieser sich krümmt. Er packt ihn am Hinterkopf und zerrt ihn nach unten, während er ihm gleichzeitig ein Knie ins Gesicht donnert, um ihn anschließend wie einen Sack zur Seite zu werfen und sich um Kumpel Nummer zwei zu kümmern, der sein Gesicht mit den Fäusten umrahmt, was ihm überhaupt nichts nutzt, da Chon ihn mit einem Sidekick ans rechte Schienbein von den Füßen fegt. Kumpel Nummer zwei knallt hart mit dem Hinterkopf auf den Boden, aber nicht so hart wie die beiden Tritte, die Chon in seinem Gesicht platziert und die ihm die Nase zertrümmern und das Bewusstsein rauben, wie man so schön sagt, während Kumpel Nummer drei …

Kumpel Nummer drei …

Ahhhh, Kumpel Nummer drei.

13

Traurige Wahrheit: Kluge Menschen machen manchmal dumme Sachen, aber dumme Menschen machen nie was Kluges.

Niemals.

Nie und nimmer.

Oder, wie Chon mal zu Ben und O sagte: »Ein Einzelner kann ein paar evolutionäre Stufen zurückgehen, aber niemals vor.«

(Okay, irgendeine Koksnase versucht immer, die Rolltreppe abwärts im Einkaufszentrum raufzurennen, aber das belegt nur die Richtigkeit der These.)

Also –

Kumpel Nummer drei, der zusehen musste, wie seine drei Freunde innerhalb weniger Sekunden vernichtend geschlagen wurden, flieht in den Transporter (wo er, wäre er klug, von Anfang an geblieben wäre) und steigt mit einer Pistole bewaffnet wieder aus.

Dann sagt er zu Chon:

»Und was jetzt, Arschloch?«

Beweisaufnahme abgeschlossen.

Gott ist Gott.

Darwin ist Darwin.

14

AUSSEN - STRANDPARKPLATZ - TAG

Ein BEWUSSTLOSER SURFER hängt mit einer (ge-
sicherten) PISTOLE im Mund zusammengesackt
hinten aus einem Transporter. ZWEI ANDERE
SURFER liegen in Embryonalhaltung auf dem Bo-
den.
In ihren Neoprenanzügen sehen sie aus wie
Robbenbabys in einem PETA-Clip.
Chon kramt im Handschuhfach des Transporters
und fischt ein in Plastik eingewickeltes
VIERTELPFUND Dope heraus, das er sich in die
Jackentasche steckt.
Dann steigt er über die Herumliegenden zu ei-
nem vierten Surfer, BRIAN, der auf allen vie-
ren kriecht und erfolglos versucht, auf die
Beine zu kommen.
CHON tritt ihm in die Rippen.
Mehrfach.
Dann packt er ihn am Kragen und zerrt ihn zum
Transporter.

CHON
Brian, tu von hier und heute an Kunde: Es
ist nicht okay, unsere Ware zu stehlen. Es
ist ganz und gar nicht okay, unseren Leuten
ein Haar zu krümmen. Und noch was -

Chon zieht Brians rechten Arm über die Stoß-
stange des Transporters, nimmt den Baseball-
schläger und
KNACK!
Brian schreit.

CHON

Beim nächsten Mal bring ich dich um.

15

Zeit zu verschwinden.

O will raus.

Raus aus dem sehr teuren Haus in der exklusiven, bewachten Wohnanlage Monarch Bay.

Nur dass Paku gewissermaßen voll aufgedreht hat.

»Was willst du bloß mit deinem Leben anfangen?«, fragt sie.

»Weiß nicht.«

»Willst du wieder aufs College?«

»Weiß nicht.«

»Willst du dir einen Job suchen?«

»Weiß nicht.«

Seht euch Paku an –

Blond, perfekt frisiert.

Gemeißelte (keine Metapher) Gesichtszüge.

Perrrfektes Make-up.

Klamotten im Wert von einigen tausend Dollar auf ihrem perrrfekt getönten und geformten Körper, dazu UTT.

Umwerfend tolle Titten.

32

(An diesen Klippen ist schon so manches Männerschiff zerschellt, mein Freund. Aufgelaufen und zerbrochen. Y-Chromosomen rudern im tosenden Wildwasser mit den Armen und hoffen auf einen Jetski, der niemals vorbeikommt.)

Sie richtet ihre beeindruckenden Titten und ihren nicht minder beeindruckenden Blick auf O. »Aber irgendwas musst du machen.«

»Weiß nicht«, erwidert O und weicht vierfach angestarrt zurück.

»Du hast dreißig Tage Zeit«, sagt Paku.

»Wofür?«

»Um dir einen Job zu suchen oder aufs College zu gehen«, antwortet Paku und schneidet dabei Erdbeeren, die sie mit zwei Löffeln Proteinpulver in einen Mixer gibt.

Seit neuestem steht sie auf »Power Smoothies«.

»Oh Gott«, antwortet O, »warst du wieder bei einem Erziehung-für-Anfänger-Seminar?«

»DVD«, sagt Paku.

»Hat dich Nummer vier darauf gebracht?«, fragt O.

Sie weiß, dass Nummer vier sie drauf gebracht hat, weil er nicht möchte, dass eine »erwachsene Tochter« Platz in einem Haus beansprucht, das er für sein eigenes hält, nur weil er Paku darin besteigt.

Ich war vor dir hier, denkt O.

Genau genommen war ich sogar schon lange vor dir in *Paku*.

»Niemand hat mich darauf gebracht«, überschreit Paku das Dröhnen des Mixers. »Ich habe meinen eigenen Kopf, falls dir das entgangen ist. Und falls du tatsächlich wieder aufs College willst, musst du es auch ernst nehmen.«

O hatte einen Notendurchschnitt von 1,7 an der Saddleback, bevor sie das Theater satt hatte und einfach nicht mehr hinging.

»Was, wenn nicht?«, fragt sie.

»Wenn nicht was?«

»Mach endlich das scheiß Ding aus!«

Paku stellt den Mixer aus und gießt sich ihren Power Smoothie in ein Glas. O weiß, dass sie in einer halben Stunde ins Fitnesscenter fahren wird, um zwei Stunden lang mit ihrem persönlichen Trainer zu trainieren, anschließend wird sie einen Shake als »Ersatzmahlzeit« zu sich nehmen, dann zum Yoga gehen und später auf einen Power-Nap nach Hause zurückkehren. Danach wird sie zwei Stunden damit beschäftigt sein, sich für die Rückkehr von Nummer vier fertig zu machen.

Und *sie* denkt, dass *ich* zu nichts nutze bin, überlegt O.

»Du hast einen Power-Smoothie-Schnurrbart«, sagt O.

»Wenn du weder arbeitest noch aufs College gehst«, sagt Paku und fährt sich mit dem Zeigefinger über die Oberlippe, »kannst du hier nicht mehr wohnen. Dann musst du dir eine Bleibe suchen.«

»Ich hab kein Geld für eine eigene Wohnung.«

»Nicht mein Problem«, sagt Paku – so wie sie es ganz offensichtlich mit Hilfe der DVD einstudiert hat.

Aber beide wissen, dass es das doch ist: ihr Problem.

Sie wird's wieder vergessen, denkt O, denn sie kennt Pakus schizophrenen Erziehungsansatz.

Paku kann sich nicht entscheiden: Will sie eine
abwesende und vernachlässigende
oder eine erdrückende, alles kontrollierende Mutter sein.
Sie macht zum Beispiel
Urlaub in Europa
eine Entziehungskur
spirituelle Erfahrungen
oder sie stürzt sich in eine Affäre und vergisst O komplett.

Dann kehrt sie voller Schuldgefühle zurück und schlägt die entgegengesetzte Richtung ein.

Dann will sie Os Leben bis ins klitzekleinste Detail durchorganisieren, ihre Kleidung, Freunde, (nicht vorhandene) Bildung, (nicht vorhandene) Karriere, dann achtet sie darauf, dass O ausgewogene Mengen an Proteinen und Kohlehydraten zu sich nimmt, und kriecht ihr bei unerwarteten Verdauungsproblemen buchstäblich in den Arsch.

Es ist immer entweder oder.

Es gibt kein Mittelding, und so ist es schon von Anfang an gewesen.

Am schlimmsten ist es, wenn Paku aus einer Entzugsklinik oder von einer spirituellen Auszeit zurückkehrt. Kaum hat sie ihr eigenes Leben in Ordnung gebracht, will sie das ihrer Tochter reparieren.

»Ich bin nicht kaputt«, gab O einmal zu bedenken.

»Ach, Darling«, hatte Paku erwidert, »wir sind doch alle kaputt.«

Tatsächlich, das musste O zugeben, verbringt Paku sehr viel Zeit in der Werkstatt. Nach einer langen Diskussion über Os Weigerung, zu ihren »Defekten« zu stehen, kamen sie überein, dass Selbsterkenntnis ein fließender Prozess sei, den man nun mal nicht erzwingen kann, und dass O dann eben weiterhin im Strudel ihrer Verblendung treiben müsse, was O vollkommen recht war.

Jetzt allerdings das Ding mit den dreißig Tagen.

O geht zur Tür.

»Wo willst du hin?«

»Zum Peace Corps«, erwidert O.

Oder doch lieber zu Chon.

Was genau genommen das exakte Gegenteil ist.

16

O hatte keinen blassen Schimmer, was sie mit ihrem Leben
anfangen wollte, und genau das hatte dazu geführt, dass Ben
und Chon vor zwei Jahren ins Marihuanageschäft einstiegen,
weil sie über das Wort »Vocation« diskutierten und der Lin-
guist Chon feststellte, »Vocation« unterscheide sich nur durch
einen Vokal von »Vacation«, dennoch bildeten die Begriffe eine antonymische Opposition.

Nämlich –

Vocation (abgeleitet vom lateinischen Verb für »rufen«):
Berufung in ein Amt bzw. eine Beschäftigung, zu der sich eine
Person in besonderem Maße hingezogen fühlt oder für die er
oder sie besonders geeignet, ausgebildet oder qualifiziert ist.

Vacation: Freiheit von Beschäftigung.

»Aber«, fragte Ben, »will man frei von etwas sein, zu dem
man sich in besonderem Maße hingezogen fühlt? Wahrscheinlich nicht.«

Also kehrte Chon von seinem nächsten Auslandseinsatz
heim mit

einer Medaille

einer Ladung frischer Alpträume und –

17

Einem Samen.

White Widow.

Eine besonders gute, THC-reiche Sorte Cannabis.

Wenn eine bahnbrechende Idee aufkeimt, und zwar tatsächlich in Form eines Samens, dann ist das zukunftsträchtig.

Ben nahm also diesen zukunftsträchtigen Samen, dessen Potenzial für künftige Entwicklungen er erkannte und so bahnbrechend originell weiterentwickelte, dass dies Auswirkungen auf künftige Ereignisse hatte.

Ben züchtete eine neue Pflanze.

18

Zuerst trennte er die männlichen Pflanzen von den weiblichen.

»Ooooooch«, sagte O, »das ist aber irgendwie traurig.«

»Wir wollen zufällige Befruchtungen vermeiden.«

»Können wir den männlichen Pflanzen nicht einfach winzig kleine Kondome überziehen?«, fragte O.

Ben erklärte ihr, dass das leider nicht möglich sei.

O fragte: »Wie kannst du denn die männlichen von den weiblichen Pflanzen unterscheiden?«

»Die Staubgefäße sehen aus wie Eier.«

»Na bitte, da hast du's.«

»Wir wählen eine männliche Pflanze aus«, erklärte Ben, »nehmen den Blütenstaub ab und befruchten damit die weibliche Pflanze.«

»Ich glaub, ich wäre jetzt gerne kurz allein«, sagte O.

Sie fand es hochgradig amüsant, dass Ben aus seiner Marihuanafarm eine Insel Lesbos gemacht hatte – praktisch einen Frauenknast. Auch verspürte sie einen gewissen neo-feministischen Stolz darüber, dass die kräftigsten, saftigsten, THC-reichsten Knospen die der weiblichen Pflanzen waren.

Jedenfalls verwandte Ben den von den befruchteten weiblichen Pflanzen produzierten Samen für die Herstellung dessen, was man in der Genetik als einen F1-Hybriden bezeichnet. Dann zog er die Pflanze auf und kreuzte ihren Samen erneut mit der Mutterpflanze.

»Mit der Mutter?«, fragte O.

»Genau.«

»Ihhhgitt«, erwiderte O. »Das ist ja fast schon Inzucht.«

»Nicht fast. Das ist Inzucht.«

Später bezeichnete sie Bens Marihuana-Kultur als »L.A.«

Nein, nicht *Los Angeles*.

Lesbian Appalachia.

19

Ben betrieb Inzucht wie ein europäisches Adelsgeschlecht, über Generationen hinweg, bis er nicht etwa ein Mitglied der Tea Party oder einen sabbernden rotäugigen Vollidioten hervorbrachte, sondern eine weibliche Pflanze, aus deren Knospen das THC nur so triefte (okay, nicht wirklich).

Tetrahydrocannabinol.

Oder auch Delta-9-Tetrahydrocannabinol.

Oder auch Dronabinol.

Die wichtigste psychoaktive Substanz im Marihuana.

(An alle Kiffer da draußen: Das ist das Zeug, das dafür verantwortlich ist, dass ihr gerade zu high seid, um mit dem Begriff »psychoaktive Substanz« was anfangen zu können.)

Ben, der genial-verrückte Botanikforscher, erfand keinen Porsche, er erfand einen Lamborghini.

Keine Rolex, sondern eine Patek.

Wäre Bens Kreuzung ein Pferd, es wäre Secretariat gewesen.

Ein Berg, der Everest.

Michael Jordan.

Tiger Woods (vorher).

Das Maximum.

Das Ultimo.

Cherry Garcia.

Hydrokultur-Cannabis.

20

Hydro heißt natürlich Wasser, und es hat viele Vorteile, Cannabis in Wasser statt in Erde zu ziehen.

Man erzielt damit schneller größere Erträge, weil man sich mit der Hydrokultur das Wurzelwerk spart – in der Regel kann nach zwölf Wochen geerntet werden. Das heißt also viermal im Jahr, wobei man »Sonnenschein« und »Wetter« selbst kontrolliert. Deshalb kann man die Kulturen in mehreren Gewächshäusern zeitversetzt so züchten, dass man praktisch permanent erntet.

Man muss sich nicht mit Krankheiten und Parasiten rumschlagen, die sich in der Erde einnisten. Man muss sich keine Sorgen machen, eines Morgens aufzuwachen und zu entdecken, dass die Arbeit von drei Monaten aufgefressen wurde oder an einer ansteckenden Krankheit eingegangen ist. Und man muss die Pflanzen nicht mit giftigen Pestiziden oder sonst einem Scheiß einsprühen.

Weil alles automatisierter abläuft, macht Hydrokultur weniger Arbeit. Die automatisierten Abläufe erfordern zwar ein relativ hohes Startkapital, das sich aber im Verlauf weniger Jahre amortisiert.

Darüber hinaus hatte Ben auch philosophische Gründe, auf Hydrokultur zu setzen.

»Menschen bestehen hauptsächlich aus Wasser«, erklärte er Chon und O. »Und mit der Hydrokultur kehren sie zum Wasser zurück.«

»Das ist schön«, sagt O.

»Oder schön bescheuert«, setzte Chon hinzu.

Auf jeden Fall war deutlich mehr als bloß Wasser nötig, um das Unternehmen an den Start zu bringen.

Es brauchte Geld, und zwar jede Menge.

21

Startkapital.

Die teuerste Anschaffung hatten sie bereits, die Superpflanze, deshalb war's nur noch eine Frage der Hardware.

Der größte fehlende Artikel: ein Haus.

Ein solches zu finden war knifflig, denn eigentlich ging's gar nicht so sehr um das Haus als um das, was dort rein sollte. Marihuana, ja, danke schön – aber für den Anbau benötigten sie außerdem:

Wärmelampen

Halogenmetalldampflampen für die vegetative Wachstumsphase

(O versicherte ihnen, sie könne auch ohne Lampe einen vegetativen Zustand erreichen, obwohl so ein Sonnenreflektor immer schön sei.)

Natriumdampflampen für die Blütephase.

Jede Lampe braucht 1000 Watt.

Eine Lampe kann 15 bis 20 Pflanzen versorgen.

In der vegetativen Phase brennen die Lampen 16 bis 18 Stunden am Tag, was bedeutet, dass sie nicht nur Licht, sondern auch sehr viel Hitze erzeugen, und das ist ein Problem, es sei denn, man will Bikram-Yoga praktizieren.

(»Ich hab's mal mit Bikram-Yoga versucht«, erzählte O den Jungs.

»Und?«

»Hat mir nicht gefallen.«

»Weil?«

»Die haben mich angebrüllt«, sagte sie. »Wenn ich bei hoher Luftfeuchtigkeit angebrüllt werden will, lass ich die Dusche laufen, bis Paku kommt.«)

Derart große Hitze kann man in einem Gewächsraum nicht gebrauchen, weil

    a) Leute da drin arbeiten müssen und es

    b) schlecht für die Pflanzen ist.

Marihuana gedeiht am besten bei einer Temperatur von 24 Grad Celsius, weshalb also zusätzlich zu den ganzen Lampen – oder vielmehr *wegen* der ganzen Lampen – eine Klimaanlage benötigt wird.

Jede einzelne Lampe braucht 2800 BTU (British Thermal Unit) nur für die Kühlung, dazu einen Ventilator, damit die kühle Luft zirkulieren kann.

Bei einem Gewächsraum mit fünfzig Lampen – also 1000 Pflanzen – sind das 148 000 BTU. Dazu kommt die Energie für die Lampen und die Ventilatoren, und schon ist man bei 80 Kilowatt Strom.

In einem durchschnittlichen Wohnzimmer liegen Kabel, die gerade mal für eine einzige 1000-Watt-Birne reichen.

Sie mussten also nicht nur komplett neue Leitungen im Haus verlegen, sie mussten auch irgendwo Strom auftreiben, und zwar unabhängig von öffentlichen Versorgern.

Weil dort nämlich nicht nur habgierige, gewissenlose und gesellschaftsunfähige Schwanzlutscher sitzen …

sondern auch Petzen.

Wenn denen eine Stromrechnung auffällt, die den normalen Verbrauch um ein, sagen wir mal, Zwanzigfaches übersteigt, informieren sie die Polizei.

Ach so, erst sacken sie natürlich die Kohle ein, dann verpfeifen sie dich.

Das Gewächshaus brauchte also mehr Strom, und zwar ohne dass es jemand mitbekam. Dafür gab es nur zwei Möglichkeiten.

Erstens klauen: Man bohrt kleine Löcher in den Zähler (wie das geht, lässt sich googeln), aber die Familie Gambino lässt sich leichter bestehlen als ein Stromversorgungsunternehmen, und Ben hatte moralische Einwände gegen Diebstahl.

(»Dieben kann man nichts stehlen«, gab Chon zu bedenken.

»Die sind selbst für ihr Karma verantwortlich«, entgegnete Ben. »So wie ich für meins.«

»Können wir Eis essen gehen?«, fragte O.)

Die Alternative war ein Generator.

Und der war nicht billig. Ein Generator, der einen Tausend-Pflanzen-Gewächsraum mit Strom versorgt, kostet zwischen zehn- und zwanzigtausend, vor allem aber macht er

KRACH.

Sehr viel Krach.

So ein Ding schreit praktisch: »Hey, hier ist ein Gewächshaus! Hey! HEY!!!!

Stellt man sich so einen Generator in den Garten, kommen die Nachbarn rüber – und nicht, weil sie einen zum Grillen einladen wollen. Vielleicht kann man den ein oder anderen mit selbstangebauten Erzeugnissen besänftigen, aber irgendwer wird zum Telefon greifen, das ist so sicher wie das Amen in der Kirche, ganz zu schweigen davon, dass jederzeit ein schwarzweißer Wagen vorbeifahren und das Ding rattern hören könnte, was in den Ohren der Kollegen wie »hinreichender Verdacht« klingen würde.

Nein, so einen Generator muss man in den Keller stellen, und wie viele Keller gibt es in Südkalifornien?

Ein paar.

Aber nicht viele.

Ben und Chon machten sich auf Häusersuche.

22

Zur Miete, nicht zum Kauf.

Zum einen sind Häuser in Südkalifornien teuer, mit und ohne Keller.

Und zum anderen –

Tja, zum anderen –

Zum anderen können die Bullen, wenn sie das Gewächshaus hochgehen lassen, nach den Drogengesetzen, die so unsäglich wirr sind wie eine Schüssel kalte Spaghetti, Investitionen im Wert von 600 000 Dollar konfiszieren, vorausgesetzt, man ist als Eigentümer eingetragen. Damit verliert man nicht nur das Dope und die Freiheit, sondern auch die Anzahlung aufs Haus, jede einzelne bereits geleistete Rate, schuldet der Bank aber trotzdem noch den Restbetrag.

Wenn man mietet und der Vermieter glaubhaft versichern kann, dass er nicht wusste, dass man eine schwere Straftat darin verübt, darf er sein Eigentum behalten und man wandert mit unbelastetem Karma in den Knast.

Ben und Chon machten sich also auf die Suche nach einem Haus.

Zur Miete.

Mit Keller.

Ohne unmittelbare Nachbarn.

Weit weg von der nächsten Schule oder dem nächsten Spielplatz (sonst gibt's die Höchststrafe).

Weit weg vom nächsten Polizeirevier.

Ein Haus, in dem man neue Leitungen verlegen konnte.

Wo der Vermieter nicht alle 28 Minuten reinschneit.

Und auch sonst nie.

Das alles schränkte die Auswahl ein.

Man kann auch nicht einfach eine Anzeige mit der Liste der Anforderungen in die Zeitung setzen, sonst meldet sich die Polizei mit einem freundlichen Angebot – die haben da so Häuser …

Man findet so was nicht auf Craigslist.

(Jedenfalls nicht auf der im Internet, siehe unten.)

Man braucht

einen Makler.

23

Zum Glück war's Orange County.

(Bevor der Immobilienmarkt einknickte wie ein europäischer Fußballer).

Damals in der glorreichen Spekulantenzeit konnte man in ein beliebiges Fünfsternehotel gehen (das Ritz, das St. Regis oder das Montage), in der Lobby was fallen lassen, irgendwas, und die Wahrscheinlichkeit war groß, dass die Person, die es aufhob, ein Immobilienmakler war.

Oder man konnte den Pacific Coast Highway rauf (oder runter, spielt keine Rolle) fahren und einem anderen hintendrauf donnern, einem BMW, Mercedes, Lexus, Audi, Porsche, Land Rover, Land Cruiser – eigentlich egal, nur keinem mexikanischen Gartenbautransporter. Der Karre einfach in den Arsch ficken, und die Chancen standen hoch, dass derjenige, der ausstieg, einem zuerst seine Visitenkarte und dann die Angaben zur Versicherung überreichte.

Jeder in OC hatte eine Zulassung als Immobilienmakler.

Jeder.

Jede OC-Trophäenfrau, die für ihr Selbstwertgefühl eine berufliche Laufbahn brauchte, besorgte sich eine Lizenz. Jeder Surfer ohne reguläre Einkommensquelle (also alle). Sogar Hunde, Katzen und Wüstenrennmäuse wurden als Immobilienmakler zugelassen.

Wenn sie in dem Sinne gar keine Grundstücke oder Häuser verkauften, dann gewährten sie Hypotheken, schrieben Kaufverträge oder Gutachten und berieten Verkäufer, wie man eine Immobilie vorzeigbar machte.

Andere kümmerten sich um »kreative« Finanzierungsmöglichkeiten, das heißt Betrug.

Die gesamte Wirtschaft beruhte auf dem ständigen Tausch von Immobilien, wobei mit jedem Besitzerwechsel die Preise stiegen. Alle lebten von dem gigantischen Schneeballsystem, das der Immobilienmarkt darstellte, alle in der Hoffnung, nicht mit der heißen Kartoffel in der Hand dazustehen, wenn abgepfiffen wurde.

Die Leute nahmen überteuerte Kredite auf, um drei, vier oder fünf Häuser zu kaufen, von denen sie sich einen schnellen und lukrativen Wiederverkauf erhofften, weshalb viele Häuser besaßen, die sie dann vermieten mussten und sich ein Teil der Immobilienmakler eigens auf Vermietungen spezialisierte.

Einen Makler zu finden, war also kein Problem.

Den richtigen Makler zu finden schon.

Im Allgemeinen können Immobilienmakler Dopefarmer nämlich nicht ausstehen.

24

Die meisten Dopefarmer haben, anders als Ben, kein soziales Gewissen.

Sie verwüsten anderer Leute Eigentum.

Reißen alles raus, verlegen billige, gefährliche Kabel und setzen das Haus in Brand. Der hohe Energiebedarf führt zu Stromausfällen im ganzen Viertel. Sie kleben die Fenster mit Plastikplanen ab, um ihre Schandtaten zu verbergen. Zu jeder Tages- und Nachtzeit kommen und gehen Leute. Die Generatoren machen Krach und das Dope stinkt.

Dadurch verliert nicht nur die betreffende Immobilie an Wert, sondern in der gesamten Nachbarschaft sinken die Preise.

Das sind Drecksäcke.

Mietmakler und Immobilienmanager meiden Dopefarmer wie der Teufel das Weihwasser.

Deshalb mussten Ben und Chon jemanden finden, der nichts Böses ahnte.

Die Kategorie Ehefrau war in dieser Hinsicht problematisch, weil Chon schätzungsweise mit der Hälfte von ihnen geschlafen hatte.

Das macht Chon zwischen seinen Auslandseinsätzen: Er liest Bücher, spielt Volleyball und vögelt Trophäenfrauen, von denen einige (natürlich) auch Immobilienmaklerinnen sind.

Also gingen Ben und O die Maklerverzeichnisse durch.

»Mary Ingram«, las Ben vor.

»Chon«, sagte O.

»Susan Janakowski.«

»Chon.«

»Terri Madison.«

Ben und O sahen Chon an.

»Weißt du's nicht?«, fragte Ben.

»Ich überlege.«

»So kenn ich dich«, sagte O.

Mit den OC-Ehefrauen gaben sie's auf und machten mit den Surfern weiter.

»Das ist unser Mann«, sagte Ben.

Er zeigte auf eine Anzeige von Craig Vetter.

»Ist das ein Surfer?«, fragte Chon.

»Sieh ihn dir an.«

Das blonde Haar von der Sonne gebleicht, braun gebrannt, breite Schultern, ausdrucksloser Blick.

»Dem ist schon ein paar Mal das Brett auf den Kopf geknallt«, schlussfolgerte O.

Sie riefen ihn an.

25

Craig ging davon aus, dass er anständige Schwule vor sich hatte.

Ein bisschen jünger als die üblichen Laguna-Beach-Paare, aber Craig war von der »Wenn's dich glücklich macht, Dude«-Fraktion.

Dude.

Duuuuuude.

»Wir brauchen einen Keller«, erklärte Ben.

»Einen Keller.«

»Einen Keller«, bestätigte Chon.

Craig warf einen Blick auf Chon und war überzeugt, dass sie eine Art Folterkeller suchten.

»Schalldicht?«, fragte er.

»Wäre schön«, sagte Ben.

Wenn's dich glücklich macht, Dude.

Er zeigte ihnen fünf unterkellerte Häuser. Die schwulen Jungs lehnten sie alle ab – die Nachbarn waren zu dicht dran, das Wohnzimmer war zu klein, in der Nähe gab's eine Schule.

Und beim letzten Punkt wurde Craig misstrauisch. »Ihr steht aber nicht auf einer dieser Listen, oder?«

»Was für Listen?«, fragte Ben.

»Ihr wisst schon«, sagte Craig. »Die mit den Sexualstraftätern.«

Er hatte die beiden quer durch Laguna, Dana Point, Mission Viejo und Laguna Niguel geschleppt und kein Haus hatte ihnen gefallen. Beinahe war es ihm schon egal, ob er sie jetzt als Kunden verlor. Das Letzte, was er gebrauchen konnte, waren Nachbarn, die vor einer durch ihn vermittelten Immobilie demonstrierten.

»Nein«, sagte Ben.

»Wir können Kinder nur nicht ausstehen«, ergänzte Chon hilfsbereit.

»Sie haben nicht zufällig was Ländlicheres, oder?«, fragte Ben.

»Was Ländlicheres?«, fragte Craig. Farmhäuser und so?

»Vielleicht draußen im East County?«, schlug Ben vor. »Majeska Canyon?«

»Majeska Canyon?«, wiederholte Craig.

Und ihm ging ein Licht auf.

»Ihr sucht ein Gewächshaus.«

26

Auf dem Weg nach Majeska Canyon rauchten sie.

Ben und Chon gaben natürlich nicht zu, dass sie ein Gewächshaus suchten, aber zwischen ihnen und Craig herrschte jetzt so was wie Einvernehmen.

Er zeigte ihnen ein stark renovierungsbedürftiges Haus in einer Sackgasse. Schmale Streifen mit Bäumen und Büschen trennten es auf beiden Seiten von den Nachbarn. Keine direkte Einsicht. Einstöckig, aber unterkellert. Preis unter dem Mietspiegel, weil das Haus in einem schlimmen Zustand war.

»Wird der Vermieter vorbeischauen?«, fragte Ben.

»Frühestens in fünf bis zehn Jahren«, erwiderte Craig.

»Drogen?«, fragte Ben.

Er wollte sein Unternehmen nicht in einem Drogenhaus der zweiten Generation starten, das die Bullen bereits auf dem Schirm hatten.

Mach schon, Craig.

»Hat eine Bank überfallen«, antwortete Craig.

»Okay.«

»In Arkansas.«

Perfekt.

27

Es gab viel zu tun, um das Haus in Schuss zu bringen.

Besonders, wenn man so drauf war wie Ben.

»*Sonnenkollektoren?*«, fragte Chon.

»Weißt du, wie viel Strom wir brauchen?«, fragte Ben. »Solarenergie würde den Generator entlasten und dieser dadurch weniger Erdgas verbrauchen.«

»Weißt du, was Sonnenkollektoren kosten?«, wandte Chon ein.

»Du?«

»Nein.«

»Gut.«

Weil sie eine Menge kosten.

In Bens Augen sind sie's wert – Überzeugungen sind einfach, solange sie billig sind. Ben wollte weder den Wert des Hauses noch den des Wohnviertels senken.

An diesem Punkt fand eine vulkanische Mentalverschmelzung zwischen Ben und Chon statt.

Ben hatte ethische Bedenken, Chon solche die Sicherheit betreffend, aber sie gelangten zu demselben Schluss – das Haus darf nicht nach einem Gewächshaus aussehen.

Chon hatte seine Hausaufgaben gemacht und wusste, wonach Bullen Ausschau halten:

Beschlagene Fensterscheiben.

Mit schwarzem Plastik oder Zeitungspapier abgeklebte Fenster.

Elektrisches Summen oder ständig eingeschaltete Ventilatoren.

Grelle Innenbeleuchtung Tag und Nacht.

Stromausfälle in der Umgebung.

(Wenn du einen Blackout verursachst, während die Ehefrau nebenan *Die Bachelorette* guckt, zeigt sie dich an.

»Würde ich auch machen«, bekräftigte O.)

Gestank – tausend Marihuanapflanzen riechen wie ein Schlafsaal des Bard College in einer Freitagnacht.

Selten anwesende Bewohner.

Leute, die zu seltsamen Zeiten ein- und ausgehen und immer nur ein paar Minuten bleiben.

»Das lässt sich alles regeln«, sagte Ben.

Zuerst bauten sie die Sonnenkollektoren ein, um die Stromzufuhr zu erleichtern. Dann machten sie die Wände im Keller schalldicht, damit das Generatorengeräusch nicht nach draußen drang.

Anschließend entschieden sie sich für CGE. Ein Ergebnis von Bens Nachforschungen, und das bedeutete:

Closed Growing Environment. Geschlossenes Anbaumilieu.

»*Geschlossen* klingt gut«, sagte Chon.

Allerdings.

Mit CGE wird im Prinzip die Luftzufuhr im Gewächshaus kontrolliert. Billig ist das nicht – sie mussten Entlüftungsrohre aus Aluminium und Metall einbauen, die an ein Fünf-Tonnen-Klimasystem mit einem 40-Gallonen-Kokosnuss-Kohlefilter angeschlossen waren.

»Heißt das, die ganze Gegend riecht dann nach Kokosnuss?«, fragte O.

»Es riecht nach gar nichts«, sagte Ben.

O war ein bisschen enttäuscht. Einen Stadtteil, in dem es nach Sonnenmilch und Getränken mit kleinen Schirmchen riecht, hatte sie sich lustig vorgestellt.

Zu Bens Glaubensgrundsätzen zählt, dass Probleme Lösungen erfordern, die ihrerseits Probleme erzeugen, die wie-

derum Lösungen erfordern – diesen ewigen Kreislauf bezeichnet er als »Fortschritt«.

In diesem Fall wurde das Kühl- und Geruchsproblem mit
einer fünf Tonnen schweren Klimaanlage gelöst, aber ein weiteres geschaffen.

Klimaanlagen werden entweder mit Luft oder mit Wasser
gekühlt, und zwar jeweils großen Mengen davon.

Handelt es sich um Ersteres, zieht die Anlage Luft aus der –
na ja, aus der Luft –

und macht einen Haufen Krach dabei.

Wenn's Wasser ist, steigt die Wasserrechnung und man hat
die Wasserwerke an der Backe.

Die Jungs dachten darüber nach.

»Ein Swimmingpool«, schlug O vor.

Genial.

Ein Swimmingpool ist voll mit Wasser, was eine legitime
Erklärung für die Wasserrechnung wäre und außerdem …

»Wir könnten das Kondenswasser auffangen, es zurück in
den Pool pumpen und wiederaufbereiten«, setzte Ben hinzu.

Na klar.

»Und wir könnten schwimmen gehen«, sagte O.

Zusätzlich zur Renovierung (die neuen Leitungen noch
nicht mitgerechnet) mussten sie in Folgendes investieren:
Halogenmetalldampflampen, Natriumdampflampen, 1000-
Watt-Birnen, 16-Zoll-Ventilatoren, Pflanzkästen, Speicherbe-
hälter für die Nährstofflösung, Hunderte Meter Rohre und
Schläuche, Pumpen, Timer für die Pumpen …

»Und Wasserspielzeug«, sagte O. »Ein Pool ohne Wasserspielzeug geht gar nicht.«

Sie hatten noch kein Gramm verkauft und mussten schon
70 000 Dollar Startkapital aufbringen.

Und das gerade mal für ein einziges Haus, aber sie schafften es. Bens Ersparnisse gingen dabei drauf, außerdem Chons Kampf-Prämien, und dann zogen sie auf der Suche nach Idioten, die sich abzocken ließen, über die Volleyball-Plätze. Glücklicherweise behielt P.T. Barnum recht und nach ein paar Monaten Spiel, Satz und Sieg hatten sie die Kohle zusammen.

Bauten ein erstklassiges Produkt an und investierten den schmalen Profit in ein weiteres Haus, dann noch eins und noch eins und machten Craig Vetter zu einem sehr glücklichen surfenden Makler.

Jetzt haben sie fünf Gewächshäuser und arbeiten an einem sechsten.

Das kostet Geld.

Und deshalb lässt Chon es sich nicht gefallen, wenn ihn einer übers Ohr hauen will.

Und er sieht nicht tatenlos zu, wenn einem seiner Leute ein Haar gekrümmt wird.

28

Voller Selbstverachtung, weil er ein bisschen durch den Wind ist, nachdem er gerade vier Kerle verprügelt hat, steigt Chon wieder in den Mustang und fährt nach Hause.

Schnappt sich den Schläger, steigt aus dem Wagen und läuft seinem Vater in die Arme.

Hin und wieder kommt das vor. Laguna ist eine kleine Stadt und bisweilen begegnet man Leuten.

Solchen, die man sehen möchte.

Und solchen, die man nicht sehen möchte.

Chons Dad fällt in letztere Kategorie, und das Gefühl beruht auf Gegenseitigkeit. Die Verbindung ist rein biologischer Natur, und das war's. Big John war Chons Kindheit über größtenteils abwesend, und wenn nicht, hatte sich Chon gewünscht, er wär's gewesen.

Ben und O wissen beide, dass Chons Vater ein Thema ist, über das nicht gesprochen werden darf.

Niemals.

Aber natürlich wissen sie, dass »Big John« früher in Laguna groß als Dopedealer im Geschäft war, der sagenumwobenen »Association« angehörte, dann in den Knast wanderte und jetzt so was wie eine Dachdeckerfirma betreibt, aber das war's auch schon.

Big John wirkt erschrocken.

Nicht gerade erfreut.

Die Situation ist …

… peinlich.

Big John, schwere Schultern, schütteres Haar, eingefallene Wangen, bricht als Erster das Schweigen.

»Hey.«

»Hey.«

»Wie geht's?«

»Ganz gut. Und selbst?«

»Okay.«

Big John wirft einen Blick auf den Baseballschläger, grinst dreckig und fragt: »Spielst du jetzt Softball oder was?«

»Baseball.«

Das war's. Sie stehen noch eine Sekunde lang da und sehen einander an, dann sagt Big John: »Na dann …«

Und geht weiter.

29

Duane Crowe entdeckt einen freien Platz an der Bar im T.G.I. Friday's und setzt sich.

Friday's ist quasi ein Club für geschiedene Übervierzigjährige. Man holt sich einen Burger, ein Bier und vielleicht auch Nachos und schlägt die Zeit mit dem Versuch tot, eine geschiedene Übervierzigjährige zu finden, die genauso einsam und notgeil ist wie man selbst. Ein sehr fragwürdiges Unternehmen.

Ist kein tolles Leben, aber ein anderes hat Duane nicht.

Er sucht den Raum nach passenden Optionen ab und sieht, wie sich Boland in den überfüllten Laden zwängt. Bill Boland ist gebaut wie ein Kühlschrank und einer der Gründe, weshalb 24 Hour Fitness rund um die Uhr geöffnet hat.

Er setzt sich auf den Hocker neben Crowe und sagt: »Schönes T-Shirt. *Old Guys Rule.*«

»Hat mir meine Nichte zum Geburtstag geschenkt«, sagt Crowe. »Hast du Hennessy gesehen?«

»Der tanzt so schnell keinen Walzer mehr«, sagt Boland. »Die haben ihm den Arm mit einem Baseballschläger gebrochen.«

Sie hatten den Blödmann Brian und seine Crew überredet, einen von Leonards Dealern abzuziehen, nur um zu sehen, was er dagegen unternimmt.

Jetzt wissen sie's.

Und sie wissen noch was. Bevor sie das nächste Mal gegen Leonard vorrücken, muss der andere Typ verschwinden.

»Hast du rausgekriegt, wer das ist?«, fragt Crowe.

»Bin dabei«, sagt Boland. »Angeblich ist er bei irgendeiner Sondereinheit, bei den SEALs oder den Green Berets oder so.«

»Den Green Berets? Gibt's die noch?«

»Denk schon.«

Es gibt noch einen anderen Grund, weshalb sie sich im T.G.I. Friday's treffen: Es ist überfüllt und laut. Fernseher auf voller Lautstärke, alle quatschen durcheinander – wenn man hier ein Mikro installiert, kommt außer Rauschen nichts an. Und wenn jemand verkabelt hier auftaucht, wird er eher die Lügengeschichten weiterfunken, die irgendein Kerl einer Frau über sein angeblich erfolgreiches Berufsleben erzählt, als etwas vor Gericht Verwertbares.

»Was sagen die ganz oben?«, fragt Boland.

»Was sie immer sagen«, erwidert Crowe. »*Kümmert euch darum.*«

Kümmert euch darum und schickt uns unser scheiß Geld. Die Leute ganz oben essen nicht in Kettenrestaurants. Sie besitzen sie.

»Dieser Leonard?«, fragt Crowe. »Das ist ein harter Brocken, ein dreistes Arschloch. Setz ihm zu, find raus, ob er auf der Bananenschale ausrutscht.«

Boland guckt auf die Speisekarte. »Hast du schon mal die Burger hier probiert?«

Crowe läßt den Blick über die Geschiedenen an der Bar wandern.

»Ich hab hier schon alles probiert.«

30

Als Chon in seine Wohnung kommt, ist O da.

Sie hat einen Schlüssel, weil sie sich drum kümmert, wenn er weg ist.

Die einzige Pflanze gießt.

(Nein, nicht so eine Pflanze. Irgendeine harmlose Pflanze, ein Ficus oder so.)

»Ist hoffentlich okay, dass ich mich selbst reingelassen hab«, sagt O.

»Na klar.«

Sie sieht ihn – untypisch für O – unsicher an.

»O?«

»Findest du nicht, dass ich … ein bisschen was von Bambi hab?«

31

»O«, sagt Chon und versucht damit Zeit zu schinden. Sie sind Freunde, Kumpels. »Wir kennen uns seit unserer Kindheit.«

»Vielleicht wird's dadurch ja noch besser«, sagt O. »Ich bin jetzt neunzehn.«

Kein Kind mehr.

»O –«

»Hör zu, wenn du mich hässlich oder abstoßend findest –«

»Nein, das ist es nicht«, sagt Chon. O ist das Gegenteil von hässlich. »Ich finde dich wunderschön.«

Er meint es ernst. »Und du liebst mich«, sagt sie.

Er nickt.

»Und ich liebe dich auch, also …«

Er schüttelt den Kopf und lächelt blöde, »O … ich weiß nicht …«

»Chon«, sagt sie. »Du fährst weg … und ich weiß nicht, ob … und das ist meine Schuld.«

»Nein, ist es nicht.«

32

Os erste bewusste Erinnerung ist die an einen Jungen, der auf Ringelblumen pinkelt.

»Ophelia«, wie sie damals noch hieß – es sollte Jahre dauern, bis sie das »phelia« strich und einfach »O« wurde – saß auf dem Spielplatz der kleinen Schule und sah dem älteren Jungen beim Bewässern der Pflanzen zu.

Die Schule in Laguna Canyon war eine dieser neuen Schulen im alten Stil, die nur einen Klassensaal haben – Vorschule bis einschließlich achte Klasse – und nach der Maßgabe funktionieren, dass Kinder am besten lernen, wenn sie nicht willkürlich in feste Klassenstrukturen gepresst werden, sondern gemeinsam mit Kindern verschiedener Altersgruppen ihr eigenes Niveau finden dürfen.

Damals hatte Paku mal wieder eine ihrer progressiven Phasen und schleppte ihre vierjährige Tochter aus ihrem millionenschweren Zuhause im bewachten Emerald Bay in den funky Canyon. Das Haus und das Geld für die Privatschule stammten aus einem Vergleich mit Os Vater, der sich im sechsten Monat der Schwangerschaft von ihrer Mutter hatte scheiden lassen.

Selbst die Lehrer an der Schule fanden, Ophelia sei noch zu klein für die Vorschule.

»Sie ist frühreif«, sagte ihre Mutter.

»Schon möglich, aber sie ist trotzdem erst vier«, erwiderte der Direktor.

»Sie hat eine alte Seele«, konterte ihre Mutter. Ihre Hellseherin hatte ihr erklärt, ihre Tochter sei bereits sehr häufig wiedergeboren worden und ihr Astralalter sei nicht vier, sondern viertausend, was bedeutete, dass sie gute siebenhundert

Jahre älter war als ihre Mutter. »Ich bin in vielerlei Hinsicht eher ihre Tochter.«

Daraufhin fand der Direktor, dass Ophelia wahrscheinlich durchaus davon profitieren würde, täglich ein paar Stunden von zu Hause wegzukommen, und außerdem war das kleine Mädchen ein solcher Schatz, und schon so schön und schlau.

»Ich glaube, ich habe einen Riesenfehler gemacht, als ich dich in diese Schule schickte«, sollte Paku Jahre später sagen, als O in praktisch jedem Fach an der Laguna High versagte.

Zu der Zeit hatte Paku eine ihrer konservativen Phasen, Ophelia hatte ihren Namen zu O abgekürzt und nannte ihre Mutter Paku.

Aber das kam alles später. Jetzt sah Ophelia einfach nur dem Jungen beim Blumengießen zu. Zuerst dachte sie, das sähe aus wie beim Gärtner zu Hause, aber dann fiel ihr auf, dass der Junge keinen Schlauch, sondern was ganz anderes in der Hand hielt, woraufhin sie einen kurzen spitzen Schrei hörte, eine Lehrerin angerannt kam und den Jungen packte.

»John«, sagte die Lehrerin. »Wo macht man das?«

John schwieg.

»Auf der Toilette«, antwortete die Lehrerin an seiner Stelle. »Jetzt mach die Hose zu und geh spielen.«

»Ich hab nur die Blumen gegossen«, sagte John.

O fand es sehr lustig, dass dieser Zauberjunge ganz alleine Blumen gießen konnte.

»Wie heißt der Junge?«, fragte sie, als die Lehrerin zu ihr kam.

»Das ist John.«

»Chon«, sagte O und stand auf, um den Zauberjungen zu suchen, der mit seinem inzwischen sicher verstauten Penis hinten am Zaun einen Fluchtweg suchte.

»Chon! Chon! Chon!«, schrie O und lief ihm hinterher.

»Chon, spiel mit mir!«

Dann fielen die anderen Kinder in ihre Rufe ein.

»Chon! Chon! Chon!«

Der Name blieb hängen.

O wurde zu seinem Schatten, folgte ihm wie ein kleines Entchen, eine echte Nervensäge, aber es dauerte nicht lange, und Chon fand sich damit ab, betrachtete sich als ihren Beschützer und mochte sie sogar ein kleines bisschen. Er war nicht besonders gesellig, spielte nicht mit anderen Kindern, war grundsätzlich lieber alleine, und so waren die Lehrer froh, dass er eine Beziehung aufbaute.

O betete ihn an.

Das Problem bestand darin, dass er von Zeit zu Zeit verschwand – manchmal nur für einen Tag, manchmal eine ganze Woche – und dann plötzlich wieder auftauchte.

»Wo warst du, Chon?«, fragte sie ihn.

Chon dachte sich phantastische Geschichten für sie aus:

Er sei zum Fischen rausgefahren und von Piraten entführt worden; Elfen aus dem Canyon hätten ihm ihre geheime Welt gezeigt; Außerirdische aus einer anderen Galaxie seien mit ihm ins Weltall geflogen und hätten ihn wieder zurückgebracht. Chon nahm das Mädchen mit nach China, nach Afrika, auf den Mars und in die Berge auf dem Mond. Er war ihr Zauberjunge.

Dann, eines Tages, verschwand er für immer.

Als sie begriff, dass er nicht mehr wiederkam, weinte O die ganze Nacht.

Ihre Mutter tröstete sie mit den Worten: »Männer bleiben nie.«

Das wusste O bereits.

33

»Also was sagst du?«, fragt sie Chon. »Nein?«

»Nein, das heißt: Jetzt nicht.«

»Was für eine weicheiige Antwort«, sagt sie.

»Dann bin ich eben ein Weichei.«

Sie macht einen Schritt zurück.

»Okay«, sagt sie. »Du hast deine Chance verpasst, Chonny Boy. Das war's.«

Chon lächelt. »Schon klar.«

34

Komisch, dass Chon nicht viel redet, obwohl er Worte und deren Ursprünge eigentlich liebt.

Er kennt sogar die Etymologie des Wortes Etymologie.

(Wen's interessiert, das lässt sich googeln.)

Aber O hat begriffen, dass man, was man liebt, schützen und behalten will.

Als Chon seine Schweigsamkeit verteidigte, stellte er folgende Frage:

»Worte sind:

    a) Mittel der Kommunikation.

    b) Mittel gescheiterter Kommunikation.

    c) Werkzeuge.

    d) Waffen.

    e) a) bis d).«

Ben tippte auf a), O auf d)(sie ist eben die Tochter ihrer Mutter).

Chon klärte auf:

    f) völlig egal.

Weil es Dinge gibt, über die er nicht reden will. Dinge, die er gesehen hat, Dinge, die er im Irak und in Afghanistan getan hat. Dinge, mit denen man andere Menschen nicht belastet. Erinnerungen, denen man nicht erlauben darf, dass sie Gehirn und Nervensystem in Beschlag nehmen, die man aber ständig auf der Haut spürt. Filme, die der Kopf heimlich auf die Innenseite der Lider projiziert.

    Das sind Dinge, die man nicht in Worte fasst.

    Sie sind unfassbar.

    Um also das traurige Schweigen zu brechen (untermalt von Os *ich hasse es ich hasse es ich hasse es*), gibt Chon auf der Fahrt zum John Wayne Airport/Orange County (so einen Scheißnamen kann man sich nicht ausdenken) den superkonservativen Neo-Spiro-Agnew.

    Das Thema: Neo-Hippies.

35

Chon hält Neo-Hippies für schmuddelige, aufgrund ihrer veganen Ernährung teiggesichtige (»Friss'n Cheeseburger, Casper«), nach Patchouli-Öl stinkende, Birkenstock tragende, mit kleinen (grundsätzlich total verdreckten) Stoffsäckchen jonglierende, die Bürgersteige verstopfende, beschissene Fahrräder direkt vor dem Eingang von Starbucks (wo sie grünen Tee bestellen und sich von anderen Laptops borgen, um E-Mails zu checken und stundenlang sitzen bleiben, ohne jemals auch nur einen Cent Trinkgeld zu geben) parkende und halbnackt (so dass alle ihre bleichen, ausgemergelten Körper sehen müssen) im Park Yoga praktizierende *Parasiten*.

Ginge es nach Chon, dann würde sich Südkalifornien vom Rest des Landes abspalten und unabhängig werden, damit endlich ein Gesetz verabschiedet werden kann, das Konzentrationslager für Weiße mit Dreadlocks vorsieht.

»Wo soll das Lager gebaut werden?«, fragt Ben.

So was nennt man anstacheln.

»Weiß nicht«, murmelt Chon, immer noch total genervt. »Irgendwo am 15.«

Das Problem (okay, ein Problem) mit der Einführung von Konzentrationslagern in Südkalifornien ist, denkt Ben, dass sich die Bauunternehmer um den Stacheldrahtzuliefervertrag prügeln würden. Und dass der amtierende Gouverneur einen Akzent hat, der, na ja …

… ähhhh …

»Wahrscheinlich«, nuschelt Chon, »würden die Liberalen das verhindern.«

Chon hasst nicht nur Neo-Hippies, sondern auch Liberale.

Der einzige Liberale, den er nicht hasst, ist Ben.

Liberale, führt Chon aus, wenn er in Fahrt kommt (und das tut er gerade) – Liberale sind Leute, die ihre Feinde mehr lieben als ihre Freunde, die jede andere Kultur der eigenen vorziehen, die sich für Erfolge schämen, aber nicht für Niederlagen, die Profit verachten und Leistung bestrafen.

Liberale Männer sind schwanzlose, eieramputierte, selbstkastrierende Eunuchen, die von freudlosen, zornerfüllten und bitterem Neid auf die materiellen Besitztümer ihrer konservativen Schwestern (von deren multiplen Orgasmen einmal ganz zu schweigen) zerfressenen Hausdrachen so eingeschüchtert wurden, dass sie sich ihrer eigenen Männlichkeit schämen –

(»Du hättest verhindern müssen, dass er Ayn Rand liest«, sagt Ben zu O.

»Wer hätte gedacht, dass er sich in die Romanabteilung verirrt?«)

Die Liberalen haben sich, Chon zufolge, ein astreines Land unter den Nagel gerissen und

VOLLKOMMEN RUINIERT!

So sehr, dass Kinder nicht mehr Huckleberry Finn lesen oder Völkerball spielen durften (Völkerball, dieses darwinistische Spiel, in dem nur die Stärksten überleben, weil die anderen so viele Gehirnerschütterungen erleiden, dass sie nicht mehr in der Lage sind, sich fortzupflanzen).

So sehr, dass jeder Dünensurfer, dem was nicht passt, Flugzeuge in unsere Hochhäuser fliegen darf, ohne Angst haben zu müssen, dass die ganz fette Bombe auf Mekka fällt, was sie fünf Sekunden nach Einsturz der Türme hätte tun sollen –

Nancy Reagan hätte mit dem Finger ihres Mannes auf den Knopf gedrückt und die saudische Halbinsel verdientermaßen in eine radioaktive Glasfabrik verwandelt –

was nicht passiert ist, bloß weil Liberale *geliebt* werden wollen.

Ben ist anderer Meinung.

Die Liberalen im kalifornischen Parlament würden einen Gesetzesentwurf zur Errichtung von Konzentrationslagern nicht verhindern, vorausgesetzt die Betonhersteller würden die Kampagne unterstützen, die Fahrer der Häftlingstransporte wären gewerkschaftlich organisiert, ihre Transporter würden den vorgeschriebenen maximalen Kraftstoffverbrauch nicht überschreiten und sie würden die Fahrgemeinschaften vorbehaltenen Autobahnspuren benutzen.

Ben ist sicher, der Staat Kalifornien würde im gleichen Tempo Leute über den Jordan schicken wie Texas und Florida unter der Ägide der rivalisierenden Bush-Brüder, wenn

64

man den elektrischen Stuhl mit Sonnenenergie betreiben
könnte.

»Old Sparky ist längst nicht mehr in Betrieb«, klärt ihn
Chon auf. »Jetzt gibt's Todesspritzen.«

Ach ja?

Narkotika sind kriminell, deshalb richten wir Kriminelle
damit hin?

36

Alles gut und schön.

Ein bisschen Spaß mit Wortgefechten.

Aber worauf es ankommt ist nicht, was Ben und Chon zueinander sagen, sondern was sie nicht sagen.

Chon erzählt Ben nichts davon, dass Sam Casey abgezockt
und verprügelt wurde und was er dagegen unternommen hat,
weil Ben damit nicht einverstanden wäre und Depressionen
kriegen würde wegen der Notwendigkeit von Gewalt in einer
Welt, in der es doch eigentlich um Liebe und Frieden, blah
blah.

Ben erzählt Chon nichts von der seltsamen Begegnung mit
Old Guys Rule, weil – na ja, wahrscheinlich hat es nichts zu
bedeuten, und außerdem, was soll Chon machen? Er ist auf
dem Weg nach Stanland und hat schon genug Sorgen (zum
Beispiel Überleben), und deshalb will ihn Ben nicht damit be-
helligen.

Und so entgeht ihnen diese wichtige Koinzidenz, diese Gelegenheit, eins und eins zusammenzuzählen, weil das nämlich
eins ergibt.

Zwei Ereignisse.

Ein Problem.

Sie sind nicht dumm, sie hätten es geschnallt, aber »hätten« ist nur ein anderer Ausdruck für:

verpennt.

37

Ben und O bringen Chon noch bis zur Absperrung.

Dort umarmt ihn O und will ihn gar nicht mehr loslassen.

»Ich liebe dich ich liebe dich ich liebe dich ich liebe dich ich liebe dich«, sagt sie und kann die Tränen nicht zurückhalten.

»Ich liebe dich auch.«

Ben zieht sie weg, umarmt Chon und sagt: »Spiel nicht den Helden, Bruder.«

Von wegen, denkt Ben.

Chon fährt zu seinem dritten Einsatz mit einem verdammten SEAL-Team. Er ist ein scheiß Held und kann gar nicht anders.

Das war immer schon so und wird immer so bleiben.

»Ich versteck mich ganz hinten im tiefsten Schützengraben«, sagt Chon.

Yeah.

Sie sehen ihm nach, als er durch die Absperrung verschwindet.

38

Boland hängt sich ans Telefon.

»Gute Nachrichten«, sagt er. »Leonard hat den Gorilla zum Flughafen gebracht. Sieht aus, als würde er zu einem Einsatz fliegen.«

»Bist du sicher, dass er's war?«

»Hennessys Beschreibung passt.«

Das sind gute Nachrichten, denkt Crowe.

Sehr gute Nachrichten.

Nur nicht für Leonard.

39

Ben sieht den Wagen nicht, der ihm vom John Wayne Airport aus folgt und die ganze Strecke bis Laguna hinter ihm bleibt.

Warum sollte er auch?

So was ist nicht seine Welt, er ist deprimiert, weil Chon weg musste, und dann lässt O die Bombe platzen:

»Ich hab mich an ihn rangeschmissen.«

»An wen?«

»Chon.«

Bumm.

Er ist nicht eifersüchtig, Eifersucht ist in Bens Bauplan nicht vorgesehen, aber Chon und O?

Ein Riesending.

Doch Ben bleibt cool. Ben bleibt immer cool. »Und?«

»Bin abgeprallt.«

Von Chons Mauer.

»Oh.«

»Abgewiesen. Verschmäht. Meine Liebe blieb unerwidert.«

»Von ›erwiderter Liebe‹ hört man selten was«, sagt Ben, weil er nicht weiß, was er sonst sagen soll.

»Ich jedenfalls nicht.«

»Schmollen steht dir nicht.«

»Wirklich?«, sagt O. »Ich hab gedacht, es steht mir gut.«

Ein paar Sekunden später sagt sie: »Ich hasse diesen scheiß Krieg.«

Sie war vierzehn, hing morgens schon vor der Glotze und drückte sich vor der Schule, als sie auf dem Bildschirm etwas sah, das sie im ersten Moment für eine bescheuerte Computeranimation hielt.

Ein Flugzeug. Ein Gebäude.

Sah nicht echt aus und tut es immer noch nicht.

Aber damals war Chon schon bei der Armee.

Wofür sie sich selbst die Schuld gibt.

Ben weiß, was sie denkt.

»Nicht«, sagt er.

»Ich kann nicht anders.«

Sie kann nicht anders, weil sie nicht weiß, dass es nicht ihre Schuld ist.

Dass es lange zurückreicht.

Viel länger.

Generationen.

Laguna Beach, Kalifornien
1967

40

John McAlister rollt auf seinem Skateboard die Ocean Avenue entlang, klemmt es sich unter den Arm und geht am Main Beach Park vorbei zu Taco Bell, weil sich die Leute dort manchmal was zu essen holen, auf dem Klo verschwinden und ihre Tacos einfach auf dem Tisch stehen lassen.

Wenn sie wieder rauskommen, sind die Tacos über alle Berge. Johnny auch.

Seht ihn euch an, Johnny Mac.

Groß für seine vierzehn Jahre, breite Schultern, lange braune Haare, die aussehen wie mit der Heckenschere gestutzt. Ein typischer Grem – T-Shirt und Boardshorts, mexikanische Sandalen, Muschelkette.

Als er bei Taco Bell ankommt, steht da eine ganze Truppe von Leuten.

Ein großer Kerl mit langen blonden Haaren kauft allen was zu essen. Er verteilt Tacos und kleine Plastikschälchen mit scharfer Sauce an Surfer, Hippies, obdachlose Drogenopfer, Ausreißer und diese dünnen Mädchen mit Bändern im langen glatten Haar, die in Johns Augen alle gleich aussehen.

Der Typ ist die südkalifornische Surferversion eines Meeresgottes. John hätte Neptun oder Poseidon nicht von Scooby Doo unterscheiden können, aber er erkennt Lokaladel – die braungebrannte Haut, die sonnengebleichten langen Haare, die klar definierten Muskeln eines Mannes, der es sich leisten kann, den ganzen Tag zu surfen, und zwar jeden Tag.

Kein Surfslacker, ein Surfergott.

Jetzt guckt dieser Gott mit einem freundlichen Lächeln und warmen blauen Augen auf ihn runter und fragt: »Willst du einen Taco?«

»Hab kein Geld«, erwidert John.

»Du brauchst kein Geld«, antwortet der Mann, ein Grinsen macht sich auf seinem Gesicht breit. »*Ich* hab Geld.«

»Okay«, sagt John.

Er hat Hunger.

Der Mann gibt ihm zwei Tacos und ein Schälchen mit scharfer Sauce.

»Danke«, sagt John.

»Ich bin der Doc.«

John sagt nichts.

»Hast du einen Namen?«, fragt der Doc.

»John.«

»Hi, John«, sagt der Doc. »Peace.«

Dann geht der Doc weiter und verteilt Tacos, als wären es Fische und Brote. Wie Jesus, nur dass Jesus übers Wasser gegangen ist und der Doc drauf reitet.

John nimmt seinen Taco, bevor es sich der Doc anders überlegt oder einer der anderen ihn als den Jungen erkennt, der immer das Essen von den Tischen klaut, geht raus auf den Parkplatz und setzt sich auf die Bordsteinkante neben ein Mädchen, das aussieht, als wäre es neunzehn oder zwanzig.

Sie pult gewissenhaft das Rindfleisch aus dem Taco und legt es auf den Bordstein.

»Die Kuh ist den Hindus heilig«, sagt sie zu John.

»Bist du ein Hindu?«, fragt John.

Er weiß nicht, was ein Hindu ist.

»Nein«, sagt das Mädchen, als wäre die Frage bescheuert. Dann setzt sie hinzu: »Ich heiße Starshine.«

Heißt du nicht, denkt John. Er hat schon mit vielen von zu Hause ausgerissenen Hippies geredet, Laguna ist voll davon, und alle nennen sich Starshine, Moonbeam oder Rainbow, obwohl sie in Wirklichkeit Rebecca, Karen oder Susan heißen.

Vielleicht ist auch mal eine Holly dabei, aber das ist dann auch schon das Abgefahrenste.

Hippiemädchen gehen John tierisch auf den Geist.

Sie halten sich alle für Joni Mitchell, und er hasst Joni Mitchell. John hört die Stones, The Who und The Moody Blues.

Jetzt will er einfach nur seine Tacos essen und sich wieder verziehen.

Dann sagt Starshine: »Wenn du aufgegessen hast, blas ich dir einen.«

John geht nicht nach Hause.

Nie mehr.

41

Ka

Wumm.

Stans Kopf explodiert.

Es ist, als würde die Sonne in seinem Schädel aufgehen und sich die Wärme ihrer Strahlen bis in sein Lächeln ausbreiten.

Er sieht Diane an und sagt: »Heilige Scheiße.«

Sie weiß genau, was er meint – das Blotter-Acid ist gerade auch auf ihrer Zunge geschmolzen.

Das ist keine heilige Scheiße, das ist eine heilige Kommunion.

Auf der anderen Seite des Pacific Coast Highway zelebriert Taco Jesus seinen täglichen Gottesdienst. Dahinter erhebt sich der Ozean in einem so blauen Blau, dass es alle anderen Blaus in diesem blauen Universum überblaut.

»Sieh dir das Blau an«, sagt sie zu Stan.

Stan dreht sich um, will gucken.

Und fängt an zu heulen,

es ist so

schön.

So blau.

Stan und Diane.

(»This is a little ditty about Stan and Diane

Two American kids growing up in …«

Ach, scheiß drauf.)

Stan ist kein typischer großer, drahtiger Hippie – er ist ein kleiner, dicker Hippie mit einer breiten Nase, krausen Haaren, einem vollen schwarzen Bart und einem verzückten Lächeln. Dafür ist Diane dünn, wie es sich gehört, mit langen, glatten, schwarzen Haaren, die sich bei Feuchtigkeit kräuseln, Hüften, die an Mutter Erde erinnern, und Brüsten, die zumindest teilweise für Stans verzücktes Lächeln verantwortlich sind.

Jetzt stehen sie total breit auf der Veranda des baufälligen Gebäudes, aus dem sie einen Buchladen machen wollen. Sie sind kürzlich erst aus Haight-Ashbury zugezogen, weil sich die Szene dort in Auflösung befindet und sie jetzt versuchen wollen, das Gemeinschaftsgefühl hier unten wieder aufleben zu lassen.

Kein Grund, sie zu hassen – sie hatten nie eine verfluchte Chance.

Linke Ostküsten-Eltern (»Die Rosenbergs waren unschuldig«), sozialistische Sommercamps (»Die Rosenbergs waren unschuldig«), Berkeley Anfang der Sechziger, Free Speech Movement, Friedensbewegung und Ronald Reagan (»Die Rosenbergs sind es gewesen«). Haight-Ashbury, Summer of Love, Trauung auf einem Feld in den Berkshires mit Blumenkränzen im Haar und einem Kasper, der Sitar spielt.

Sie sind
perfekte Produkte ihrer Zeit
Baby Boomer
Hippies
die nach Laguna gezogen sind, um dank der billigen Mieten im Canyon eine kleine Utopie zu verwirklichen und die frohe Botschaft der Liebe und des Friedens zu verbreiten, indem sie einen Buchladen eröffnen, wo es außer dem *Tibetanischen Totenbuch*, dem *Anarchist Cookbook* und *On the Road* auch noch Räucherstäbchen, Sandalen, psychedelische Poster, Rockalben, Batik-T-Shirts und Freundschaftsbändchen (wie gesagt: kein Grund, sie zu hassen) gibt, den ganzen Happy-Quatsch eben.

Und: Acid für die eingeweihten Angetörnten.

Doch der Plan hat einen Haken.

Geld.

Beziehungsweise das Nichtvorhandensein desselben.

Man braucht Geld, um eine heruntergekommene Bruchbude zu kaufen, sie zu renovieren und einen Hippiebuchladen draus zu machen, und sie haben keins.

Das ist das Problem mit dem Sozialismus.

Kein Kapital.

Auftritt Taco Jesus, der wie ein Erlöser cowboymäßig auf seinem Pferd ansurft …

Noch mal scheiß drauf. Der Surfer/Cowboy-Vergleich, der amerikanische Westen, der am Pazifik endet, die Doktrin der Manifest Destiny, der Surfer, der nicht nach Westen reitet, sondern in entgegengesetzter Richtung – wen interessiert's?

Nur so viel soll gesagt sein: In Laguna Beach stießen die Surfer auf die Hippies.

Es musste passieren.

Der Unterschied zwischen einem Surfer und einem Hippie?

Ein Brett.

Im Prinzip sind beide dasselbe. Der Surfer war früher Hippie; genau genommen war er sogar der ursprüngliche Beatnik. Jahre bevor Jack und Dean sich auf den Weg machten, um Dharma zu finden, fuhr der Surfer bereits den Pacific Coast Highway auf der Suche nach einer guten Welle ab.

Dieselbe Sache.

Aber das wollen wir nicht vertiefen. Die Versuchung ist groß, aber wir haben eine Geschichte zu erzählen und die geht so:

Stan, Diane und ihre Leute wollen einen Laden eröffnen, und zwar eine Straßenecke von einem der besten Breaks an der Küste von Orange County entfernt –

Brooks Street –

dort, wo Taco Jesus alias »Der Doc« surft und umsonst Essen an alle und jeden verteilt

(Sozialismus)

und Stan Diane fragt: »Woher hat Taco Jesus das Geld, um Taco Jesus zu sein?«

»Treuhandfonds?«

»Irgendwie sieht er nicht danach aus.«

Stans Intuition täuscht ihn nicht, denn Raymond »Der Doc« Halliday wuchs in einer Arbeiterfamilie in einem Bungalow in Fontana auf und verbüßte zwei Haftstrafen im Jugendknast, einmal wegen Einbruchs und das andere Mal wegen Körperverletzung. Ray senior – ein Dachdecker – vererbte seinem Sohn eine gewisse Geschicklichkeit im Umgang mit dem Hammer, aber Geld?

Fehlanzeige.

Irgendwann zog der Doc runter an die Südküste, wo er das Surfen und Marihuana für sich entdeckte und merkte, dass man genug Geld zur Finanzierung von Ersterem verdient, wenn man Letzteres verkauft.

Jetzt sehen ihm Stan und Diane zu, wie er Tacos verteilt, und sie beschließen, ihn zu fragen, woher er die Kohle dafür nimmt. Sie überqueren den PCH, der sich unter dem Einfluss von Blotter-Acid in einen Fluss (die Autos darauf: Fische) verwandelt hat, und treten an den Doc heran.

»Wollt ihr einen Taco?«, fragt der Doc.

»Willst du Acid?«, fragt Diane zurück.

Jetzt die Titelmelodie von 2001.

Das ist der Moment.

Der bahnbrechende Hirnfick, der zur Entstehung der Gruppe führt, die bekannt wird als

The Association.

(Und jetzt Musik: »Along Comes Mary«.)

42

Und das war so …

Der Doc gibt Stan und Diane Tacos.

Stan und Diane geben dem Doc Blotter-Acid.

Der Doc geht wieder ins Wasser, schwingt sich auf eine

Welle und entdeckt, dass die Welle aus denselben Molekülen besteht wie er selbst, so dass er gar nicht eins werden muss mit der Welle, sondern bereits eins *ist* mit ihr, dass *wir alle dieselbe Welle* sind …

Und so geht er hin und sucht Stan und Diane und erzählt ihnen mit Tränen in den Augen davon.

»Ich weiß«, platzt Diane heraus.

Sie kann es nicht wissen, sie hat noch nie auf einem Brett gestanden, aber wir sind ja sowieso alle auf derselben Welle, also …

»Ich weiß, dass du's weißt«, sagt der Doc.

Der Doc kommt mit seinen Surferkumpels wieder und alle werfen sie Trips. Was jetzt entsteht, ist der schlimmste Alptraum der Republikaner von Orange County – die übelsten antisozialen Elemente (Surfer und Hippies) vereinen sich in einem dämonischen, berauschenden Fest der Liebe.

Und planen selbiges zu einer festen Einrichtung zu machen, denn als Stan und Diane sich mit ihrem Problem – kein Geld – dem Doc und seinen Jungs anvertrauen, bietet der Doc ihnen eine Lösung an.

»Gras«, sagt er. »Dope.«

Surfer und Dope passen zusammen wie …

wie …

ähhhh …

… Surfer und Dope.

Seit Jahren schon hatten Surfer Gras von ihren Safaris in Mexiko mitgebracht, der Plymouth Station Wagon Baujahr 1954 war das bevorzugte Schmuggelmobil, weil alle Innenverkleidungen ausgebaut, die Hohlräume mit Dope vollgestopft und anschließend wieder verdeckt werden konnten.

»Wir können euch das Geld beschaffen, damit ihr den Laden flott bekommt«, sagt der Doc und bietet nicht nur sich selbst, sondern auch seine Surferkumpels als Helfer an. »Ein paar Fahrten nach Baja, mehr braucht ihr nicht.«

Der Doc und die Jungs machen die nötigen Fahrten, verkaufen das Produkt und spenden Stan und Diane den Profit, damit diese Liebe, Frieden und Acid in Laguna Beach und Umgebung verbreiten.

Der Bread and Marigold Bookstore eröffnet im Mai desselben Jahres.

Dort verkaufen sie das *Tibetanische Totenbuch*, das *Anarchist Cookbook* und *On The Road*, außerdem Räucherstäbchen, Sandalen, psychedelische Poster, Rockalben, Batik-T-Shirts, Freundschaftsbändchen (Wisst ihr was? Hasst sie ruhig), den ganzen Happy-Quatsch, und verteilen Acid an die eingeweihten Angetörnten.

Stan und Diane sind glücklich.

43

Der Laden wird eröffnet, aber –

Doc und die Jungs machen weiter Fahrten über die Grenze.

Weil *genug* ein Widerspruch in sich ist.

Genug ist niemals

genug.

Endlich – *endlich!* – haben Surfer was gefunden, womit sie Geld verdienen können, ohne sich einen Job suchen zu müssen. Und wie sie Geld verdienen. Jede Menge. Millionen. Sie kaufen sich sogar eine Jacht zum Abhängen und um Dope von Mexiko raufzusegeln.

Cool und cool.

Aber der Doc

der Doc ist ein Visionär.

Ein Pionier, ein Entdecker.

Der Doc setzt sich in ein Flugzeug nach Deutschland, kauft einen VW-Bus und fährt

fährt

nach Afghanistan.

Der Doc hat von der unglaublichen Wirkung von Haschisch aus Afghanistan gehört.

Es stellt sich raus, dass die Geschichten stimmen.

Gras ist prima, aber Haschisch aus Afghanistan?

Synapsenflipper, sämtliche Lichter gehen an, alle Glocken läuten.

Winner, Winner, Winner.

Der Doc lädt also seinen Bus voll mit Haschisch, fährt zurück nach Europa und verschifft die Karre nach Kalifornien. Schmeißt ein paar Verkostungspartys, verschenkt Haschisch zum Probieren und schafft einen Markt für sein Produkt.

Es dauert nicht lange, bis die anderen Jungs von der Association dem Doc in seinen Fußstapfen nach Afghanistan folgen und Autos, Transporter und Kleinbusse mit Haschisch vollladen. Das genialste Schmuggelgefäß ist allerdings das Surfboard. Ein Blitzmerker verschifft sein Brett nach Kandahar, höhlt es aus und stopft es voll Haschisch, weil keiner am Flughafen weiß, was ein Surfboard ist oder, und das ist ganz entscheidend, wie viel so was wiegt. Und keiner fragt ihn, was er in einem Land mit einem Surfboard will, in dem es keinen Ozean gibt.

Und der ganze Shit kommt nach Laguna zurück.

Schon bald stehen in Laguna Canyon unzählige Häuser voller Dope und Kiffern. Es gibt so viele Outlaws im Canyon, dass die Cops von »Dodge City« sprechen.

44

Das kleine Mädchen lebt in einer Höhle.

Das ist keine Metapher, sie lebt nicht etwa in einem heruntergekommenen Haus ohne Tageslicht, sondern in einer Höhle.

Wie ein Neanderthaler.

Die Höhle befindet sich in den Bergen in der Nähe der Seen, nach denen Laguna benannt wurde.

Im Sommer ist eine Höhle dort gar nicht mal so schlecht – eigentlich sogar ganz schön. Die Tage sind warm, die Nächte kühl und die Höhlenbewohner haben es ganz angenehm.

Sie haben Kerzen und kleine Gasbrenner für das wenige, das sie sich kochen. Zusammengerollte Hemden und Jeans dienen ihnen als Kissen, dazu haben sie Schlafsäcke und Decken. Am Main Beach können sie duschen und die Toiletten benutzen, obwohl sie auch im Gestrüpp vor der Höhle eine Latrine gegraben haben.

Kim, das kleine Mädchen, findet das alles furchtbar.

Sie ist sechs Jahre alt und spürt bereits, dass es da draußen etwas Besseres geben muss.

Kim stellt sich ein (eigenes, Ms. Woolf) Zimmer vor mit rosa Tapete an den Wänden und Bettwäsche, Puppen ordentlich aufgereiht auf den großen Kissen und einen Easy-Bake-Backofen, in dem sie kleine Cupcakes zaubern kann. Sie wünscht sich einen richtigen Spiegel, will davorsitzen und sich die langen blonden Haare bürsten. Sie wünscht sich ein tadellos sauberes Badezimmer und ein Haus, das …

… perfekt ist.

Nichts davon wird in Erfüllung gehen – denn ihre Mutter ist »Freaky Frederica«.

Vor einem Jahr ist Freddie von zu Hause und ihrem (prügelnden) Ehemann in Redding ausgerissen und hat in der Höhle bei der Hippiekommune Unterschlupf (und einen neuen Namen) gefunden. Für sie war es das Beste, was ihr je passiert ist.

Für ihre Tochter eher nicht so.

Sie hasst den Dreck.

Sie hasst es, niemals ungestört zu sein.

Sie hasst das Chaos.

Leute kommen und gehen – die Kommune ist gelinde gesagt unbeständig. Der Doc ist regelmäßig zu Gast in der Höhle.

Ihm gehört ein Haus unten in Dodge City, aber manchmal hängt er in der Höhle rum, raucht Dope und schwadroniert über »Revolution«, »Gegenkultur« und die Offenbarungen, die einem Acid beschert.

Außerdem vögelt er Freddie.

Kim liegt da, reglos wie eine Puppe, und tut so, als würde sie schlafen, während der Doc und ihre Mutter neben ihr Liebe machen. Sie schließt die Augen ganz fest, versucht die Geräusche auszublenden und stellt sich ihr neues Zimmer vor.

Dort kommt niemals jemand rein.

Manchmal ist nicht der Doc bei ihrer Mutter, sondern ein anderer Mann. Manchmal sind es auch mehrere.

Aber Kims »Zimmer« darf niemand betreten.

Niemals.

45

John gefällt das Leben in der Höhle.

Mit Starshine fing es an, aber eines Nachts kuschelte er sich an eine Ausreißerin aus New Jersey, die sich Comet nannte (vermutlich nicht nach dem Haushaltsreiniger, sondern der astronomischen Erscheinung), und da sie sich von Starshine praktisch nicht unterschied, war es ihm egal.

Auf jeden Fall besser als zuhause.

Die Kommune ist auf ihre Art eine Familie, wobei John mit Familien nicht viel Erfahrung hat. Sie essen zusammen, sie reden, erledigen die Hausarbeit.

Johns Eltern fällt kaum auf, dass er nicht mehr zu Hause wohnt. Er kommt alle zwei oder drei Tage und hinterlässt kleine Spuren seiner Existenz, sagt hallo zu einem der beiden, wer auch immer gerade da ist, schnappt sich ein paar Klamotten, vielleicht auch was zu essen, und verschwindet wieder in die Höhle. Sein Vater wohnt jetzt sowieso hauptsächlich in L.A., seine Mutter hat mit der bevorstehenden Scheidung zu tun, außerdem ist es Sommer *and the livin' is easy*.

John raucht Gras, probiert Haschisch, nur vor LSD-Trips hat er Schiss.

»Man verliert die Kontrolle«, sagt er zum Doc.

»Man verliert sie, um sie zu finden«, entgegnet dieser kryptisch.

Nein danke, denkt John, weil er bei endlos öden Acid-Sessions schon Leute von ihren Trips runterquatschen oder neben ihnen sitzen bleiben musste, weil sie ausgeflippt sind, während der Doc aus dem *Tibetanischen Totenbuch* vorlas.

Abgesehen davon gibt es in jenem Sommer in der Höhle nichts, das ein vierzehnjähriger Junge nicht lieben würde. Er geht runter zum Strand, der Doc hat ihm ein Board geliehen. Dort hängt er mit den Surfern und den Hippies ab und ist meistens high. Danach geht er wieder in die Höhle, wo ihn eines der Hippiemädchen gratis vom Liebesbuffet naschen lässt.

»Wie Ferienlager«, sagte John später, »nur dass man auch noch einen geblasen bekam.«

Dann ist der Sommer vorbei, und die Schule fängt wieder an.

46

John will nicht nach Hause.

»Du kannst nicht das ganze Jahr in der Höhle leben«, sagt der Doc. September bis Ende Oktober vielleicht, das würde noch gehen, aber dann schlägt das Wetter um, und Laguna ist nachts kalt und feucht. Die Atmosphäre bei John zu Hause ist nicht weniger kalt und feucht, inzwischen ist seine Mutter nicht mehr ansprechbar und sowieso meistens betrunken.

John zieht also mehr oder weniger beim Doc ein.

Das passiert ganz allmählich – John kommt nach der Schule und bleibt bis zum großen Spaghettiessen am Abend, danach kiffen alle ein bisschen. Er schläft auf der Couch oder in einem der drei Schlafzimmer bei einem der Mädchen, Docs Harem.

Irgendwann ist John dann einfach immer da, gehört schon fast zur Einrichtung, wird zum Maskottchen.

Docs Baby.

Er geht mit dem Doc surfen, hilft ihm, Tacos zu verteilen, und so langsam kapiert er, woher der Doc sein Geld hat.

Dope.

Allmählich bekommt John eine Vorstellung davon, was die Association ist und wer dazugehört. Die Jungs lassen in seiner Gegenwart dürftig verschleierte Andeutungen über ihre Fahrten nach Mexiko und die größeren Expeditionen nach Südasien fallen.

Eines Tages sagt John zum Doc: »Ich will mitmachen.«

»Wobei?«

»Komm schon«, sagt John.

Der Doc guckt ihn mit diesem charismatischen, schiefen Grinsen an und sagt: »Du bist vierzehn!«

»Fast fünfzehn«, sagt John.

Er mustert ihn. John ist ein ganz gewöhnlicher Grem, aber irgendwie hat er was. Der Junge war immer schon ein kleiner Erwachsener, jedenfalls behandeln ihn die Mädchen im Haus wie einen, ganz so klein kann er also nicht mehr sein.

Und der Doc hat ein Problem, bei dem ihm John möglicherweise helfen kann.

Geld.

Der Doc hat nämlich zu viel davon.

Das heißt, vielleicht nicht zu viel Geld an und für sich, niemand hat zu viel Geld – aber zu viel Bares in kleinen Scheinen.

Deshalb passiert jetzt Folgendes:

John rollt auf dem Skateboard mit einem Rucksack voller Dollarnoten aus dem Straßenverkauf, Ein-Dollar-Scheinen, Fünfern und Zehnern, zu den Banken in Laguna, Dana Point und San Clemente. Er marschiert rein und tauscht die kleinen Scheine gegen Fünfziger und Hunderter in Bündeln mit Banderole.

John weiß genau, zu welchen Kassierern er gehen muss, wer Geburtstagsgeschenke und Weihnachtszuschläge vom Doc bezieht.

Die Cops sehen einen langhaarigen dünnen Jungen in T-Shirt und Surferhose auf einem Skateboard – einen von Dutzenden nervtötenden Skatern auf dem Gehweg – und kommen im Leben nicht auf die Idee, dass ihm Tausende und Abertausende Dollar von der Schulter baumeln.

Manche Kinder tragen Zeitungen aus, John Bargeld.

Dafür macht der Doc fünfzig Tacken täglich locker.

Das Leben ist schön.

John lässt die Schule über sich ergehen, dreht seine Runden, holt sich seinen Fünfziger ab, fährt wieder zum Haus und steigt mit Mädchen ins Bett, die inzwischen immer häufiger auch schon mal über zwanzig sind und ihm eine Erziehung angedeihen lassen, wie er sie im Klassenzimmer nicht bekommt.

Klar ist das Leben schön.

Aber es könnte noch besser sein.

47

»Ich will mein eigenes Zeug dealen«, sagt er eines Tages zum Doc, als sie im Line-up auf die nächste Welle warten.

»Wieso?«, fragt der Doc. »Du verdienst doch gut.«

»Mit deinem Geld«, erwidert John. »Ich will mein eigenes Geld.«

»Ich weiß nicht, Mann.«

»Ich aber«, sagt John. »Hör zu, wenn du mich nicht belieferst, geh ich woanders hin.«

Der Doc denkt, wenn der Junge woanders hingeht, machen die ihn fertig oder ziehen ihn über den Tisch oder er tappt direkt in eine Polizeifalle. Wenn ich ihm das Zeug verkaufe, denkt der Doc, weiß ich wenigstens, dass er in Sicherheit ist.

Also dreht John jetzt nicht nur seine Cashrunde, sondern klebt sich auch fette Joints unter sein Skateboard und verkauft sie für fünf Dollar das Stück.

Jetzt verdient John richtig Geld.

Er gibt es nicht für Platten, Klamotten oder für Dates mit Mädchen aus. Er spart es. Er ist noch keine sechzehn, als er dem Doc ein Bündel Geldscheine in die Hand drückt und ihn bittet, ihm einen Wagen zu kaufen.

Einen wunderschön erhaltenen 1954er Plymouth Station Wagon.

48

Seht ihn euch an, unseren John.

Siebzehn Jahre alt und mietet nicht eins, sondern zwei Häuser in Dodge City.

In einem lebt er, in dem anderen lagert er Dope.

Er fährt häufiger nach Mexiko als der Linienbus und vertickt auch keine Skateboard-Joints mehr (das erledigen drei andere Grems für ihn, die tierisch froh sind um das Geld.) Er verkauft en gros an Straßendealer und verdient sich dumm und dämlich. In seinem Zweitdomizil lagert so viel Gras, dass es als »The Shit Brick House« bekannt ist.

Seine Freundin ist dreiundzwanzig, heißt Lacey, wohnt bei ihm, ist schlank und geschmeidig und nur deshalb nicht grün im Gesicht, weil sie nicht mal weiß, was Eifersucht ist. Er darf jetzt selbst fahren und besitzt drei Autos, den Plymouth, ein Mustang Cabrio Baujahr '65 und einen alten Chevy Pick-Up, mit dem er seine Surfboards transportiert. (Er hat eine Sammlung von Spezialanfertigungen.) Wenn The Grateful Dead in der Stadt sind, trifft er sich mit ihnen. Er macht mit dem Doc Ausflüge nach Maui, wo sie stoned am Strand rumhängen.

Er ist immer noch das Baby vom Doc, aber man sagt, dass er jetzt bei den Großen mitspielt.

John ist Junior-Partner der Association.

49

Währenddessen spielt das ganze verfluchte Land verrückt.

John entwickelt sich vom kleinen Tacodieb zum erfolgreichen jungen Geschäftsmann und die Vereinigten Staaten machen auf McMurphy in Einer flog über das Kuckucksnest – die Rede ist von den Jahren 1968 bis 1971.

Has anybody here seen my old friend Martin, has anybody here seen my old friend Bobby, Tet-Offensive, Unruhen in Cleveland, Unruhen in Miami, *die* Unruhen schlechthin in Chicago, Bürgermeister Daley, Hippies und Yippies, wir setzen die Medikamente ab und wählen Richard Nixon (die Schwester Ratchett der amerikanischen geschlossenen Politikanstalt), der Heidi Bowl, Ed Kennedy auf tödlicher Fummelfahrt, die Chicago Eight, My Lai, I came upon a Child of God: He was walking along the Road, Altamont, Janis stirbt, Charles Manson, Kambodscha, tin soldiers and Nixon coming, Angela Davis, Alles was sie schon immer über Sex wissen wollten, Apollo 13, Batik-T-Shirts, Wallekleider, Attica Prison Riot.

Abgesehen von Woodstock und Janis' Tod kriegt John nichts von alldem mit.

Kommt schon, er lebt in Laguna.

Laguna Beach, Kalifornien
2005

»*Don't let the Devil ride*
I said don't let the Devil ride
'cuz if you let him ride
He will surely want to drive.«
The Jordanaires,
»Don't let the Devil ride«

50

Die Gold Coast schimmert silbern.

Die Straßenlaternen von Laguna versinken im Nebel, und der Rettungsturm am Main Beach sieht aus, als würde er auf einer Wolke schweben.

Ben mag die Stadt so.

Eine sanfte, geheimnisvolle Nacht.

Gerade hat er O zu Hause abgesetzt und überlegt jetzt, ob er ausgehen, schlafen oder doch lieber Kari, die Kellnerin, anrufen soll.

Ah, ja.

»Kari? Hier ist Ben Leonard. Aus dem Coyote.«

Kurzes Schweigen, dann eine herzliche Reaktion.

»Hey, Ben.«

»Hab mich gefragt, was du so treibst.«

Längeres Schweigen. »Ben, das wär nicht gut. Ich bin mit jemandem zusammen.«

»Bist du verheiratet?«, fragt Ben. »Verlobt?«

Weder noch.

»Dann bist du Single. Frei wie ein Vogel.«

Aber sie hätte so ein schlechtes Gewissen.

»Dann wird der Sex umso besser«, sagt Ben. »Glaub mir, ich bin Jude.«

Sie ist katholisch.

»Dann haben wir fast schon die heilige Pflicht, es zu tun«, sagt Ben. »Das sind wir dem Sex schuldig.«

Sie lacht.

Ben fährt an der Brooks Street vorbei und weiter nach South Lagoo, Richtung Kari.

Bis –

51

Was man im Rückspiegel nicht sehen möchte:

    a) Das neue Handy, überrollt.

    b) das Hündchen der Freundin, überrollt.

    c) eine Eishockey-Torwartmaske.

    d) Blaulicht.

Ben sieht d).

»Scheiße.«

Er fährt rechts ran, nicht weit von der Einfahrt zum Aliso Creek Beach.

Ein verlassener Straßenabschnitt in einer nebligen Nacht.

Er wirft noch einmal einen Blick in den Spiegel und sieht, dass es ein Zivilfahrzeug mit Blaulicht auf dem Dach ist.

Aber er hat nichts dabei und der Wagen ist sauber.

Das Gesicht des Zivilbullen taucht am Fenster auf. Er zeigt seine Marke, und Ben lässt die Scheibe runter.

»Führerschein und Fahrzeugpapiere bitte.«

»Darf ich fragen, warum Sie mich angehalten haben?«

»Führerschein und Fahrzeugpapiere bitte.«

Ben zieht seinen Führerschein aus der Brieftasche, übergibt ihn und greift dann zum Handschuhfach um die Fahrzeugpapiere rauszuholen.

»Lassen Sie die Hände da, wo ich sie sehen kann«, sagt der Cop.

»Wollen Sie die Fahrzeugpapiere oder nicht?«, fragt Ben.

»Steigen Sie aus, Sir.«

»Ach, kommen Sie schon«, sagt Ben. Weil er einfach nicht anders kann, es steckt in seiner scheiß DNA. »Warum haben Sie mich angehalten? Gibt es einen hinreichenden Verdacht?«

»Ich habe Marihuanarauch aus dem Fenster auf der Fahrerseite steigen sehen«, sagt der Cop. »Und jetzt kann ich ihn auch riechen.«

Ben lacht. »Sie haben mitten in der Nacht Marihuanarauch aus dem Fenster eines fahrenden Autos aufsteigen sehen? Und Sie riechen gar nichts – ich rauche nie im Wagen.«

»Steigen Sie bitte aus, Sir.«

»Das ist Blödsinn.«

Der Cop reißt die Tür auf, packt Ben am Handgelenk, zerrt ihn raus und zwingt ihn auf den Boden.

Darauf folgen Tritte.

Ben will in Embryohaltung gehen, aber die Tritte treffen ihn an den Rippen, den Schienbeinen, den Nieren, in die Eier.

»Sie widersetzen sich der Festnahme!«, schreit der Cop. »Geben Sie den Widerstand auf!«

»Ich widersetze mich nicht.«

Zwei weitere feste Tritte, dann drückt der Cop Ben ein Knie in den Nacken und Ben spürt den Pistolenlauf in seinem Genick.

»Wer ist jetzt das Arschloch?«, fragt der Cop.

Eine verdammt seltsame Frage, aber Ben kann sich nicht darauf konzentrieren.

Weil er den Hahn zurückschnappen hört.

Er hat einen Kloß im Hals.

Dann drückt der Bulle ab.

52

O geht ins Bad, schaltet das Gebläse ein und zündet sich den Rest von einem Joint an.

Sie ist ja bereit, Zugeständnisse zu machen und auf die Empfindlichkeiten ihrer Mutter Rücksicht zu nehmen, aber Pakus Scheinheiligkeit in Bezug auf Drogen ist absolut abenteuerlich und in ihrer dreisten Verlogenheit fast schon bewundernswert.

Pakus Medikamentenschrank hinter dem Spieglein Spieglein an der Wand des Badezimmers ist ein ganzes Arzneibuch verschreibungspflichtiger, stimmungsverändernder Drogen, wofür O nichts als Verachtung übrig hat, weil das ein Klischee ist und sie sich selbst auch in eins verwandelt: Ständig rennt sie *for the shelter of her mother's little helper*, wenn das Kraut nicht genug knallt.

»Könnt ihr keine Spezialmischung erfinden?«, hat sie Ben gefragt, »für Mädchen aus Orange County, wenn Battlestar Galactica einfach nicht reicht?«

»Wir arbeiten dran«, hatte Ben erwidert.

Aber bislang ohne Ergebnis.

Deshalb durchsucht O immer mal wieder Pakus Hausapotheke nach

Valium

Oxy

Zanex

oder irgendeinem anderen Antidepressivum, das Pakus Vorträge über Os Marihuanakonsum erträglicher macht, die sie ihr regelmäßig hält, wenn sie aus der Entzugsklinik kommt, gestärkt mit neuen Argumenten und einer frischen Schar an 12-Schritte-Freunden, die auf der Terrasse rumhängen und über ihre »Programme« palavern, bis Paku die Sache zu langweilig wird und sie auf Yoga, Radfahren, Jesus oder Scrapbooking umschwenkt.

(Die Scrapbooking-Phase war ganz besonders qualvoll: Paku klebte unzählige Bilder von sich selbst in nach Jahren sortierte Bände ein, die sie zeigen, wie sie O fotografiert.)

Einmal fragte die 16-jährige O einen traurig wirkenden Mann aus Pakus »Freitagsgruppe«, der gleichzeitig ihr Liebhaber war: »Bist du auch trocken?«

»Dreißig Tage hab ich geschafft«, sagte der Mann.

»Vierzig werden es nicht werden«, erwiderte O.

Was prophetisch war, wie sich ungefähr an Tag 36 herausstellte, als O aus ihrem Zimmer kam und sah, wie sich Paku und der Typ quer durchs Wohnzimmer mit (leeren) Wodkaflaschen bewarfen, bevor sie sich in (verschiedene) Entgiftungskliniken verabschiedeten und O alleine im Haus zurückließen, wo sie wilde Partys feierte mit der Begründung, das Haus fürsorglich vor der Rückkehr ihrer Mutter von jeglichen Alkoholresten befreien zu wollen.

Aber wie Eishockey-Goalies und Quarterbacks ist auch Paku mit einem schlechten Gedächtnis gesegnet, und deshalb hält sie das alles nicht davon ab, O wegen ihrer Kifferei auf den Zeiger zu gehen.

Heute Abend ist O nicht in Stimmung dafür, also setzt sie

sich zum Rauchen aufs Klo unter das Gebläse, und wenn Paku schnüffeln kommt, sagt sie, sie habe Verstopfung, was dann eher damit endet, dass sie ein rein pflanzliches Heilmittel und nicht ordentlich was aufs Dach bekommt.

Weil sie nämlich das Gefühl hat, heute schon genug aufs Dach bekommen zu haben, und zwar von Chon, als er sie mit ihrer aufdringlichen (und zugegebenermaßen plumpen) Anmache abblitzen ließ.

Ein bisschen was von Bambi?

Gott.

Ich würde auch nicht mit mir ficken.

53

Ben hört das trockene Klicken.

Sein Herz hämmert.

Der Cop lacht.

Er spürt, wie ihm etwas in die Hand gedrückt und wieder weggenommen wird, dann zieht der Cop ihm die Arme hinter den Rücken und legt ihm Handschellen an.

»Schauen Sie mal, was ich gefunden habe«, sagt der Bulle.

Er zeigt Ben einen Klumpen Dope.

»Das gehört mir nicht«, sagt Ben.

»Die Ausrede hab ich schon mal gehört«, sagt der Cop. »Das lag in Ihrem Kofferraum.«

»Bullshit. Das haben Sie deponiert.«

Der Cop zieht ihn auf die Füße und stößt ihn auf den Rücksitz des Zivilfahrzeugs.

Dann klärt er ihn über seine Rechte auf.

54

Zum Beispiel hat er das Recht zu schweigen.

Ach was. Ben sagt gar nichts außer, dass er von seinem anderen Recht Gebrauch machen möchte, dem Recht auf einen Anwalt.

Kennt Ben einen Anwalt?

Soll das ein scheiß Witz sein? Ben verkauft das beste Dope in Orange County, ergo sind einige seiner besten Kunden Anwälte.

Blöd ist nur, dass er keinen kennt, der sich mit Strafrecht auskennt, weshalb er einen Anwalt für Versicherungsrecht anruft, der einem Freund Bescheid sagt, der noch mitten in der Nacht vorbeikommt.

Aber erst mal wird Anklage gegen Ben erhoben, wegen Verstoßes gegen Paragraf 11359 des kalifornischen Gesetzbuchs – Besitz von Rauschgift mit der Absicht, es weiterzuverkaufen – sowie Widerstand gegen die Festnahme (Paragraf 148, wie Ben erfährt), dann legen sie noch Paragraf 243b drauf, tätlicher Angriff gegen einen Gesetzeshüter, und stecken ihn in eine Sammelzelle.

Die Knastklischees kann man vergessen.

Keine Bande von Mexikanern will Ben zur Wichssocke machen. Er muss nicht mit Bubba um sein Bolognasandwich kämpfen. Als ihn ein Rasta fragt, weshalb sie ihn eingesackt haben, ist das schon die brenzligste Situation, in die Ben in seiner OC-Knastzelle gerät.

»Besitz von Marihuana mit der Absicht es zu verkaufen, Widerstand gegen die Festnahme und tätlicher Angriff gegen einen Polizeibeamten«, erklärt Ben.

»243b, cool«, sagt der Rasta.

Get up, stand up, stand up for your rights.

Den Großteil der Zeit liegt Ben einfach nur da – ihm tut alles weh, und er ist wütend.

Auf Detective Sergeant William Boland aus dem Sheriff's Office Orange County, Sondereinheit für Drogenbekämpfung.

Der ihm eine Pistole an den Kopf gehalten und abgedrückt hat.

Ben sah sein Leben nicht ablaufen wie einen Film.

Er sah seinen Tod aufblitzen.

55

»Wie schlimm kann's werden?«, fragt Ben.

»Schlimm«, erwidert der Anwalt. »Sie müssen mit circa zwölftausend Dollar Bußgeld und bis zu sechs Jahren Staatsgefängnis rechnen.«

»Sechs Jahre?!«

»Drei für das Dope«, erklärt der Anwalt, »eins für 148 und vielleicht noch zwei für 243.«

»*Der* hat *mich* angegriffen!«

»Ihr Wort gegen seins«, sagt der Anwalt, »und wenn's um Drogen geht, werden die Geschworenen dem Beamten glauben.«

»Hören Sie«, sagt Ben. »Es muss doch möglich sein, den ganzen Prozess abzuschmettern. Es gab keinen hinreichenden Verdacht, keinen Grund meinen Wagen zu filzen, und er hat das scheiß Dope deponiert.«

»Ihre Fingerabdrücke waren drauf«, sagte der Anwalt.

»Er hat es mir in die Hand gedrückt!«

»Wenn wir keine mexikanischen oder schwarzen Geschworenen bekommen, sind Sie geliefert«, sagt der Anwalt. »Ich rate Ihnen, auf schuldig zu plädieren – ich sorge dafür, dass die Körperverletzung fallengelassen wird, weil sich Boland hinterher nicht medizinisch versorgen ließ, und wahrscheinlich kann ich für den Widerstand gegen die Festnahme Bewährung rausschlagen, dann kriegen Sie drei Jahre für das Gras und sitzen eins davon ab.«

»Auf gar keinen Fall«, sagt Ben.

Der Anwalt zuckt mit den Schultern. »Sie können unmöglich wollen, dass die Sache vor Geschworenen aus Orange County verhandelt wird.«

Hauptsächlich Rentner und Regierungsbeamte (weil die sich frei nehmen können), die Ben hassen werden, weil er jung und arrogant ist.

»Ich plädiere auf nicht schuldig.«

»Ich muss Sie drauf hinweisen, dass …«

»Plädieren Sie auf nicht schuldig.«

Ben verbringt also eine lange, schlaflose Nacht im Gefängnis, wird am Morgen angeklagt, plädiert auf nicht schuldig und darf für 25 000 Dollar auf Kaution gehen.

56

May Gray.

So nennen die Einheimischen die Schicht aus Wolken und Nebel, die sich zu dieser Jahreszeit wie eine dünne Decke über die Küste legt und den Touristen eine Heidenangst einjagt, weil sie eine Menge schwer verdientes Geld hingeblättert haben, um mal eine Woche im sonnigen Kalifornien zu verbringen, und jetzt feststellen, dass es gar nicht so sonnig ist.

Man blickt, sagen wir mal, um neun Uhr morgens in den Himmel, um die Zeit eine einzige dampfende Suppe, und kann sich nicht vorstellen, am selben Tag noch die Sonne zu sehen. Oh, ihr Kleingläubigen – bis Mittag bohren sich die krebserregenden Strahlen wie Laser durch den Nebel in die Haut, um ein Uhr ist man an genau dem Ort, den man auf Yahoo Images gesehen hat, und um drei steht man dann im Drugstore und kauft Aloe Lotion.

Ben hat aber noch eine andere Theorie zu May Gray.

Einen anderen Namen.

Zeit des Übergangs.

»Nach der vorangegangenen Nacht«, erklärt Ben O, »sind viele Menschen so früh am Morgen noch nicht bereit für das grelle Tageslicht. In seiner Güte mildert Südkalifornien es für sie. Es ist die Zeit des Übergangs.«

Man steht morgens auf, und es ist schön mild und grau.

Wie dein Gehirn.

Man gleitet in den Tag.

Die Wahrheit ist genauso – sie dämmert einem allmählich.

Ben lässt sich sanft auf seinem angestammten Platz im Coyote nieder, sein Rücken schmerzt wie verrückt von Bolands Tritten, als Kari auch schon mit einem Kaffee und einem bösen Blick auf ihn zukommt.

»Ich hab gestern Nacht auf dich gewartet«, sagt sie. »Du bist nicht aufgetaucht.«

Okay, das weiß Ben schon. Er staunt immer wieder, dass einem Leute Sachen erzählen, die man längst weiß. (Du bist nicht aufgetaucht. Du kommst zu spät. Du bist arrogant.)

»Ist was dazwischengekommen«, sagt Ben.

»Was oder jemand?«

Gott im Himmel, denkt Ben, die ist jetzt schon eifersüchtig? Ist das nicht ein bisschen überstürzt? Und überhaupt, war da nicht noch ein anderer Typ im Spiel?

»Etwas.«

»Hoffentlich war's wichtig.«

»Das war's.«

Man hat mir meine Sterblichkeit vor Augen geführt.

Sie wirkt ein bisschen besänftigt. »Wie immer?«

»Nein, nur Kaffee.«

Er fühlt sich zu krank und müde, um zu essen.

Kari schenkt ihm Kaffee ein und bevor er sich's versieht, klemmt sich Old Guys Rule wieder auf den Platz gegenüber.

57

INNEN – COYOTE GRILL – TAG

Crowe sitzt Ben gegenüber.

              CROWE

Scheinst ein braver Junge zu sein. Niemand
will dir weh tun.

*Kurzer Schwenk auf Bens ungläubigen Gesichts-
ausdruck.*

              CROWE

Okay, vielleicht hat er's ein bisschen
übertrieben. Adrenalinrausch oder so. Tut
ihm leid, wenn dir das was hilft.

              BEN

Er hat mir eine Pistole an den Kopf gehalten
und abgedrückt.

CROWE

Und du hast dir nicht in die Hose
geschissen. Hat ein paar Leute schwer
beeindruckt.

BEN

Kann dir gar nicht sagen, wie mich das
freut.

CROWE

Kopf hoch - ist ja nicht so, dass du so
wahnsinnig sauber wärst.

BEN

Wovon redest du?

CROWE
(dreckig grinsend)
Ja ja, schon klar.

BEN

Was willst du?

CROWE

Bist du jetzt bereit zuzuhören?

*Ben sagt nichts. Er hebt die Hände, wie um zu
sagen: An mir soll's nicht liegen.*

CROWE

Okay, du machst Folgendes …

58

Ben packt 35 000 Dollar in einen Aktenkoffer und fährt damit nach Newport Beach.

Chad Meldruns Büro befindet sich im siebten Stock eines modernen Gebäudes und seine Empfangsdame fickt so dermaßen eindeutig mit ihm, dass sie sich kaum die Mühe macht, von ihrer Zeitschrift aufzublicken, um Ben zu sagen, er möge sich setzen, Chad sei noch bei einem anderen Klienten und verspäte sich ein wenig.

Zehn Minuten später kommt Chad aus seinem Büro, einen Arm um die Schultern eines finster dreinblickenden Mexikaners gelegt, dem er rät, er solle »sich locker machen, wird schon werden.«

Chad ist Ende vierzig, sieht aber jünger aus, was daher kommt, dass er mit dem plastischen Chirurgen nebenan Tauschgeschäfte macht und dieser seine Kundschaft nicht nur mit Botox, sondern auch mit Oxy versorgt.

Deshalb hat Chad perfekt und nicht mehr nachweisbar gestraffte Lider und keinerlei Sorgenfalten, was sich auch so gehört, da er in der Drogendeliktstrafverteidigungsbranche als Chad »Sorgenfrei« Meldrun bekannt ist.

Er führt Ben in sein Büro, zeigt ihm einen Stuhl, setzt sich selbst an den großen Schreibtisch und verschränkt die Hände hinter dem Kopf.

Ben stellt die Aktentasche neben seine Füße.

»Sie haben Glück, dass Sie einen Termin bekommen haben«, steigt Chad ein, ohne Smalltalk. »Ich bin völlig ausgebucht. Eigentlich dürfte es nicht ›War on Drugs‹ heißen, sondern ›Gesetz zur Förderung der Vollbeschäftigung von Strafverteidigern‹.«

»Danke, dass Sie sich Zeit für mich nehmen«, sagt Ben.

»Keine Sorge«, erwidert Chad. Er steht auf und sagt: »Wir machen einen kleinen Ausflug. Lassen Sie den Koffer ruhig stehen.«

Sie gehen wieder raus ins Wartezimmer.

»Bin in zwanzig Minuten zurück«, sagt er zur Lady am Empfang.

Sie blickt von ihrer Zeitschrift auf: »Cool.«

59

Ben folgt Chad hinaus aufs oberste Parkdeck und nimmt in dessen Mercedes Platz.

»Sagen Sie erst mal nichts«, sagt Chad und dreht den Zündschlüssel um, »es sei denn, es geht um die Lakers.«

Ben fällt zu den Lakers nichts ein, also hält er die Klappe. Chad verlässt das Parkhaus und fährt auf den MacArthur Boulevard und dann in Richtung John Wayne Airport.

»Wir fahren nur ein paar Minuten«, sagt er. »Ich weiß, dass mein Wagen sauber ist, und falls Sie verkabelt sind, wird das Signal in Flughafennähe geblockt. Gott segne John Wayne und die innere Sicherheit.«

»Ich bin nicht verkabelt«, sagt Ben.

»Wahrscheinlich nicht«, erwidert Chad. »Also, die 35 : 25 sind dafür, dass die Beweiskette reißt und Sie freigesprochen werden. Zehn bleiben bei mir, nennen wir's Finderlohn. Dazu kommt mein Honorar, dreihundert für jede in Rechnung gestellte Stunde, plus Spesen. Ich bin nicht habgierig – Sie müssen mir ein Honorar bezahlen, um die Schweigepflicht zwischen Anwalt und Klient zu gewährleisten und zu beweisen, dass Sie mich nicht nur engagieren, damit das Schmiergeld in die richtigen Hände gelangt.«

»Aber genau das mach ich doch, oder?«, fragt Ben. »Ich engagiere Sie, damit Sie das Schmiergeld an die Drogenkommission von Orange County weiterleiten.«

»35000 pro Monat, mein Lieber«, sagt Chad. »Buchen Sie's unter Geschäftskosten ab. Sie sollten eigentlich sowieso zwanzig Prozent Ihres Einkommens für Anwaltskosten beiseite legen.«

»Danke für den guten Rat.«

»Sie haben Glück, dass der Fall hier auf Staats- und nicht auf Bundesebene verhandelt wird«, sagt Chad. »Diese Bundesbeamten heutzutage? Wenn man überhaupt an sie rankommt, dann halten sie sich für so was wie die Auswahl der ersten Runde beim NFL Draft. Denken Sie erst gar nicht, was Sie denken – Sie könnten ja auch direkt zu den Leuten gehen, sich den Umweg über den Vermittler und die Provision sparen. Können Sie nicht. Erstens, Sie wissen nicht, wen Sie ansprechen müssen, und wenn Sie's bei den falschen versuchen, haben Sie noch größere Probleme; zweitens, selbst wenn das hinhauen würde – ich bin Vielflieger, falls Sie verstehen, was ich meine. Die werden sich nicht mit einem Scheibchen von Ihnen abspeisen lassen und Gefahr laufen, den großen Kuchen zu verlieren; drittens, Sie fahren sehr viel besser damit, wenn Sie eine langfristige Beziehung mit mir eingehen, denn wenn Sie's mal so richtig versauen, bin ich vor Gericht ein verdammt harter Hund und habe Geschworene und Richter in meinem Rennstall.«

»Ich hab's nicht gedacht.«

»Keine Sorge«, sagt Chad, »ich sag's nur lieber geradeheraus. Dann gibt's später keine Missverständnisse. Fragen?«

»Sie garantieren mir, dass die Anklage fallen gelassen wird?«

»So sicher wie das Amen in der Kirche«, sagt Chad. »Wissen Sie, wer in Fällen wie diesem den Gerichtssaal nicht als freier Mensch verlässt? Arme Leute – die sind gefickt. Ist ein extrem hartes Geschäft, wenn man nicht über ausreichend Kapital verfügt.«

Chad fährt zum Bürogebäude zurück.

»Haben Sie Ihren Wagen im Parkhaus stehen?«, fragt er Ben, als sie dort ankommen.

»Hab ich.«

»Geben Sie Rebecca den Parkschein«, sagt Chad. »Wir entwerten ihn.«

Ben zahlt lieber die vierzehn Dollar.

Und bucht sie unter Geschäftskosten ab.

60

Duane ruft seinen Boss an.

»Sieht aus, als würde er mitspielen.«

»Okay. Gut.«

Duanes Boss ist ein Mann weniger Worte.

61

In Bens Wohnung klingelt das Telefon.

»Du warst bei Chad«, sagt Duane.

»Hat er dir dein Geld schon gegeben?«

»Harter Brocken, oder?«

»Harter Brocken.«

»Nicht beleidigt sein. Betrachte es als Bußgeld für schlechtes Benehmen.«

62

Die Sache ist nur –
  Ben betrachtet es nicht als Bußgeld.
  Sondern als Lehrgeld.
  Als Schulgeld.
  Sie haben ihm eine Ausbildung geschenkt.
  Und genau damit haben sie's vermasselt.
  Denn jetzt weiß er, wie's geht.

63

Jeder Held hat einen tragischen Schwachpunkt.
  Eine Eigenschaft, die ihn und alle anderen in seinem Umfeld zur Strecke bringen kann.
  Bei Ben ist das einfach.
  Wenn man Ben sagt, er soll etwas machen
  dann kann er nicht anders
  er muss das genaue Gegenteil tun.
  Er ist –

64

Subversiv.
(Adj.) umstürzend, umstürzlerisch.
Ben, unverkennbar.
Er bezahlt das sogenannte Honorar für den nächsten Monat.
Oberflächlich betrachtet scheint er zu gehorchen, zeigt Einsicht, hat seine Lektion gelernt.
Augenscheinlich ist das so.
Def: (adj) 1. vor Augen liegend, sichtbar; 2. eindeutig, sinnfällig; 3. dem Anschein nach (wobei die Wahrheit offen bleibt).
Bingo.
Ben hat nämlich einen Plan.

65

»DEDO«
Verräter, Spitzel
in geschwungener Schrift
aus menschlichen Gedärmen
ausgelegt auf dem Boden.
DEA Agent Dennis Cain steht mit seinem mexikanischen Kollegen, einem Polizisten aus Baja namens Miguel Arroyo alias »Lado« (kalt wie Stein) in einem Lagerhaus in Tijuana und betrachtet die Botschaft der Sánchez-Familie, die ebenso gut hätte lauten können:
»CHINGATE DENNIS«.

Fick dich, Dennis.

Es geht nämlich sehr persönlich zu in diesem endlosen, auf kurze Distanz ausgefochtenen Krieg. Diese Männer kennen sich alle. Nicht direkt kennen, aber *kennen*. Die Sánchez-Familie spioniert die DEA, die Drogenbehörde, mindestens so gründlich aus wie die DEA sie. Sie wissen, wo die jeweils anderen wohnen, wo sie essen, wen sie treffen, mit wem sie vögeln, wie sie arbeiten. Sie kennen ihre Familien, ihre Freunde, ihre Feinde, ihre Vorlieben, ihre Schrullen, ihre Träume, ihre Ängste. Eine Botschaft aus menschlichen Eingeweiden zu schreiben, ist daher beinahe so was wie ein grausamer Scherz zwischen Rivalen, aber auch die Manifestation eines Machtverhältnisses, nach dem Motto, seht mal, was wir uns in unserem Revier erlauben dürfen und ihr in eurem nicht.

Dennis begann seine Karriere mit Anfang zwanzig als uniformierter Cop in Buffalo. Eines Morgens, in eisiger Kälte und noch vor Anbruch der Dämmerung, als der Wind wie der Schwung eines tödlichen Schwertes vom See hereinwehte, entdeckte er einen alten Teppich, der in einem seltsamen Winkel an einer Wand lehnte. Wie sich herausstellte, befand sich darin die starr gefrorene Leiche einer Kokshure und, an ihre kalte Brust gepresst, ein im Tod blau angelaufenes Baby.

Am nächsten Tag meldete er sich freiwillig zum Rauschgiftdezernat.

Wochen später hatte er seinen ersten Undercover-Einsatz und ließ Dealer hochgehen. Er besuchte die Abendschule, machte seinen Abschluss und bewarb sich bei der DEA. Als er angenommen wurde, war das der glücklichste Tag seines Lebens, obwohl er drauf angesprochen behaupten würde, das seien sein Hochzeitstag und später die Geburtstage seiner Kinder gewesen.

(Undercoverbullen sind vollendete Lügner – ihr Leben hängt davon ab.)

Die Drogenbehörde ließ ihn gleich weiter *undercover* arbeiten – Upstate New York, New Jersey, schließlich New York City. Er war ein Star, die Staatsanwälte liebten seine Fälle. Dann schickten sie ihn runter nach Kolumbien, später nach Mexiko. Sandfarbenes Haar, jungenhaftes Grinsen, Huck Finn mit Ostküsten-Akzent und dem Herzen eines Killers – die Zielpersonen liebten ihn, rissen sich darum, ihm Dope zu verkaufen und sich in die Scheiße zu reiten.

(Undercoveragenten sind vollendete Betrüger – das ist ihr Job.)

Dann schickten sie ihren Star an die vorderste Front des Kriegs gegen Drogen, die dreitausend Kilometer lange mexikanische Grenze.

Er durfte sich sogar aussuchen, wo er eingesetzt werden wollte – El Paso oder San Diego.

Hmmm.

Mal überlegen …

El Paso oder San Diego.

El Paso oder … San Diego.

El Passhole oder Sun Dog.

Sorry, Tex, nimm's mir nicht übel, aber –

come on!

Dennis Cain macht seinen Laden also im Hinterhof des Baja-Kartells auf, direkt am Zaun, auf dessen anderer Seite die Familie Sánchez ihr Unternehmen betreibt, aber niemand lädt die Nachbarn zum Grillen ein.

Es herrscht immer nur Krieg, tagein, tagaus.

Und was diesen Krieg angeht (der ja eigentlich *War against Drugs* heißen müsste, zumal die Doppeldeutigkeit des Wortes »on« bei der DEA zu recht spektakulären Personalproblemen führte, und Chon einiges über Männer erzählen könnte, die ihren Krieg *auf* Drogen führten), hier ist

Niemandsland.

Im Westen immer wieder was Neues.

Dennis und seine Kollegen lassen eine Lieferung auffliegen, der Sánchez-Clan tötet einen Spitzel. Dennis und seine Leute finden einen Tunnel unter der Grenze, der Sánchez-Clan gräbt einen neuen. Dennis verhaftet einen Anführer, ein anderer Sánchez rückt an seine Stelle.

Drogen und Geld bleiben in Bewegung, proud Mary keeps on burnin'.

Jetzt betrachtet Dennis die ausgeweideten Leichen von drei Männern, von denen einer sein Informant war, sowie die Grußbotschaft aus ihren Eingeweiden.

»Ist denen die Sprühfarbe ausgegangen?«, fragt er. »Oder was?«

Lado zuckt mit den Schultern.

66

»Ich will meinen Bio-Vater kennenlernen«, platzt O heraus.

Paku wollte O nicht mehr erzählen (obwohl O mit sieben oder acht Jahren nicht mehr aufhörte zu bohren), als dass ihr Vater ein »Loser« sei und sie lieber froh sein sollte, dass er in ihrem Leben nicht vorkam.

O lernte, das Thema nicht anzusprechen.

Jetzt tut sie es.

Gegenüber Ben.

Ben ist ein bisschen perplex. Und mehr als nur ein bisschen abgelenkt, weil er versucht, seinen subversiven Plan in eine subversive Aktion zu überführen.

Aber Ben ist Ben. »Was versprichst du dir davon?«

»Vom Treffen mit meinem Samenspender?«

»Davon reden wir doch, oder?«

O zählt die möglichen Vorteile auf:

1. Zur Abwechslung mal bei jemand anders Schuldgefühle wecken.

2. Paku nerven.

3. Durch furchtbar unpassende öffentliche Liebesbekun-
dungen anderen Leuten auf den Senkel gehen.

4. Paku nerven.

5. So tun, als wäre er ihr Sugar Daddy.

6. Paku …

»Noch mal zurück zu Nummer fünf«, sagt Ben. »Du hast
doch was vor.«

»Wie meinst du das?«

»Komm schon«, sagt Ben. »Paku dreht dir den Hahn ab,
also suchst du dir einen neuen … Hahn.«

»Das ist zutiefst zynisch, Ben.«

»Okay.«

»Ein armes, kleines, reiches Mädchen sehnt sich nach vä-
terlicher Liebe«, sagt sie, »und du unterstellst ihr Goldgräber-
Motive statt des Bedürfnisses nach Identität, die –«

»Weißt du überhaupt, wo er ist?«

»Ich weiß, wie er heißt.«

67

Sie durchwühlte die Kommode der (abwesenden) Paku nach
Bargeld und fand etwas viel Besseres.

Einen Vibrator.

Pakus klügsten Liebhaber.

Den besten Stiefvater aller Zeiten.

Übermann. (Mit Verweis auf Chons geliebten Nietzsche.)

BNI (Batterien nicht inbegriffen).

Keine ersten Dates, keine Verlegenheitsgespräche, kein sinnloses Fummeln, keine komplizierten menschlichen Beziehungen. Schmeiß einfach nur den bösen Buben an, wähle eine passende Phantasie und

das ganz große O!

Auch im Plural, wenn man es richtig anstellte.

Allerdings fand sie direkt daneben noch was anderes, nämlich ihre Geburtsurkunde mit dem Namen des Vaters, den sie nie gekannt hatte.

Paul Patterson.

Die Identität ihres Vaters direkt neben einem Plastikphallus.

Das alleine sind schon drei Monate Therapie.

68

»Ich meine, ich könnte ihn doch aufspüren oder nicht?«, fragt O.

»Vielleicht«, sagt Ben, »aber was dann?«

Er macht sich Sorgen, dass sie sich das so vorstellt: Sie trifft sich mit ihrem Dad, er wird ganz toll sein, und sie bauen eine Beziehung zueinander auf.

»Ich weißt nicht, ich stell ihm Fragen.«

Ben weiß, dass sie die Antworten längst im Kopf hat – ihr Vater wollte immer bei ihr sein, und Paku ist die böse alte Hexe, die ihn verjagt hat.

»Zum Beispiel, warum er sich verpisst hat, bevor du geboren wurdest?«, fragt Ben. »Oder ob er dich liebt? Was kann er schon sagen, O, das dein Leben besser macht?«

O hat die naheliegende Entgegnung schon parat.
Was kann er schon sagen
das mein Leben schlechter macht?

69

Dennis hat eine wunderschöne Frau, zwei wunderschöne kleine Töchter und ein wunderschönes, wenn auch bescheidenes Heim in einem hübschen Vorort von San Diego, wo die Nachbarn Steaks und Lachs grillen und sich gegenseitig über den Zaun hinweg zum Essen einladen. Sonntags geht er in die Kirche (eine dieser netten Establishment-Gemeinden, wo alle an Gott und Jesus glauben, aber nicht so sehr, dass es unangenehm wird), dann kommt er nach Hause, sieht sich das Footballspiel am Nachmittag an oder geht mit seiner Familie am Strand spazieren.

Er hat ein schönes Leben, und er weiß es auch.

Mit der Karriere läuft es prima.

Man sorgt für (gute) Schlagzeilen, was die Leute freut, die die Jahresberichte absegnen, dann stellt man sie mit ein paar Barren Marihuana vor einen Haufen Kameras und lässt sie neben Verbrecherfotos von mexikanischen Kartellgestalten posieren (Autopsieaufnahmen ziehen noch besser), und man hat einigermaßen ausgesorgt.

Das ist nicht zynisch.

Eins muss man begreifen, sonst ergibt das alles – *alles* – keinen Sinn.

Und zwar: Dennis liebt seinen Beruf, und er glaubt daran, er will mit der Drogenplage aufräumen, sie von der amerikanischen Landkarte tilgen.

Er *glaubt*.

Die Frage ist also, wo fängt es an?

Vielleicht an dem Morgen, an dem Dennis vor dem Spiegel steht, sich rasiert und eine unbehagliche, unbestimmte Unzufriedenheit spürt. Aber vielleicht auch nicht (die Vorstellung von einem *allwissenden Erzähler* ist doch sowieso für den Arsch, oder?)

Vielleicht fängt es schon am Abend vorher an, mit dem Gespräch über die Arbeitsflächen aus Granit. Die Küche wird neu gemacht, und seine Frau will unbedingt Arbeitsflächen aus Granit, aber wenn man sich die Preise in den Katalogen ansieht, dann ist das der Hammer, verdammte Scheiße.

Vielleicht liegt es auch daran, dass die Arbeit zu den Dingen gehört, über die er am Donnerstagabend zu Hause nicht spricht, wenn Domino's die Pizza liefert und seine Älteste schon ernsthaft auf *American Idol* abfährt. Wenn ihm seine Frau die »Wie war dein Tag«-Frage stellt und er »gut« antwortet, und es das dann gewesen ist, und ihn das mürbe macht, sich von den Menschen zu entfernen, die er am meisten liebt.

Vielleicht liegt es auch nur daran, dass sich mit der Zeit einiges ansammelt oder –

Oder vielleicht ist es ein blau gefrorenes Baby in der dunklen grauen Dämmerung vor über zwanzig Jahren in einem Krieg, der niemals endet.

70

Chons Gesicht erscheint auf dem Bildschirm.

Dank des Wunders namens Skype.

Ben stellt den Bildschirm seines Laptops so ein, dass O ihn auch sehen kann.

Sie setzt ein breites Grinsen auf.

»Chonny, Chonny, Chonny, Chonny Boy!«

»Hallo, Leute.«

»Wie geht's, Bruder?«, fragt Ben.

»Gut. Super. Und selbst?«

»Ausgezeichnet«, lügt Ben.

Er will's ihm sagen.

Kann aber nicht.

Auch nicht, als Chon fragt: »Was machen die Geschäfte?«

»Laufen prima.«

Weil's ihm wirklich grausam vorkommt, jemandem etwas von einem Problem zu erzählen, gegen das er nichts tun kann, außer rumsitzen und sich Sorgen machen. Und das Letzte, was er möchte, ist Chon ablenken. Schuld daran sein, dass er mit den Gedanken nicht bei der Sache ist.

Und Chon sieht müde aus, erschöpft.

Deshalb lügt Ben, indem er nichts sagt.

Sie machen Smalltalk, O versichert Chon, dass sie sich gut um seine Pflanze kümmert, und dann ist Chons Zeit abgelaufen und sein Gesicht verschwindet wieder vom Bildschirm.

71

Ben lügt.

Chon hat es ihm angesehen.

Zu Hause stimmt was nicht, irgendwas mit dem Geschäft, aber er schiebt den Gedanken beiseite und konzentriert sich auf den Auftrag.

Der Auftrag ist einfach.

Er hat das jetzt schon ein paar Dutzend Mal gemacht – nachts ein Haus angreifen.

Mit komplizierten Operationen wie Counterinsurgency – Aufstandsbekämpfung, bei der man das Vertrauen der Menschen gewinnt, Dörfer sicherer macht, Krankenhäuser baut, Wassersysteme säubert, Schulen eröffnet, Herzen und Köpfe erobert – hat Chons Einheit nichts am Hut.

Sie ist für Terrorbekämpfung zuständig.

Das heißt »Zersetzen und Zerschlagen« der Kommando- und Kontrollsysteme des Feindes.

Im Klartext: Feindliche Anführer finden und töten.

Weil Tote keinen Schaden mehr anrichten.

Die Kollateralthese besagt, wenn man genügend Anführer getötet hat, wird denen auf der mittleren Ebene die Lust vergehen, sich auf die freigewordenen Stellen zu bewerben.

Niemand will mehr befördert werden.

(Mehr Geld

mehr Verantwortung

Büro mit Aussicht

Laserleuchtpunkt.)

Da die meisten Salafisten irgendwann, aber nicht unbedingt sofort ins Paradies wollen, überlassen sie großzügig erst mal anderen den Vortritt. Ansonsten würde Bin Laden auf dem Sears Tower stehen, winken und »fangt mich doch« rufen, anstatt sich zu verstecken.

Auf jeden Fall wurde Chons Einheit im Verlauf einiger Kriege von Counterinsurgency auf Terrorbekämpfung umgeschult, weil letzteres

billiger

schneller

und statistisch besser zu erfassen ist.

Leichen lassen sich leichter zählen als eroberte Herzen (wankelmütig) und Köpfe (unberechenbar).

Deshalb ist Chon Aufträge wie diesen gewohnt.

Wenn es nur nicht so verdammt viele davon gäbe.

So viele Feinde zu töten.

72

Dennis hat Verbrecher eingebuchtet und gesehen, wie andere an ihre Stelle gerückt sind.

Dennis hat in die toten, gequälten Gesichter seiner Informanten geblickt

Dennis hat –

Schon mal den Ausdruck »eine Wagenladung Geld« gehört? Und das für eine Redewendung gehalten?

Dennis hat das gesehen, buchstäblich.

Eine Wagenladung Geld unterwegs nach Mexiko zu Leuten, die Küchen mit Arbeitsflächen aus Granit haben, und er hat sie bei seinen Chefs abgeliefert, die sich daneben fotografieren ließen, während er pflichtbewusst für die Ausbildung der Kinder gespart und seine Frau Rabattmarken gesammelt hat, weil's im Paradies, falls es eins gibt, bestimmt auch teuer ist.

Dennis sieht, dass er im Gesicht ein bisschen älter wird, das Haar ein bisschen dünner, der Bauch nicht mehr so straff. Er weiß, dass seine Reflexe langsamer werden, sein Gedächtnis nicht mehr so verlässlich funktioniert, dass er vielleicht schon mehr Kalenderseiten abgerissen hat, als noch vor ihm liegen.

Vielleicht war das leichte unzufriedene Zwicken Angst. Vielleicht nicht. Vielleicht war es einfach nur Unzufriedenheit.

Egal …

Man muss wissen, dass Dennis Informationen hortet. Weil er das für richtig hält, und weil er viel Arbeit in den Aufbau seines Netzwerks gesteckt hat. Seine Informanten gehören ihm, er teilt sie mit niemandem, genauso wenig wie die Informationen, die sie ihm geben. Damit macht sich Dennis bei seinen Kollegen nicht gerade beliebt, aber das ist ihm scheißegal – sein Lebensplan sieht nicht vor, dass er sich mit seinen Kollegen anfreundet, sondern dass er über sie hinauswächst, und dann können sie ihn sowieso nicht mehr leiden.

Dennis' Modus operandi besteht also darin, seine Informanten so zu bearbeiten, dass sie ihm Informationen liefern, bis die Beweise für eine Festnahme reichen, und diese Festnahme dann so zu inszenieren, dass sie die bestmögliche politische und karriereförderliche Wirkung erzielt.

Deshalb fährt er persönlich hin, als ihm einer seiner VIs – »vertraulichen Informanten« (Dennis hat dem Begriff *vertraulich* eine ganze neue Bedeutung verliehen) – von einer abgeschiedenen kleinen Ranch weit draußen im East County in der Nähe von Jamul erzählt.

Der Lone Ranger.

Oder auch »Lone Stranger«, wie man ihn im Büro nennt.

(Undercoveragenten sind sowieso meist Einzelgänger, sie vertrauen niemandem – Paranoia ist eine Überlebensstrategie.)

Sans tonto (wie Paku sagen würde, zumindest in ihrer französischen Phase).

Nur mal einen Blick drauf werfen.

Solo-Observierung.

Dennis hat Eier, dicke, stahlharte Dinger, deshalb fährt er mutterseelenallein in die Wüste, parkt seinen Wagen auf einer Anhöhe mit Blick auf die Ranch unten und richtet sein Nachtsichtgerät auf das Haus.

Es ist ein Bargeldlager.

(Das ist mal ein Ausdruck, was?)

Die Dealer bringen ihre Kohle hin, damit sie gezählt, sortiert und für einen relativ kurzen Ausflug über die Grenze gestapelt wird. An jedem x-beliebigen Abend befinden sich Hunderttausende oder Millionen von Dollar in dem Haus.

Dennis wirft einen Blick darauf und weiß, das könnte die Festnahme werden, die alles für ihn verändert.

Was er nämlich außerdem durch sein Fernglas sieht, ist

Filipo Sánchez.

Die Nummer drei des Baja-Kartells.

73

Die Nacht ist unheimlich und grün.

Durch Chons Nachtsichtgerät.

Horrorfilmgrün.

Er rollt nach seinem Team aus dem TPz

(Transportpanzer)

und läuft auf den Gebäudekomplex aus zweistöckigen Betonbauten zu, wo sich laut Angaben der Kollegen vom CIA die al-Qaida-Honchos eingebunkert haben.

Er presst den Kolben der M14 an seine Schulter, hält sie schussbereit, während die C4-Sprengladungen das Tor aus den Angeln reißen und das Team einfällt.

Chon hat sich ein Photo des AQ-Arschlochs, Ziel Nummer eins, ins Gedächtnis gebrannt.

Mahmud el-Kassani.

Wo bist du, Mahmud?

74

Dennis kennt Filipo – und wie, er hat ein Bild von Filipo ans Nachrichtenbrett in seinem Büro gepinnt. Er kennt die Namen von Filipos Frau und seinen Kindern, er weiß, welche *fútbol*-Mannschaft er unterstützt und dass er die Spiele der Padres über Satellitenfernsehen abonniert hat. Es muss ein wichtiges Geldversteck sein, wenn Filipo das Risiko auf sich nimmt und über den Stacheldraht steigt, wahrscheinlich ist er hier, um zu kontrollieren, um sicherzugehen, dass auch das ganze Geld in den Süden wandert, dass nichts davon verloren geht und in andere Himmelsrichtungen verschwindet.

Normalerweise würde Dennis das Haus ein paar Wochen lang überwachen und dann an seine Vorgesetzten übergeben, damit die dann die Lorbeeren abgreifen, doch jetzt überlegt er, ob er den Dienstweg nicht lieber überbrücken soll. Der für San Diego zuständige Hauptkommissar steht kurz vor der Pensionierung, und mit einem Volltreffer wie diesem hier könnte sich Dennis auf dessen freien Stuhl katapultieren.

Das Ganze ist also zweifellos eine echte Cowboyaktion, seine Vorgesetzten würden sie nicht gutheißen, aber Dennis weiß, dass er nicht unbegründet handelt. Er kann behaupten, er musste es drauf ankommen lassen, – wer weiß, wann und ob Filipo jemals wieder zum Haus kommt, wann er sich überhaupt wieder diesseits der Grenze blicken lässt. Und außerdem wird er bundesweit per Haftbefehl gesucht, also –

Befestigt Dennis seine Dienstmarke an der Jacke, nimmt seine DEA-Kappe vom Rücksitz, zieht die Waffe und geht los.

75

Chaos in den Gebäuden.

(Füchse im Hühnerstall.)

Frauen kreischen, Kinder schreien, Ziegen meckern.

Kein Chaos für das Team – sie wissen genau, wo sie sind und wo sie hinwollen: die Treppe hoch in den zweiten Stock.

Kugeln zischen an ihnen vorbei, die AQs wehren sich.

Chon hantiert geschickt mit dem Gewehr –

zielen, schießen

zielen, schießen

zielen, schießen.

Er schafft es bis zur Tür und rennt die Treppe rauf.

Beim Knall der ersten Explosion hat einer der AQs die Glühbirnen zerschossen, und jetzt ist es schwarz und eng da drin.

Chon spürt, dass jemand aus einem Türeingang neben ihm kommt, er reißt das Gewehr herum und sieht –

dass es ein Kind ist

noch keine zwölf

in der traditionellen Weste

einem *Waskat*

(Chon weiß, dass das englische Wort *waistcoat* daher kommt)

enganliegende Mütze

große schwarze Augen.

Jeden Mann erschießen, lautet der Befehl, aber Chon will den Befehl nicht befolgen, schubst den Jungen zurück in das Zimmer und rennt weiter die Treppe rauf in einen Raum, der

zum Gebeinhaus wird

da das Team jeden darin erschießt

und dann sieht Chon Mahmud
der in jener Nacht nicht zum Märtyrer werden will.
Er hebt die Hände, um sich zu ergeben.
Chon schießt ihm zweimal in die Brust, weil er
ihn zum Märtyrer machen will.
(Das Paradies ist das Paradies, aber es ist teuer.)

76

Kann schon sein, dass sie's drauf ankommen lassen und los-
ballern.

In dem Fall wäre er tot.

Wahrscheinlicher aber ist, dass sie das Weite suchen

Und den meisten würde das auch gelingen.

Aber das Risiko ist es wert.

Filipo Sánchez dingfest machen? Komm schon.

Dennis rast also in seinem Jeep da runter wie ein Holly-
wood-Cowboy auf seinem Pferd. Es gibt keinen Zaun und
kein Tor, weil die Drogentypen keine Aufmerksamkeit auf das
Haus lenken wollen, deshalb fährt Dennis direkt vor, steigt
mit Wucht auf die Bremse, springt raus, Dienstmarke in der
einen, Pistole in der anderen Hand und schreit: »DEA! Hausdurchsuchung! Keiner rührt sich von der Stelle!«

Dennis hat Eier.

Drei bewaffnete Männer stehen mit offenen Mündern da,
starren ihn an, überlegen anscheinend, was sie tun sollen.
Wollten sie ihn erschießen, dann wäre das der Moment.

Bei Jerry Bruckheimer würden sie's machen, einfach so –
Schießeisen zücken und drauflos ballern, dabei aber kein einziges Mal treffen und Dennis würde sie allesamt niedermä-

hen und – an der Schulter getroffen – ins Haus platzen und sich ein Duell mit Filipo liefern.

Abspann, Popcorn zusammenfegen.

Nur dass ein mehrere Milliarden Dollar schweres Drogenkartell kein mehrere Milliarden Dollar schweres Drogenkartell wird, wenn an der Spitze ausschließlich Holzköpfe arbeiten. Auch wenn dies nicht nach einer typischen Hausdurchsuchung der Drogenbehörde mit dem, wie sonst üblich, typischen Personal aussieht, ist es immer noch eine Hausdurchsuchung der DEA, und diese Leute wissen, was passiert, wenn sie einen Bundesbeamten auf amerikanischem Boden töten.

Es wird sie langfristig sehr viel mehr Geld kosten, als sich aktuell im Haus befindet.

Ihnen blühen keine fünfzehn bis dreißig Jahre, sondern die Spritze.

Und: Selbst Filipo Sánchez ist ersetzbar.

Das ist ganz einfach die Wahrheit, so ist das nun mal im *vida narco*. Geld ist nur Geld – sie verlieren ständig welches. Leute genauso – sie wandern in den Knast und kommen wieder raus, das ist das Risiko, das man eingeht. Und das gilt sogar für Filipo, ob er nun zur königlichen Familie gehört oder nicht. So was kommt vor und die Familie wird nicht daran zugrunde gehen.

Was also passiert, ist Folgendes: Sie erstarren, und

Dennis marschiert direkt an ihnen vorbei ins Haus, wo Filipo Sánchez an einem Klapptisch voll Kohle sitzt und mäßig erstaunt aufblickt. Seelenruhig sagt er: »Auf dem Tisch hier liegen 550 000 Dollar für dich, wenn ich zu der Tür da rausgehe.«

77

Treppe wieder runter.

Auftrag erledigt.

Alle Mann nach Hause, ein Bier trinken, eine DVD gucken.

Die Frauen trauern bereits, wehklagen, heulen, aber Chon hört es schon nicht mehr.

Rauschen.

Er ist fast die Treppe wieder runter, als der Junge noch mal rauskommt.

Chon sieht die unschuldigen schwarzen Augen des Jungen und sagt

»Ach, du Scheiße«

während der Junge in seine Weste greift und die Bombe zündet, die er am Körper trägt.

Die grüne Welt wird rot.

78

Nur wenige Menschen sind je gezwungen herauszufinden, was sie tun würden, wenn sie ihr ganzes Leben auf der einen Sache aufgebaut haben und dann

die andere

angeboten bekommen.

Dennis weiß, wenn er ihn jetzt einkassiert, werden sich fünf weitere Filipos gegenseitig abknallen, weil sie scharf auf seinen Job sind. Er weiß, dass die freie Stelle neu besetzt wird, weil die Bezahlung einfach zu gut ist. Er weiß, dass er ihn trotzdem verhaften, ihm Handschellen anlegen und ihn über seine Rechte aufklären muss.

Filipo macht keinerlei Anstalten, sich zu wehren oder abzu-
hauen.

Wäre Filipo ein typischer Cineplex-Fritobandito-Mexi-
cowboy im bestickten schwarzen Hemd mit grellgrünen Stie-
feln aus Eidechsenhaut, wäre ihm die Entscheidung leicht gefallen. Aber Filipo trägt ein maßgeschneidertes graues Sakko
über einem weißen Button-Down-Hemd, dazu teure Jeans
und schwarze Slipper, leicht getönte Gleitsichtbrille. Kurze
schwarze Haare mit silbrigen Strähnen. Sehr zurückgenom-
men, verhalten, leise.

Nichts Drohendes in der Stimme, kein spöttisches Grinsen
im Gesicht.

Reines Geschäft.

Ein Wert wird gegen einen anderen getauscht.

Geld für Freiheit.

Dennis geht vieles durch den Kopf. Sachen, die ihm wahrscheinlich noch am Vortag niemals eingefallen wären, etwa:

550 000 Dollar sind

Arbeitsflächen aus Granit, sind

die Ausbildung seiner Kinder, sind

scheiß auf die Rabattmarken.

Er denkt an seine Rente später, dass er sich vielleicht ein
Wohnmobil kauft, so eins, auf dem ein Name steht, zum Beispiel »Freibeuter«, dann fährt er damit jedes zweite Jahr
durchs Land. Von 550 000 kann man sich, wenn man sie langfristig klug anlegt, alles Mögliche kaufen:

Ein Haus am Wasser in Costa Rica.

Reisen in die Toskana.

Arbeitsflächen aus Granit.

Es wäre ja nur

das eine Mal

denkt er.

Einmal und nur ein einziges Mal, und dann nie wieder.

Nur, dass Dennis weiß, dass das nicht stimmt, selbst in dem Moment, in dem er sich davon zu überzeugen versucht.

Er weiß, dass man eine Seele nicht mieten kann, nur kaufen. Aber um sein Gesicht zu wahren, sagt er: »Das ändert nichts.«

Filipo nickt, gestattet sich aber den Anflug eines Lächelns, weil beide wissen, dass es *alles* ändert.

Der Fluss der Zeit ist in dieser Hinsicht unerbittlich.

Manchmal ist der Strom so stark, dass man niemals mehr der sein kann, der man mal war, auch nicht vorübergehend, aber Dennis nickt.

Filipo geht zur Tür raus

und nimmt ein großes Stück von Dennis mit.

79

Wer weiß
   ob
   Aufrichtigkeit Risse bekommt
   oder sich auflöst
   Der Fluss der Zeit nagt an seinen Ufern bis sie

                                      bröckeln

   Scheinbar plötzlich.
   Nur scheinbar.

80

Chon hört lautes Wehklagen.

Er liegt auf dem Rücken und spürt einen kalten Luftzug über sich hinweggleiten.

Dann nichts mehr.

Laguna Beach, Kalifornien
1976

»Cocaine,
Running all around my brain.«
Jackson Browne, »Cocaine«

81

Der Doc zaubert ein Kaninchen aus dem Hut.

Nur dass es kein Kaninchen ist und auch kein Hut – der Doc zieht einen Glassinumschlag aus Johns Surfboard.

Magisch.

John ist gerade aus Mexiko zurück, von einem Surfausflug mit dem Doc.

Die Third Reef Pipeline war's nicht gerade, aber doch ganz anständig, und sie hatten zwei Mädchen dabei und eine schöne Zeit. Jetzt laden sie ihren Kram bei John in Dodge City aus, und der Doc nimmt eins von Johns Boards, bricht es auf und John denkt, hey, geht's noch?

»Das ist die Zukunft«, antwortet der Doc.

John ist sauer – erstens, weil's eins seiner Lieblingsbretter war. Zweitens, weil er jetzt 24 und damit alt genug für den Erwachsenenknast ist. Wenn der Doc unbedingt bescheuerte Risiken eingehen will, warum nimmt er dann nicht eins von seinen eigenen Boards?

Nur dass der Doc ein Gott für ihn ist.

Und jetzt spricht Gott.

»Du glaubst, mit Gras lässt sich Geld machen?«, sagt der Doc. »Gras ist ein Juniorenunternehmen. Koks ist Wall Street.

Das Hippieding ist vorbei – Frieden, Liebe, schieb's dir in den Arsch. Jimi tot, Janis tot, jetzt heißt es *Sympathy for the Devil*.«

Geld ist die Zukunft, und Kokain bringt Geld. Börsenmakler koksen, Filmproduzenten, Musikmanager, Ärzte, Anwälte, Indianerhäuptlinge – die sind nicht auf Gras, die sind auf Koks.

Gras ist ein Haus in Dodge City, Koks eins am Strand.

Gras ist ein neuer Transporter, Koks ein Porsche.

Gras: Hippiemädchen, die nach Patschuliöl stinken. Koks: Models in Chanel.

John hat's kapiert.

John zieht mit.

Es ist 1976, zweihundert Jahre Unabhängigkeit, jetzt beginnt das –

BuyCentennial.

82

Sie starrt in den Spiegel und zieht langsam, aber sehr genau einen Lidstrich.

Der Eyeliner ist perfekt, der Mascara ist perfekt, der dezente blaue Lidschatten ist perfekt, der Hauch von Rouge, der ihre Wangenknochen aus Porzellan betont, ist perfekt. Sie bürstet ihr volles blondes Haar, bis es perfekt glänzt.

Kühl, objektiv und kritisch kommt Kim zu dem Schluss, dass sie

perfekt ist.

Sie erhebt sich vom Hocker und tritt vor den bodenlangen Spiegel an der Tür ihres winzigen Zimmers in dem Trailer in San Juan Capistrano, in der Nähe der Erdbeerfelder.

Kim streicht das klassische, kleine Schwarze glatt und vergewissert sich, dass genug zu sehen ist, Oberschenkel und Dekolletee, aber nicht zu viel. Das Kleid ist der Ertrag aus monatelangem Kellnern im Harbor Grill in Dana Point für beschissene Trinkgelder und anzügliche Blicke, weil Kim supergut aussieht, aber nicht wie

siebzehn.

Das Kleid ist perfekt, befindet sie.

So wie der schwarze BH, der ihre Brüste perfekt formt, so wie sie es in der *Vogue*, der *Cosmo* und im *Playboy* gesehen hat, die sie allesamt aufmerksam studiert, um herauszubekommen, wie Männer Frauen gerne hätten, dazu die *Penthouse*, weil sie wissen will, was Männer von Frauen wollen.

Kim weiß das nicht, weil sie nie einen Freund oder auch nur eine Verabredung hatte – sie klettert auf keinen Rücksitz, sie steigt noch nicht mal in einen Wagen.

Sie ist Kim, die Eiserne Jungfrau, die Frigide, Kim der Kühlschrank, und es ist ihr egal, was man über sie sagt – sie wird sich nicht an Highschool-Jungs verschwenden, die nichts zu bieten haben, was ihr Leben schöner macht, die ihr nicht geben können, was sie will: etwas Besseres, etwas viel Besseres als die beschissenen Wohnungen und Trailer, für die sich ihre Mutter abrackert, etwas Besseres als die Typen, die ihre Mutter mit nach Hause bringt und die sie bittet wieder zu gehen, bevor ihre Tochter aufwacht.

Kim hat sich aufgespart, sich für sich selbst behalten.

Sie schaut sich um, beobachtet

sie wartet, wartet darauf

dass ihr Körper zu ihrer Seele aufschließt

perfekt wird

absolut unwiderstehlich.

Weil man mit dem arbeitet, was man hat.

Die Welt hat ihr kein Geld geschenkt, keine Familie und keine besondere Stellung, aber

Schönheit.

Und jetzt ist sie so weit, jetzt kann sie sich auf die Suche begeben – auf die *Jagd*.

Nach einem besseren Leben.

Kim hat einen Plan.

83

Seit Monaten arbeitet sie daran.

Okay, eigentlich ihr ganzes Leben, aber auf die Idee für genau diesen Plan ist sie erst vor ein paar Monaten gekommen, als sie die Klatschspalten im Orange County Register überflog, den ein paar Kunden im Diner neben ein bisschen Kleingeld auf dem Tisch liegen gelassen hatten.

Die jährlich stattfindende Wohltätigkeitsveranstaltung einer Krebsstiftung im Ritz Carlton.

Sie betrachtet die Fotos der Reichen – ihre fröhlichen Gesichter, das perfekte Lächeln, die frisierten Haare, die schönen, stilsicheren Klamotten, und wie sie selbstbewusst die Köpfe vor die Kameras halten. Sie liest die Namen, Mr. und Mrs., Dr. und Mrs. Und denkt –

Ich gehöre auch dazu.

Sie wissen es nur noch nicht.

Weil sie mich noch nicht kennen.

Kim nimmt die Klatschspalten mit nach Hause, schneidet die Bilder aus und heftet sie an die Pinnwand über dem kleinen Schreibtisch in ihrem Zimmer. Studiert sie eifriger als

Algebra, Chemie oder Englisch, weil ihr diese Fächer
nichts
bringen werden, und eines Tages auf dem Heimweg nach
der Arbeit – ihr rosafarbenes Uniformkleid ist voller Fett- und
Kaffeeflecken – macht sie Halt in einem Stoffgeschäft und
kauft ein Schnittmuster. Drei Wochen später kauft sie schwarzen Stoff.

Aber es gibt ein Problem.

Sie kann gar nicht nähen, und außerdem hat sie keine Nähmaschine, also steht sie am nächsten Morgen auf, nimmt das
Muster und den Stoff, überquert den »Rasen« aus Kies, klopft
an die Tür von Mrs. Silvas Trailer und fragt:

»Können Sie mir helfen?«

Mrs. Silva ist Anfang sechzig. Ihr Mann pendelt zwischen
Mexiko und hier, ist oft wochenlang am Stück weg, und dann
hört Kim ihre Nähmaschine rattern.

Mrs. Silva lächelt die hübsche *guera* an.

»Willst du zum Abschlussball?«, fragt sie.

»Nein. Können Sie mir helfen?« Kim zeigt Mrs. Silva eines
der Klaschspaltenfotos. »So muss es aussehen.«

»*Sonrisa*, das ist ein Tausend-Dollar-Kleid.«

»Nur der Ausschnitt muss anders werden.«

Sie fährt sich mit ihrem Zeigefinger von links nach rechts
in einer diagonalen Linie über die Brust.

»Komm rein. Wir schauen mal, was wir machen können.«

In den folgenden beiden Monaten verbringt Kim jeden
freien Augenblick mit Mrs. Silva am Nähtisch. Ihre neue *tía*
zeigt ihr, wie man schneidet, wie man näht. Es ist schwierig,
kompliziert, aber Mrs. Silva ist eine sehr gute Schneiderin
und eine wunderbare Lehrerin, und Kim lernt.

»Du hast ein Auge für Mode«, sagt Mrs. Silva.

»Ich liebe Mode«, gesteht Kim.

Sie weiß, dass sie mehr braucht als ein Kleid.

An der Ecke Ocean Drive und PCH ist ein Zeitungskiosk, dessen Besitzer ihr gerne auf die Beine glotzt, weshalb er ihr erlaubt, Zeitungen durchzublättern, ohne sie zu kaufen, und dort geht sie die *Vogue*, die *Cosmo* und *Women's Wear Daily* durch und macht sich Notizen.

Das Make-up, das sie sieht, ist teuer, aber sie spart so viel von ihrem Lohn, wie sie kann (alles, was sie nicht ihrer Mutter für Essen und Miete gibt), und ihr ganzes Trinkgeld, und sie ist achtsam, so achtsam in all ihren Entscheidungen, dass sie, wenn sie mit dem Bus zur Mall fährt und zu Nordstrums geht, genau weiß, was sie kaufen muss, um den Effekt zu erzielen, auf den sie es abgesehen hat, und sie kauft es und sonst nichts.

Der Kalender ist kein Freund.

Während Kim die Tage bis zur Wohltätigkeitsveranstaltung abhakt, rechnet sie im Kopf durch, wie viel Zeit ihr noch bleibt, was sie verdient und was sie noch kaufen muss.

Zwei Dollar dreißig die Stunde.

Mal zwanzig Stunden.

Außerdem fünfzehn bis zwanzig Dollar Trinkgeld pro Schicht.

Mal fünf …

Minus sechzig Dollar die Woche, die sie ihrer Mutter für die Ausgaben im Haushalt gibt …

Das wird knapp.

Bei einer der (vielen) Anproben mit Mrs. Silva –

Inzwischen Tía Anna …

Sagt Tía Anna: »Das Kleid wird langsam, aber ohne die richtige Grundlage ist das Kleid nichts wert.«

Kim weiß nicht, was sie meint.

Tía Anna ist sehr direkt. »Du hast wunderschöne Brüste,

aber sie brauchen den richtigen BH, damit sie in dem Kleid zur Geltung kommen. Ein teures Kleid mit billiger Unterwäsche? Das ist wie ein schönes Haus mit Rissen im Fundament.«

Und dann die Schuhe.

»Männer gucken dich von oben nach unten an«, sagt Anna, »Frauen von unten nach oben. Diese *brujas* werden zuallererst auf deine Schuhe sehen, und dann wissen sie, wer du bist.«

Also fängt Kim an, nach Schuhen Ausschau zu halten – in der Zeitung, den Zeitschriften, den Schaufenstern. Sie sieht das perfekte Paar im Fenster eines vornehmen Ladens in der Forest Avenue.

Charles Jourdan.

150 Dollar.

Weit über ihren Möglichkeiten – ein Kleid kann man selbst machen, aber sie weiß, dass das mit Schuhen nicht geht.

Das ist ein Problem.

Außerdem ist da noch der Schmuck.

Echten kann sie natürlich nicht tragen, Diamanten befinden sich ebenso außerhalb ihrer Reichweite wie die Sterne, aber sie merkt, dass sie ein Händchen für Modeschmuck hat, Tía Anna hilft ihr, ein paar Stücke auszusuchen, ein Armkettchen und eine Halskette, die die Wirkung des Kleids unterstreichen.

Aber die Schuhe.

Kim geht nach Hause und betrachtet die schwindenden Tage auf dem Kalender – jetzt sind da mehr Kreuze als freie Kästchen. Sie rechnet nach und merkt, dass sie's nicht schaffen wird.

Das hätte ihre Mutter ihr auch gleich sagen können.

In den wenigen Stunden, in denen sie nicht (viel zu kurz)

schläft oder anderer Leute Häuser putzt, sieht die ehemalige Freaky Frederica, inzwischen einfach nur Freddie genannt (ihre Hippiezeit hat sie lange hinter sich gelassen), was ihre Tochter so treibt – die Fotos an der Pinnwand, die Verpackung des Schnittmusters, das Hin und Her zwischen ihrem und Mrs. Silvas Trailer. Wie Mrs. Silva am Anfang glaubt sie, es ginge um einen Abschlussball, eine Party oder sogar (endlich!) einen Jungen, aber sie macht sich Sorgen, dass ihrer Tochter das Herz gebrochen wird, weil sie sich im snobistischen Orange County nach einer sozialen Schicht zu strecken scheint, die unerreichbar für sie bleiben wird.

Die meisten Mädchen von der Dana Hills High haben Geld, kommen überall hin und sind vor allem tierisch arrogant, die werden sehr schnell spitzkriegen, dass Kim in einem Trailer lebt und ihre Mutter putzen geht.

Sie möchte nicht, dass sich ihre Tochter schämt, und außerdem ist sie stolz auf sie beide, sie ist stolz auf *sich*, denn sie ist eine unabhängige Frau, die alleine klarkommt (gerade so, aber immerhin).

Kim ist klug, Kim könnte aufs Community College gehen, vielleicht sogar vier Jahre mit einem Stipendium, wenn sie nur ein bisschen mehr lernen würde, aber Kim interessiert sich nur für Modezeitschriften und den Spiegel.

Freddie versucht ihr das zu sagen, aber Kim hört nicht.

Und wenn, dann würde sie ihrer Mutter entgegnen, dass man sich nicht über die Treppe nach oben kämpft, man nimmt den Fahrstuhl.

Aber auch dafür braucht man die richtigen
Schuhe.

84

Stan nimmt Diane den aufgerollten Dollarschein aus der Hand –

oh, Eve –

beugt sich über den Tresen im Bread and Marigold Bookstore und zieht das Pulver in die Nase.

Der Doc grinst ihn an. »Und?«

»Wow.«

Diane grinst schon, weil ihr der Doc, ganz der ritterliche Gentleman, die erste Line angeboten hat. In ihrem Gehirn summt und brummt es, und fleißige kleine Bienchen arbeiten sich schnell in ihre Pussy runter.

Der Doc revanchiert sich gerne – Stan und Diane haben ihn auf Acid gebracht, jetzt tut er ihnen seinerseits einen Gefallen mit dem Koks. Er ist mit John und einer Kostprobe vorbeigekommen.

Fair bleibt fair.

Freundschaft bleibt Freundschaft.

Und Geschäft bleibt Geschäft.

Es ist gut fürs Geschäft, die Betreiber des Bread and Marigold Bookstore mit einer kostenlosen Probe auf das neue Produkt aufmerksam zu machen, denn auch wenn der Buchladen nicht mehr das ist, was er mal war, so ist er doch immer noch ein Nervenzentrum der Gegenkultur (sprich Drogenkultur).

Der Doc kommt damit zur rechten Zeit.

Stan hat sowieso schon nach etwas Neuem Ausschau gehalten.

Er hat keine Lust mehr, Hippiekram zu verkaufen, hat Angst, in einer untergehenden Kultur hängenzubleiben, und um die Wahrheit zu sagen, Diane ist ihm auch ein bisschen langweilig geworden.

Und er ihr.

Aber was ist mit Politik?

Der Revolution?

Die sie glaubten gewonnen zu haben, als Nixon

der Überfeind

die böse Stiefmutter

und wenn wir ehrlich sind, der Sündenbock

(sie sind beide in der Religion, in der sie erzogen wurden, bewandert genug, um zu wissen, dass der Bock alle Sünden des Volkes auferlegt bekam und er aus der Stadt getrieben wurde)

zurücktreten musste?

Der Krieg endete

und Jimmy Carter kam.

Jimmy Carter.

Der Jimmy mit der Lust im Herzen.

Diane will keine Lust im Herzen, sie will welche in ihrer Pussy, in ihrer Muschi, und es ist schon eine Weile her, seitdem sie mit Stan welche verspürt hat. Es ist okay ... ganz nett ... aber ...

nett?

Das Komische ist, selbst in der Zeit der freien Liebe – als sich die Leute umeinander wanden wie die Würmer in der Kaffeedose im Hinterzimmer des Buchladens – hat sie nicht mitgemacht. Stan auch nicht. Sie aus Zurückhaltung; er, so vermutete sie, aus Angst vor Krankheiten.

Jetzt fragen sich beide, ob ihnen vielleicht was entgangen ist.

Außerdem macht ihnen das Geld zu schaffen.

Früher machte man sich nichts draus.

Es war *bourgeois*.

Aber jetzt scheinen alle welches haben zu wollen.

Und zu haben.

Der Doc zum Beispiel.

Taco Jesus hat jetzt mehr als bloß Tacogeld, und er wirft auch nicht mehr damit um sich. Er kauft sich Klamotten, Autos, ein Haus, die Sachen stehen ihm gut, und Diane fragt sich, sie kann nicht anders –

Ob sie gerade irgendwas verpassen –

Ob sie etwas verpasst *haben* –

Als würden sie am Ufer eines Flusses stehen und zusehen, wie die Zukunft an ihnen vorbeifließt und jetzt –

Stan sieht sie an, als würde er dasselbe denken, aber sie überlegt, ob er mit ihr am Ufer steht oder vor ihr vorbeitreibt und ob sie das überhaupt interessiert.

Sie dreht sich um und sieht John »eine Line ziehen« – wie man jetzt sagt. Alle Spuren seiner jugendlichen Niedlichkeit sind verflogen – jetzt ist er schlank, muskulös und stark, und plötzlich wird ihr klar, dass sie zehn Jahre – ein *Jahrzehnt* – älter geworden ist, denn dieser Junge, dieses Kind, das auf seinem Skateboard herumrollte und Joints verkaufte, ist jetzt ein junger Mann. Und reich ist er auch, wenn man den Gerüchten Glauben schenkt.

Gerüchte, scheiße, denkt sie – John gehört ein Haus in ihrer Straße, während sie immer noch zur Miete wohnen. Und die Parade schlanker junger Frauen, die ständig ein- und ausgehen, schreit nach Geld, und eines Morgens sah sie Stan, wie er mit seiner verfluchten Teetasse in der Hand aus dem Fenster starrte, versunken in den Anblick (lechzend?) einer der Gespielinnen von John, die gerade in ihren Wagen stieg, ihrer hoch abstehenden Brüste und ihrer blonden Drei-Engel-für-Charlie-Mähne. Und dann tat er so, als hätte er gar nicht geglotzt, und sie wünschte, er wäre wenigstens ehrlich genug (okay, dreist genug), um zuzugeben, dass er das Mädchen sexy fand, weil sie nämlich den Ständer in der ausgebleichten

Jeans, seiner lächerlichen Schlaghose, sehen konnte, und wenn er ehrlich gewesen wäre, dann hätte sie ihm vielleicht Erleichterung verschafft, wäre auf die Knie gegangen und hätte ihm einen geblasen und sich seine Schicksen-Phantasie in den willigen Mund spritzen lassen, aber stattdessen nuschelte er irgendwas Unaufrichtiges von wegen wie »oberflächlich« das alles sei, weshalb sie beschloss, ihn in seinem Saft schmoren zu lassen.

Jetzt reicht ihr John den aufgerollten Schein – sie ist wieder dran. Diane kommt sich ein bisschen albern vor, presst einen Finger auf ein Nasenloch, saugt mit dem anderen Luft ein und merkt, wie das Koks in ihrem Gehirn explodiert und bittere Galle ihre Kehle runterrinnt.

Sie ziehen jeder noch eine Line, dann beschließen sie, viel zu unruhig, um im Laden zu bleiben, einen Ausflug zu machen.

Stan besteht darauf zu fahren, also klemmen sie sich alle in den schwerfälligen alten Westphalia-Van, und sie sitzt mit John hinten, während sie in südlicher Richtung über den Pacific Coast Highway brettern, Kopf und Pussy sumsumsummen und sie hört, wie sich der Doc mit Stan über »Vertriebswege« unterhält, als ginge es um Amway oder so.

»Auch wenn du nur für den Eigenbedarf kaufst«, sagt der Doc, »überlassen wir's dir zum Großhandelstarif, damit liegst du schon ganz weit vorne. Und wenn du doch ins Geschäft einsteigen willst …«

Summ Summ Summ

»… Gewinnspanne …«

Summ summ.

»… Freundschaftsbändchen bringen vermutlich nicht viel Profit …«

Plötzlich sieht sie sich selbst dabei zu, wie sie sich zu John umdreht und sagt:

»Küss mich.«

John wirkt verdattert. »Was?«

Sie wiederholt es mit mehr Druck in der Stimme, mit Hitze, ihr Ehemann sitzt einen halben Meter entfernt, und sie hält John den Mund hin, ihre vollen Lippen, und John nimmt sie, sie saugt seine Zunge in ihren Mund, saugt dran, als wär's ein Schwanz, und sie wird feucht, wunderbar feucht, und dann fährt Stan von der Straße ab zum Harbor Grill, weil die Männer offensichtlich Hunger haben, und er macht den Motor aus und sieht sie an, und sie weiß, dass er's gesehen hat.

85

Die Kellnerin bringt ihnen Speisekarten.

»Das Mädchen kenne ich«, sagt der Doc und sieht ihr nach. Er dreht sich zu John um, der neben ihm sitzt. »Das Mädchen kennen wir.«

John zuckt mit den Schultern. Sie kennen viele Mädchen, und er ist immer noch ein bisschen von den Socken, weil ihn Diane geküsst hat, obwohl ihr Ehemann dabei war.

Aber wenn Stan sauer ist, dann lässt er's sich nicht anmerken.

Überhaupt nicht, denn seine Hand ist unter dem Tisch, wo er seiner Frau über den Schenkel streicht, und sie sieht John über den Tisch hinweg an, auf den Lippen ein Lächeln, aus dem ein Lachen werden will.

»Ich kenne das Mädchen«, wiederholt der Doc, dann gibt er's auf und fragt Stan: »Also was meinst du?«

Stan fährt sich über den Bart.

Schwarz und buschig.

»Ich weiß nicht«, sagt er und betrachtet die Speisekarte.
»Keine Ahnung.«

»Was weißt du nicht?«, fragt Diane, als hätte sie das Gespräch im Van nicht mitbekommen.

»Der Doc hat ein Angebot«, sagt Stan.

»Du weißt schon«, sagt der Doc. »Geschäfte.«

»Ach«, sagt Diane. »Geschäfte?«

»Ist es schlau, das hier drin zu besprechen?«, fragt Stan.

Diane stellt erstaunt fest, dass sie ihn verachtet.

Die Kellnerin kommt zurück, um ihre Bestellungen aufzunehmen.

Die ist hübsch, denkt Diane.

Ein Cheerleader.

Sie bestellen alle Omeletts.

Diane sieht, wie Stan dem Mädchen (verstohlen) auf die Titten glotzt.

»Kennen wir uns?«, fragt der Doc das Mädchen.

»Glaub nicht«, sagt sie.

Gesprächig ist das Mädchen nicht gerade, denkt Diane, aber als kühl würde man sie auch nicht bezeichnen.

Eher reserviert.

Reif für ihr Alter.

»Ich bin sicher, ich kenne dich von irgendwoher«, sagt der Doc.

Kim denkt, vielleicht weil du mit meiner Mutter geschlafen hast, während ich danebenlag, aber sie sagt nichts. Wenn sich der Doc nicht mehr an sie erinnert, gut. Wenn sich niemand mehr an sie erinnert, gut.

»Mann, lass sie endlich in Ruhe«, raunt John dem Doc zu.

An ihn erinnert sich Kim auch.

Der Junge, der in der Höhle lebte und sie ignorierte.

Stan glotzt ihr auf den Arsch, als sie weggeht, dann sagt er zum Doc: »Ich glaub nicht, dass wir das Geld haben, um einzusteigen.«

»Das ist ja das Schöne«, sagt der Doc. »Ihr braucht keins. Du fährst einfach runter nach Mexiko, bringst auf dem Rückweg was mit und behältst einen Teil für dich. Wenn du den verkaufst, bist du im Geschäft.«

»Ich weiß nicht.«

Der Doc beugt sich über den Tisch und sagt: »Du könntest es direkt im Laden verkaufen. Ich sag dir, da ist *Geld* drin.«

»Ich weiß nicht«, erwidert Stan. »Wir müssen drüber nachdenken.«

»Denkt nicht zu lange«, sagt der Doc.

Vom Kokain wird man nicht unbedingt geduldiger.

Diane sieht John an.

86

Als sie sich vor dem Zubettgehen ausziehen, fragt Stan: »Also, was hältst du davon?«

»Vom Kokain?«

»Ja.«

Oder davon, dass ich einen anderen Mann geküsst habe, denkt Diane. Kommt da gar nichts mehr? Lassen wir's einfach so auf sich beruhen? Sie gibt die Frage zurück. »Ich weiß nicht, was meinst du?«

»Wollen wir wirklich Koks dealen?«, fragt er.

Sie ist sich bewusst, dass sie stundenlang so weitermachen können, Fragen mit Fragen und wieder Fragen beantworten.

»Gras haben wir ja auch verkauft«, sagt sie. »Ist das so ein großer Unterschied?«

Stan knöpft sein Jeanshemd auf und hängt es in den Schrank. Streift seine Jeans ab und hängt sie an einen Haken an der Innenseite der Tür. »Ich weiß nicht. Ich meine, Gras ist ein natürliches Produkt – das hier ist Pulver.«

»Das aus einer Pflanze gewonnen wird«, sagt sie.

»So wie Heroin«, entgegnet Stan. »Würden wir damit dealen?«

»Nein«, sagt sie, ungeduldig, nackt. Sie schlüpft ins Bett. »Aber macht Kokain süchtig?«

»Keine Ahnung.« Er legt sich neben sie. »Wäre schön, ein bisschen Geld zu haben.«

»Wir könnten das Haus kaufen«, sagt sie und denkt, wenn er was von weiblichem Nestbautrieb sagt, hau ich ihm in die Fresse.

»Aber wir würden mit Drogen dealen«, sagt Stan. »War es das, was wir früher wollten?«

»Was wollten wir denn früher, Stan?«

Man muss ihm zugutehalten, dass er über seine eigene Anmaßung lachen muss. »Die Revolution.«

Volunteers of America.

»Die Revolution ist vorbei«, sagt Diane.

»Wer hat gewonnen?«, fragt Stan.

Diane lacht und nimmt ihn in die Arme, zieht ihn an sich. Sein Körper ist warm und vertraut, und er wird rasch steif. Sie weiß, dass er in sie eindringen möchte, aber sie rollt sich herum und setzt sich auf ihn drauf.

Er sieht zu ihr auf, seine Augen glänzen und sie kann ihn denken sehen.

»Du hast gesehen, dass ich ihn geküsst habe«, sagt sie.

Er nickt.

»Hat dich das angemacht?«

Er antwortet nicht.

Sie schwebt über ihm, stützt sich auf ihre dünnen starken Arme – überraschend stark –, ihre Möse ist genau auf seiner Eichel. »Du kriegst sie nicht, wenn du's mir nicht sagst. Sag mir, ob dich das angemacht hat, zuzusehen, wie deine Frau einen anderen Mann küsst.«

»Ja.«

»Ja, was?«

»Ja, es hat mich angemacht. Dir zuzusehen.«

Sie lässt sich auf ihm nieder und er stöhnt. Sie hebt und senkt sich und dann sagt sie: »Ich fick mit ihm und du mit ihr.«

»Mit wem?«

»Mit wem?«, äfft sie ihn nach. »Der BDM-Kellnerin, die du angegafft hast.«

Sie beugt sich rüber, schaukelt auf ihm und flüstert: »Ich fick mit ihm und du fickst mit ihr. Du fickst sie in ihre süße kleine blonde Muschi, du befingerst ihre Titten, ihren Arsch …«

Stan packt sie an der Hüfte und wirft sie herum. Zieht sie auf die Knie hoch und versenkt sich in ihr. Ganz anders als sonst, rammt er sie unsanft, macht ihr blaue Flecke am Hintern und an den Oberschenkeln.

»So ist es gut«, sagt sie. »Nimm sie. Sie will, dass du sie nimmst. Das ist gut, das ist gut, das ist gut, das ist gut …«

Dann merkt sie, wie er schlaff wird.

»Ich will …«, sagt er, »ich will nur *dich*.«

Als würden uns die Beamten von der Sexbehörde zugucken, denkt sie.

Später sagt er: »Morgen rede ich mit dem Doc.«

87

Diane schlürft ihren Kaffee und schaut aus dem Fenster.

Auf Johns Haus.

Sie tut, als wäre sie noch unentschlossen, aber sie weiß längst, was sie tun wird. Diane ist zu ehrlich, um sich lange etwas vormachen zu können. Zu ehrlich, um sich nicht einzugestehen, dass sie sich durch ihre Eifersucht im Recht sieht, weil sich Stan so leicht zu einem Phantasiefick mit der kleinen Kellnerin hatte überreden lassen und es dann doch nicht durchgezogen hat.

Sie stellt den Becher auf die Anrichte, geht zur Tür raus.

Es ist ein warmer Frühjahrsmorgen.

Sie klopft an Johns Tür.

Es kommt ihr vor wie eine Ewigkeit, aber dann macht er auf.

Die Haare vom Schlaf zerzaust, sein Jeanshemd aufgeknöpft.

Er ist barfuß.

In der Hand hält er einen Kaffeebecher.

»Hi«, sagt er.

88

Stan und der Doc treffen sich im Harbor Grill.

Kim bedient sie.

»Gehst du auch mal nach Hause?«, fragt der Doc.

»Ich hab mir Zusatzschichten geben lassen.«

Charles Jourdans.

150 Dollar.

So viel wird sie nicht verdienen, egal wie viele Zusatzschichten sie schiebt. Sie nimmt die Bestellung auf und geht
in die Küche.

»Und, hast du nachgedacht?«, fragt der Doc.

»Diane und ich haben darüber gesprochen«, sagt Stan.

»Und?«

Stan zögert.

Er ist sich der Tatsache bewusst, dass ihn Diane (irrational,
unfair) verachtet. Sie verachtet ihn, weil er nicht mit einer
anderen Frau Sex haben will. Die noch nicht mal eine Frau ist,
sondern ein Teenager.

Das ist völlig bescheuert, aber er fühlt sich entmannt.

Und er ist wütend, weil er weiß, dass Geld es besser machen
würde, mit dem Geld bekäme er seine Eier zurück, jedenfalls
mit den Summen, von denen hier die Rede ist …

»Wir sagen Nein«, sagt Stan.

»Okay, cool«, sagt der Doc.

Stan sieht, dass er das für alles andere als cool hält.

Der Doc hält ihn für eine Pussy.

Aber Stan hat pro und contra abgewogen. Das Geld wäre
toll, aber man muss es gegen das Risiko abwägen, erwischt zu
werden und Jahre im Gefängnis zu verbringen, vielleicht sogar einem mexikanischen Gefängnis, und dann sind da auch
noch ethische Gründe …

»Nicht, dass wir das Angebot nicht zu schätzen wüssten«,
sagt Stan.

»Klar«, sagt der Doc.

Die Kellnerin bringt das Essen, und sie essen mehr oder
weniger schweigend, führen ein gezwungenes, halbherziges
Gespräch.

Der Doc ist erleichtert, als Stan aufsteht und sagt, dass er
den Laden aufmachen muss.

»Ich übernehm die Rechnung«, sagt der Doc.

»Nein, lass mich …«

»Ich mach schon.«

Stan bedankt sich und geht.

Die Kellnerin kommt mit der Rechnung, legt sie auf den Tisch und sagt: »Ich übernehm das.«

»Wie bitte – was?«

»Ich mach das«, sagt Kim. Nur einmal, aber –

Ich mach's.

89

»Die ist noch ein Kind«, sagt John.

»Du warst auch ein Kind.«

»Das ist was anderes.«

»Wieso?«

»Da ging's um Gras«, sagt John. »Das ist Koks. Dafür wandert sie in den Knast.«

Der Doc schüttelt den Kopf. »In den Jugendstrafvollzug. Das Schlimmste, was ihr passieren kann, ist, dass sie ein paar Monate in den Kinderknast wandert.«

Doc weiß das, verdammt noch mal, er hat selbst im Jugendgefängnis gesessen. Er weiß, dass sie vielleicht als Kind einfährt – aber nicht mehr als Kind rauskommt. Für die Mädchenbanden und die Lesben wird sie nicht mehr sein als Frischfleisch.

»Sie hat's mir angeboten«, sagt der Doc abwehrend. »Ich hab sie nicht gefragt. Jedenfalls weiß ich jetzt wieder, wer sie ist.«

»Das ist super«, sagt John. Er fragt nicht nach, ist ihm egal.

»Erinnerst du dich an Freaky Frederica?«, fragt der Doc.

»Nein.«

»Als du noch in der verdammten Höhle gelebt hast, Superhirn?«, hilft ihm der Doc auf die Sprünge. »Das ist ihre kleine Tochter.«

John kann sich nicht an sie erinnern.

»Sie wird einfach aussehen wie irgendein Teenager mit falschem Pass«, sagt der Doc. »Sie wird mit den Wimpern ihrer blauen Augen klimpern und einfach so durchspazieren.«

»Ach ja?«, fragt John. »Und was, wenn nicht, Doc? Was, wenn sie geschnappt wird? Meinst du, sie hält die Klappe und sitzt ihre Zeit ab? Die verpfeift uns sofort.«

Das Schlimmste ist, denkt er, dass wir's noch nicht mal merken werden. Die geben ihr das Koks zurück und schicken sie los, direkt zu uns.

Eskortiert von ein paar Bullen.

Der Doc hat das alles längst bedacht. »Unser mexikanischer Zulieferer stoppt die Zeit, wenn sie über die Grenze geht. Wenn sie nicht glatt durchkommt, fahren wir sofort zum Flughafen und entspannen uns eine Weile auf Tahiti.«

Und das Mädchen, denkt John, wie heißt sie?

Kim?

Entspannt sich im Knast.

Toll.

90

Kim geht auf die Grenzkontrolle zu.

Wie unzählige andere amerikanische Teenager.

Die Tagesausflüge nach Tijuana machen, um sich volllaufen zu lassen, und dann über die Fußgängerbrücke am Übergang San Ysidro wieder nach San Diego zurückkommen.

Sie hat die Brust voller Pflaster kleben, mit denen die Kokaintütchen fest unter ihren Titten befestigt sind. Schmalere, kleinere Päckchen – aber trotzdem noch sehr wertvoll – kleben an den Innenseiten ihrer Schenkel.

Sie hatte in BH und Höschen – was für eine Demütigung – in einem Haus gestanden, während mexikanische *abuelas* ihr die Päckchen an den Körper klebten. Mental hatte sie abgehoben, sich von dem Ort entfernt und versucht, die Hände auf ihrem Körper und die Blicke der Drogenhändler, die sie mit unverhohlener Lust anstarrten, nicht zu spüren.

Ich bin eine Prinzessin, hatte sie sich gesagt, die für den Ball vorbereitet wird.

Nein.

Ich bin ein Supermodel, und die fummeln noch in letzter Minute an mir rum, bis alle Details stimmen und ich raus auf den Laufsteg muss, und der Mann ist ein Fotograf, der sich überlegt, wie er meine Schönheit am besten zur Geltung bringt, mein Wesen mit seiner Kamera erfasst, und dann endlich waren sie fertig, und sie zog sich die weite Bauernbluse über den Kopf und schlüpfte wieder in ihre Jeans, und die Frauen streichelten und tätschelten sie, bis sie sich davon überzeugt hatten, dass man die Päckchen nicht sehen oder leicht ertasten konnte, und dann zog sie ihre Tennisschuhe an und hängte sich die billige Leinentasche über die Schulter.

Der Doc klärte sie auf, dass die meisten Jugendlichen ein oder zwei Joints oder ein Tütchen mit billigem Hanf unten in ihren Taschen verstecken, und danach werden die Leute am Zoll suchen.

»Wenn sie was durchsuchen, dann die Tasche«, sagt der Doc. »Wenn sie merken, dass die sauber ist, machen sie keine Leibesvisitation.«

Über den Doc kann man sagen, was man will, aber er sorgt dafür, dass die Kinder was lernen.

Der lüsterne Drogenhändler hat sie bis kurz vor den Grenzübergang gefahren, und jetzt geht sie auf den Kontrollpunkt zu und versucht, ihre Nervosität in den Griff zu bekommen.

Sie hat eine Scheißangst.

Trotz der beruhigenden Worte vom Doc.

»Du wirst nicht erwischt, aber wenn doch«, sagte er, »kriegst du ein paar Wochen Jugendarrest.«

In der Fußgängerschlange am Kontrollpunkt wägt sie ein paar Wochen Jugendarrest gegen ein Paar Charles Jourdans ab und sagt sich, dass sie die richtige Entscheidung getroffen hat, aber sie hat trotzdem Angst und weiß, dass das schlecht ist.

»Die achten drauf, ob jemand Nerven zeigt«, hat ihr der Doc erklärt. »Ob jemand schwitzt oder zappelt. Egal was du machst, fass dir nirgendwo hin, schon gar nicht, um dich zu vergewissern, dass die Päckchen noch an Ort und Stelle sind. Das sind sie. Finger weg vom Körper. Gib dich ganz natürlich.«

(Der Doc weiß nicht
Kim selbst weiß nicht
dass sie sich ihr gesamtes bisheriges Leben
möglichst nicht
natürlich gegeben hat.
Natur ist eine Höhle
Natur ist dreckig.)

Jetzt sind nur noch zwei vor ihr. Sie verlagert ihr Gewicht auf ein Bein, drückt mit ihrer Körpersprache jugendliche Ungeduld aus.

»Wenn du erwischt wirst«, hat der Doc gesagt, »was nicht passieren wird – werden sie dich fragen, wer dir die Drogen gegeben hat. Sag einfach, du wurdest von ein paar Mexikanern auf der Straße angesprochen, die haben dir Geld geboten und du konntest der Versuchung nicht widerstehen.«

»Wie viel?«, fragte Kim, pragmatisch wie immer.

»Fünfhundert Dollar«, hat der Doc gesagt. »Sie wollten dich am Gepäckwagenstand im Hauptbahnhof in San Diego treffen. Du solltest auf die Damentoilette gehen, einer Frau dort die Päckchen übergeben und von ihr bezahlt werden.«

Sie geht die Geschichte im Kopf durch.

Ein paar Mexikaner haben mich auf der Avenida Revolución angesprochen. Einer hieß Miguel. Er hat mir fünfhundert Dollar angeboten. Das ist so viel Geld – ich bin Kellnerin. Ich bin mit seiner Freundin in einem Restaurant auf die Toilette gegangen, ich glaube, sie hat gesagt, dass sie Rita heißt, und sie hat die Drogen an mir festgeklebt. Es tut mir leid, es tut mir so leid. So was hab ich noch nie gemacht. Und ich tu's auch nie wieder, das schwöre ich. Niemals.

Nur noch eine Person vor ihr.

Sie spürt ihr Herz rasen.

Sie überlegt, ob sie sich umdrehen und zurückgehen soll.

Dann winkt sie der Zollbeamte zu sich.

91

Der Doc hängt den Hörer des öffentlichen Telefons in der Ocean Avenue auf die Gabel und geht zurück in den Marine Room.

John sitzt an der Bar, hält sich an einem Bier fest und guckt träge Baseball im Fernsehen.

»Sie steht in der Schlange«, sagt der Doc.

Sein Tonfall ist cool, aber John merkt, dass der Doc nervös ist.

92

Stan und Diane sitzen in ihrem kleinen Wohnzimmer.
Sie lesen.
Er Updike, sie Cheever.
Sie blickt von ihrem Buch auf und sagt:
»Ich hab mit John McAlister geschlafen.«

93

Der Zollbeamte bittet Kim, ihre Tasche auf den Tisch zu stellen und zu öffnen.
Er beobachtet sie dabei.
Und sieht
nichts.
Das Mädchen ist vollkommen ruhig.
Unbekümmert.
Reserviert, gleichgültig.
Er guckt in die Tasche und sieht
Damenbinden, die ihr der Doc gegeben und geraten hat, ganz obendrauf zu legen.
Kim sieht den Zollbeamten kühl an, als wollte sie sagen
Hey, Sie wollten, dass ich die Tasche aufmache.
Er gibt ihr die Tasche zurück und heißt sie herzlich willkommen in den Vereinigten Staaten.
Sie überquert die Brücke.

94

Kim kommt in den Laden und fragt, ob sie die Charles Jourdans anprobieren darf.

Die Verkäuferin mustert das Mädchen in der rosa Kellnerinnenuniform und ist sicher, dass sie ihre Zeit verschwenden wird, aber etwas in Kims Augen bringt sie dazu, ihr doch ein Paar in Größe 36 zu holen.

Dann probiert Kim auch noch die 35 und die 37, nur um sicherzugehen. Aber die 36 passt
                    perfekt
und Kim sagt, dass sie sie nimmt.

Die Verkäuferin trägt die Schuhe an die Kasse und fragt nach der Kreditkarte.

Kim zahlt bar.

So wahr Gott mein Zeuge ist, ich werde nie wieder Hunger leiden.

95

Tía Anna zieht sie an.

Denn eins steht fest.

Das Mädchen ist schön.

Nein, nicht schön –

Von erlesener Schönheit.

96

Eine Woche lang sagt Stan nichts zu Dianes Geständnis.

Er ist schlau und weiß, dass er sich am besten an ihr rächt, wenn er sich gleichgültig gibt, dass es die härteste Strafe ist und ihr am meisten weh tut, wenn er sie glauben lässt, ihre Untreue sei

nicht mal der Rede wert, und außerdem

weiß er sowieso nicht, was er sagen soll, da er ja längst zugegeben hat, dass es ihn angemacht hat, als sie John geküsst hat und auch, weil er sich in Wirklichkeit

fürchtet, darüber zu sprechen.

Er hat Angst, dass die Auseinandersetzung

einen Flächenbrand auslöst

der damit endet, dass er die Scheidung verlangen muss

(Was, wenn sie sich nicht entschuldigt? Was, wenn sie sagt, dass sie's wieder tun wird mit John? Mit anderen Männern? Was, wenn sie eine »offene Beziehung« fordert?)

und das will er nicht.

Deshalb tut Stan so, als sei sein Schweigen eine Strafe, und Diane tut so, als würde sie ihm das glauben, obwohl sie ziemlich sicher ist, dass er Angst hat, was ihre

Verachtung nur noch steigert und ihre Scham mindert.

Nicht unbedingt darüber, dass sie ihren Ehemann betrogen, sondern dass sie sich John an den Hals geworfen hat, was dieser scheinbar für keine große Sache hielt.

Sie haben es gemacht und es war ganz schön, gut sogar, aber nichts Besonderes, und hinterher ist er aufgestanden und hat sich ein Bier geholt und ihr auch eins angeboten (sie hat abgelehnt).

Er hat nicht gefragt: *Und jetzt?*, und sie ist einfach nach

Hause gegangen, hat ihn von sich abgewaschen und kam um
die Wahrheit nicht herum, dass sie Stan für
nichts
und wieder nichts
betrogen hatte.
Und jetzt wollte Stan sie mit seinem Schweigen bestrafen,
was dumm war, weil er nicht kapierte, dass sie's vor allem deshalb gemacht hatte,
damit sie wieder etwas
zum Reden hatten.
Stattdessen haben sie sich im Schweigen eingerichtet.
In der unausgesprochenen Übereinkunft, so zu tun als ob,
und
Diane glaubt allmählich, dass es vielleicht zu den Notwen-
digkeiten einer Ehe gehört, dass sich Narben auf den Wunden
bilden, damit beide unempfindlich werden.
Sie haben geschwiegen
bis heute Abend
bis Stan seinen Updike weglegt, aufsteht und sagt, dass er
in den Laden geht, um
Inventur zu machen.

97

Kim bleibt draußen im Eingangsbereich der Wohltätigkeits-
party stehen und erlebt einen
Augenblick des Selbstzweifels.
Die Frauen sind so elegant, so wunderschön zurechtge-
macht, so selbstbewusst in ihrem Reichtum und ihrer Schönheit. Die Männer geben sich lässig und sehen gut aus, toll ge-

kleidet. Ihr Gelächter dringt aus dem Saal zu ihr, als wollten sie sagen –

Du gehörst nicht hierher.

Trailerpark-Abschaum.

Kellnerin.

Deine Mutter geht putzen.

Du hast in einer Höhle gehaust.

Sie steht am Eingang und überlegt.

Überlegt, wie schon an der Grenzkontrolle, ob sie sich nicht einfach umdrehen und nach Hause in den Trailer zurückkehren sollte, wo sie hingehört.

Es ist ihr achtzehnter Geburtstag.

98

Stan besorgt sich eine Pistole.

Freudsch, na klar, aber so ist es.

Eine Pistole in Dodge City auftreiben ist wie Sand am Strand suchen. Er geht einfach rüber zu Johns Haus und verschafft sich Zutritt.

Die Pistole liegt unter dem Bett.

99

Alle drehen sich nach ihr um.

So schön ist sie.

Erlesen schön stolziert Kim uneingeladen auf die Party

den Kopf hoch erhoben
man könnte ihre Haltung
majestätisch nennen.

Und niemand hält sie an der Tür auf, niemand hat den Nerv, diesem wunderbaren Wesen zu sagen, dass es nicht hereinkommen darf.

Obwohl sie eifersüchtig sind, zieht sie selbst die Frauen in ihren Bann. Sie wollen wissen, was passiert, wollen ihre Ehemänner und Freunde testen, ihre eigene Attraktivität an dieser Newcomerin messen.

Kim geht durch die Menge, ist sich dem Anschein nach der starren Blicke gar nicht bewusst, wirkt keinesfalls befangen. Sie geht zur Bar, bittet um ein Glas Chablis und bekommt es.

Sie sieht aus wie mindestens 23.

Niemand verlangt einen Ausweis oder eine Einladung.

Und dann dreht sie sich mit dem Glas an den Lippen gelassen um und betrachtet die Gäste, als wollte sie prüfen, ob sie ihr Interesse
überhaupt wert sind.

Es ist ein erstaunliches Debüt.

Kim ist bestimmt keine Debütantin, zu Hause hatte das Geld nicht mal für eine Feier zu ihrem sechzehnten Geburtstag gereicht, aber dies ist ihre Einführung in die Gesellschaft. Ihre Coming-out-Party.

100

John ist auf einer ganz anderen Party.

Eine, an die man sich später erinnern wird als den Großen Laguna-Schneesturm 1976.

Denn beim Doc zu Hause schneit es in dieser Nacht wie blöd.

Kokain, wohin man blickt, und die meisten der Association-Jungs stecken nasentief drin. Kokain auf Spiegeln, Kokain auf Tischplatten, Kokain auf den Titelblättern der Zeitschriften – der Doc führt den Vorsitz über das Geschehen wie der Verrückte Hutmacher bei einer Teegesellschaft, nur eben als Surfer.

John lehnt sich zurück und betrachtet den Zirkus.

Er kokst nicht.

Na ja, er hat's probiert, als es der Doc aus Mexiko mitgebracht hat. Er hat ein paarmal was verkostet wie ein Winzer bei einer Weinprobe, für »okay« erklärt und seitdem nicht mehr angerührt.

Koks ist ihm zu irre.

Die Leute heben auf dem Zeug zu sehr ab.

Aber das ist eine Coming-out-Party für Koks, jedenfalls in Laguna, eine Art Motivationsseminar für das Verkaufspersonal.

Man kann nur verkaufen, was man selbst auch liebt. Seid ihr alle gut drauf?!

Deshalb ist es John scheißegal. Er raucht einen Joint, trinkt Scotch und lässt es schneien, schneien, schneien.

Und checkt dabei die Auslage.

Scheiße, der Doc hat wirklich vorgesorgt. Schlanke, langbeinige Frauen überall, und sie stehen auf das Koks.

Er muss nicht mal den Arsch vom Sofa heben, eine unglaublich umwerfende Braut mit rotbraunem Haar und Minirock kommt und setzt sich neben ihn.

»Ich bin Taylor«, sagt sie.

»John.«

Der weiße Fleck auf ihrer Nase sieht niedlich aus, und John beugt sich rüber und wischt ihn weg.

»Nicht verschwenden«, sagt sie. Sie packt ihn am Handgelenk, leckt ihm das Koks von den Fingern und sagt: »Kleiner Vorgeschmack.«

Nur, dass er jetzt hört:

»Du hast mit meiner Frau geschlafen.«

John guckt hoch und sieht Stan vor sich stehen, dämlich sieht er aus in seiner Jeansjacke und seiner Jeans, und noch dämlicher mit dem zornigen Gesichtsausdruck.

»Du hast mit meiner Frau geschlafen«, wiederholt er.

Taylor kichert.

John versucht es auf die ritterliche Tour. »Stan, ich weiß nicht, was du –«

»Sie hat es mir gesagt.«

»Okay, ich hab mit deiner Frau geschlafen.«

So wie, und jetzt?

Stan weiß es nicht.

Er steht da, guckt verwirrt und unsicher und dumm, und John wünscht sich einfach nur, er würde gehen, damit er sich wieder mit Taylor und dem, was da kommen möge, beschäftigen kann, und das will er ihm gerade sagen, als

Stan eine Pistole zieht.

101

Kim ist ein Riesenerfolg auf der Cocktail-Party.

À la Cinderella, à la Sabrina, à la ... wer auch immer, auf jeden Fall ist sie der Hammer.

Sogar die Orange-County-Zicken, die sie normalerweise wie eine Horde Sushiköche auf Speed in feine Scheibchen geschnitten hätten, bleiben friedlich. Das ist keine Frage von

Nettigkeit, weiß Gott, sondern von Feigheit. Keine hat den Mut, der erste Hai zu sein, der eine Wunde schlägt und die Fressorgie einleitet, und als sie sich endlich in eine kollektive Entrüstung hineingesteigert haben und über sie herfallen könnten, ist es

zu spät

denn einer der jungen Männer hält sich für eine wandelnde Redewendung und spielt bereits

Prince Charming.

Brad Donnelly ist ein Spross des Orange-County-Adels. 25 Jahre alt, Absolvent der UCLA, leistet hervorragende Arbeit in Dads Immobilienagentur und sieht entsprechend aus.

»Ich bin Brad«, sagt er. »Ich glaube nicht, dass wir uns schon mal begegnet sind.«

»Ich bin Kim«, sagt sie.

Es funktioniert.

Genau so, wie sie es sich

eine Million Mal vorgestellt hat.

Genau so, wie sie es

geplant hat.

Er lächelt und führt sie auf die breite Terrasse mit der umwerfenden Aussicht auf den Strand und den Ozean, und die Sonne geht unter, als wüsste sie, dass sie in Kims Film mitspielt.

»Wer bist du?«, fragt Brad. »Warum haben wir uns bis heute noch nicht kennengelernt?«

»Ich glaube, du hast mich nur nicht gesehen.«

»Jetzt sehe ich dich aber.«

Er macht eine Bewegung mit dem Kinn Richtung Party drinnen. »Die reden alle über uns.«

»Ich weiß. Macht dir das was aus?«

»Nein«, erwidert Brad. Sie plaudern ein paar Minuten belangloses Zeug, dann fragt Brad: »Willst du hier weg und auf eine richtig coole Party gehen?«

»Nichts lieber als das.«

102

So abgefuckt ist Koks.

Wie lustig:

Ein Typ zieht eine Knarre, zielt jemandem ins Gesicht, und die Partygäste halten es für einen Scherz. Wenn man Stan kennt, ist es sogar noch lustiger, weil Stan so was überhaupt nicht ähnlich sieht.

Winnie the Pooh mit Schießeisen.

Ungefähr so fällt auch Johns Reaktion aus.

Er sagt nicht –

Stan, tu's nicht.

Bitte, töte mich nicht.

Er sagt: »Stan, wo hast du die denn her?«

»Kann dir egal sein«, sagt Stan und merkt, dass das blöd klingt. »Ich sollte dich töten.«

Das »sollte« ist verräterisch.

Er »sollte« bedeutet, er wird nicht.

John sagt: »Ich hab sie nicht vergewaltigt, Stan.«

Der Doc, ganz der gute Gastgeber, kommt und sagt: »Leg die Waffe weg, Stan. Das ist eine Party.«

»Er hatte Sex mit Diane«, sagt Stan.

Der Doc denkt einen Augenblick darüber nach und kontert mit einem Satz, der später in Laguna legendär wird.

»Na ja«, sagt der Doc, »du doch auch.«

Kokslogik.

Unanfechtbar.

»Komm schon, Mann«, sagt der Doc und legt seinen Arm um Stans Schulter, »feier mit, zieh ein paar Lines.«

Stan legt die Pistole auf den Wohnzimmertisch und fängt an zu weinen.

»Brav, so kenne ich dich«, sagt der Doc.

103

»Hast du schon mal gekokst?«, fragt Brad.

»Nein«, sagt Kim wahrheitsgemäß, ohne zu erwähnen, dass das Kokain auf dem Glastisch vor ihnen schon mal an ihrem Körper klebte.

Brad nimmt eine Line, dann Kim, und es dauert nicht lange, bis sie ihm erlaubt, sie in eines der Schlafzimmer zu manövrieren, als wäre es seine Idee gewesen. Als sie die Tür zumachen, will er sie ausziehen, aber sie stößt ihn weg.

Und dann zieht sie sich aus.

Sie schält sich das schwarze Kleid vom Leib und steht in ihrem schwarzen BH und dem Höschen vor ihm und weiß, dass sie einen überirdischen Anblick bietet. Sie lässt ihn ein paar Sekunden gucken, dann greift sie hinter sich und öffnet ihren BH.

Brad lächelt, kickt seine Schuhe in die Ecke, zieht sich hastig Hose und Unterhose runter. Er hebt sie hoch und wirft sie aufs Bett. Dann schiebt er ihre Beine auseinander, kniet sich dazwischen und greift nach ihrem Höschen.

Sie packt seine Hand und stoppt ihn.

Sieht ihm in die Augen, lächelt und sagt: »Nein, Brad. Wenn du das möchtest, musst du mich heiraten.«

Niemand kommt in Kims Zimmer.

Ohne zu bezahlen.

104

Völlig um den Verstand gekokst macht Stan Inventur.

Er sieht sich ausführlich im Bread and Marigold Bookstore um, betrachtet die Sachen, die sie einer schwindenden Anzahl von Stammkunden anzudrehen versuchen, und er weiß, dass es vorbei ist.

Er sieht sich selbst in seiner abgewetzten Jeans und fühlt sich schäbig.

Weniger wert als.

Wer?

John?

Der Doc?

Diane?

Bread and Marigold, denkt er.

Scheiße.

Der Laden ist sowieso eine Feuerfalle.

Man braucht nur ein kleines bisschen Kerosin und ein Streichholz.

The Fire this Time.

105

»Dein Freund ist ganz schön hinüber«, sagt der Doc zu Kim.

Sie sieht zu Brad rüber, der zusammengesunken auf dem

Sofa sitzt, seine Augen sind glasig vom Koks und vom Alkohol. Er ist kurz davor, das Bewusstsein zu verlieren.

»Mein Verlobter«, korrigiert sie ihn.

»Du willst den Penner heiraten?«, fragt der Doc.

»Eine Zeitlang«, antwortet sie.

»Komm mit«, sagt der Doc und nimmt sie an den Händen.

»Wohin gehen wir?«

»Das weißt du.«

In seinem Schlafzimmer sagt er: »Zieh sie aus, Kim.«

»Zieh was aus?«

»Die hübschen Kleider.«

Das macht sie und stellt sich vor ihn.

Dreht Pirouetten.

»Mein Gott«, sagt der Doc.

Ein paar Sekunden lang bewundert er ihren perfekten Körper, dann legt er sie aufs Bett.

»Sieh sich *das* einer an«, sagt er.

Sie legt die Hand auf ihr Geschlecht und sagt: »Nein, Doc, wenn du das willst, musst du –«

Er lacht.

Ließ ganz schön lange auf sich warten, das Rendezvous.

Sie schlingt die Arme um seinen breiten Rücken.

Erinnert sich daran, wie sie in einer Höhle gelegen und ihn mit ihrer Mutter gehört hat.

Schon bald hat sie das Gefühl, einen Wasserfall hinunterzustürzen, und sie klammert sich noch fester an ihn.

Dreht den Kopf und sieht die Charles Jourdans.

Ihre hübschen Schuhe.

106

John zieht die Hose hoch und geht zurück ins Wohnzimmer.

Er hat sich leer gefickt.

Taylor war keine Achterbahnfahrt, sie war ein ganzer Freizeitpark.

Six Flags.

Magic Mountain

Knott's Pussy Farm

Dieses Mädchen, Kim, das die Drogen geschmuggelt hat, sitzt auf der Couch neben einer lebensgroßen Ken-Puppe, die aussieht, als hätte ihr gerade jemand den eigenen Schädel auf einem Tablett gereicht.

Sitzt da, als würde um sie herum keine völlig irre Drogenorgie gefeiert, als läge auf dem Wohnzimmertischchen vor ihren sittsam aneinandergepressten Knien keine Pistole. Sie guckt, als wollte sie gleich die Fragen der Jury zur Miss-Amerika-Wahl beantworten, anschließend mit Fackeln jonglieren und dazu ein Medley aus *Oklahoma* anstimmen, aber egal, denn

apropos Fackeln:

Draußen brennt der Himmel.

107

Der Bread and Marigold Bookstore steht in Flammen.

Sie stellen sich alle gegenüber auf die andere Straßenseite und sehen zu, wie die Feuerwehrmänner mehr oder weniger nichts tun, außer das Feuer einzudämmen, damit es nicht auf

die Gebäude übergreift, die sie *nicht* für ein öffentliches Är-
gernis halten.

Mit im reflektierenden Licht der Flammen roten Gesich-
tern stehen sie da und schauen zu.

Der Doc.

Kim.

John.

Stan und Diane, die Arme umeinandergeschlungen.

Der Doc fragt: »Hat jemand Marshmallows?«

Sie lachen, sogar Stan.

Sie sind

Stardust

Golden.

Vereint durch einen teuflischen Pakt.

Laguna Beach, Kalifornien
2005

108

Die Sonne steigt rot über die Hügel von Laguna.

Ben marschiert zu Chons Wohnung.

Klopft an die Tür.

Wartet.

Eine verschlafene O kommt in einem von Chons T-Shirts an die Tür, macht auf, sieht Bens Gesichtsausdruck und –

Neeeeeeeeiiiiiiinnnn!

109

»Er ist okay«, sagt Ben, packt sie, führt sie zum Bett und zwingt sie, sich hinzusetzen.

Er ist verletzt.

Granatsplitter, das meiste haben sie rausgekriegt, jetzt ist er im Krankenhaus, er wird wieder gesund.

»Gott.«

Ben gestattet sich den Anflug eines Lächelns. »Er hat angerufen, typisch Chon, und gesagt –«

110

»Ich hab's vermasselt.«

111

»Kommt er nach Hause?«, fragt O.

»Nein«, sagt Ben. »Auch typisch Chon. Er hofft, dass sie ihn zusammenflicken, damit er wieder zu seinem Team kann.«

»Vollidiot«, sagt O.

Als Chon sie ein paar Stunden später anruft, fragt sie: »Die haben dir aber nicht den Schwanz abgeschossen, oder?«

»Nein, der ist noch dran.«

Fühlt sich gut an, ihn lachen zu hören. Sie sagt: »Okay, ich zieh los und kauf mir eine Schwesterntracht.«

Er lacht wieder. »*In einem andern Land.*«

»Ist das irgendein kranker Scherz?«

»Nein, ein Buch.«

»Nicht mein Metier«, sagt sie. »Also, Oberschwester oder Schwesternschülerin?

»Ganz klar Schwesternschülerin.«

112

Ben geht nach Hause.

Er wollte Chon erzählen, dass er gerade ziemlich durch den Wind ist, aber jetzt kann er's nicht.

Auf keinen Fall will er ihn damit belasten.

Also muss er selbst klarkommen.

Er braucht einen Plan.

Der mit Chon nichts zu tun hat.

113

Chon legt auf, schwelgt noch ein paar Minuten in Gedanken an O und vertreibt sie wieder, als eine echte Krankenschwester mit seiner Medizin kommt.

Ein sauberes Wort für Drogen.

Gegen die ein Krieg tobt. Und außerdem gibt's auch noch einen gegen den Terror und beide hängen zusammen, überlegt Chon, während die Medikamente zu wirken beginnen – entweder sind die Politiker auf Droge oder sie sollten es sein.

Ein paar größtenteils aus Saudi-Arabien stammende religiöse Fanatiker fliegen Flugzeuge in Hochhäuser, und wir marschieren ein im …

Irak.

Das zieht sich über Generationen, denkt Chon.

Bush Sr. zieht gegen Saddam Hussein in den Krieg und stationiert Truppen in Saudi-Arabien (was für Bin Laden der Anlass war, gegen Amerika in den Krieg zu ziehen), und Hussein versucht Bush Sr. zu töten, und dann dient Bin Ladens Angriff Bush jr. – dem treuen, loyalen Sohn, der er ist – als Vorwand, um Husseins Mordversuch an seinem Dad zu rächen.

41 als Brando

43 als Pacino

mit Saddam Hussein als Virgil ›der Türke‹ Solozzo (ungefähr). Und den USA kollektiv als gutgläubige Diane Keaton.

Nur dieses eine Mal, Kay, darfst du mich nach meinen Geschäften fragen.

Knall ihr die scheiß Tür vor der Nase zu und mach weiter, schließ dich ein mit dem Kabinett und dem Kongress und vertrau auf Gott.

Nein, findet Chon, das Problem mit Politikern ist nicht, dass sie auf Droge sind, sondern dass sie's nicht sind.

Dabei gibt es jetzt so gute Mittel gegen bipolare, schizophrene, paranoide Wahnvorstellungen.

Und sie wirken.

Das Problem ist nur, sie wirken so gut, dass die Patienten glauben, sie seien geheilt, sie absetzen, dann wieder krank werden und verrückten Scheiß machen, wie zum Beispiel im Irak einfallen, weil sie der wahrhaftigen Überzeugung sind, sie würden dann von ihrem Vater geliebt.

Also bitte, Mr. President –

Denkt Chon, während er in eine Drogenwolke gleitet –

Setzen Sie Ihre Medikamente nicht ab.

114

Drogenkrieger Dennis Cain.

Steht am Morgen auf und fühlt sich nicht anders, was fast schon eine Enttäuschung ist, nachdem er einen Pakt mit dem Teufel geschlossen und seine Seele verkauft hat.

Ich meine, man denkt doch, man würde es merken, oder? Dass irgendwas anders ist.

Aber nein, eigentlich gar nicht.

Er kocht sich seinen Kaffee, trinkt seinen Orangensaft, gibt seiner Frau ein Küsschen auf die Wange, macht sich Rührei und isst es, während er ein leicht verschlafenes frühmorgendliches Gespräch mit seinen Töchtern führt und zu seiner Frau sagt:

»Die Arbeitsflächen – ich hab noch mal drüber nachgedacht. Eigentlich können wir sie uns doch leisten.«

»Wirklich? Bist du sicher?«

»Klar, warum nicht? Man lebt nur einmal.«

Er trinkt seinen Kaffee, verabschiedet sich, steigt in den Wagen, sagt hallo zum Nachbarn, der ebenfalls in seinen Wagen steigt, und reiht sich in die Schlange der Pilger ein, die im Berufsverkehr auf dem Interstate 15 in Richtung Süden kriechen.

Das ist doch ein Haufen Scheiße.

Du verkaufst deine Seele, und niemand merkt was.

Nicht einmal du selbst.

115

Judas nahm die dreißig Silberstücke, aber

was hätte Jesus getan?

Hätte man ihm das Angebot gemacht?

Und wenn Judas dreißig wert war, dann wäre Jesus doch, was?

Dreihundert wert gewesen, locker.

Nur mal als Gedankenspiel.

Egal, die Geschichte hat gezeigt, dass sie den falschen Juden gekauft haben.

116

Ben wird nicht denselben Fehler machen.

Ben ist ein vorsichtiger Konsument. Er hat O fast mal in den Wahnsinn getrieben, als er sich wochenlang nicht für einen Flachbildfernseher entscheiden konnte und ewig über Samsung und Sony im Vergleich diskutieren wollte. Allerdings gibt es für Drogen-Cops keine Verbraucherberichte.

Er weiß, dass sein Mann über Bezirksebene stehen muss. Naheliegend wäre ein State-Cop, aber Ben betrachtet das Ganze auf lange Sicht – wenn er mit einem State-Cop ankommt, hat Old Guys Rule immer noch genug Spielraum, um ihn fertigzumachen.

Also braucht er einen von der Bundespolizei.

Gar nicht so einfach.

Erstens sind Bundespolizisten berüchtigt für ihre Ehrlichkeit.

(Chon hätte wahrscheinlich was auszusetzen an der Verbindung der Begriffe »berüchtigt« und »Ehrlichkeit«, aber er ist in Afghanistan, also scheiß drauf.)

Zweitens sind Bundespolizisten berüchtigt für ihren Verfolgungswahn (grünes Licht von Chon), weshalb sie sich ständig gegenseitig auf die Finger gucken.

Drittens hat Ben keine Ahnung, wie er sich an einen Bundespolizisten ranmachen oder, viertens, bei wem er's überhaupt versuchen soll.

Er geht am Strand spazieren und zerbricht sich über dieses Dilemma den Kopf, als er einen Fischer sieht, der einen kleinen Fisch auf seinen Haken spießt und dann ins tiefe Wasser wirft.

117

Man kann alles googeln.

Sogar Drogenermittler von der DEA.

Ben gibt *Festnahme, Drogenbehörde* und *Kalifornien* ein und erhält mehr als drei Millionen Treffer.

Hier sind die Steuerdollars gelandet.

Er scrollt runter, verwirft die meisten und stößt auf die Schlagzeile: »Große Mengen Marihuana in Jamul beschlagnahmt.«

Dann sieht er ein Foto von triumphierenden Drogenfahndern neben ein paar Ballen Billighanf. Im Artikel dazu ist von einem »empfindlichen Schlag« die Rede, der dem Sánchez-Lauter-Kartell beigebracht worden sei, wobei das Zitat von einem DEA-Agenten namens Dennis Cain stammt, der ein ganz besonders triumphierendes Grinsen (»Mission accomplished«) im Gesicht trägt.

Ben findet, Dennis sieht aus wie ein potenzieller Kandidat.

118

Ben hängt sich an ein öffentliches Münztelefon und wartet drauf, dass Special Agent Dennis Cain abnimmt. Als er sich meldet, sagt Ben einfach nur: »5782 Terra Vista in Majeska Canyon. Gewächshaus. Erstklassiges Hydro.«

»Wer ist da?«

»Wollen Sie's oder nicht?«

»Können Sie die Information wiederholen?«

»Kommen Sie schon, der Anruf wird aufgezeichnet.«

Ben legt auf.

Dann ruft er seinen Farmer in Majeska Canyon an.

»Hau ab.«

»Was?«

»Verschwinde«, wiederholt Ben. »Nimm so viel guten Shit mit, wie du in deinen Wagen kriegst, und lass den Rest da. Und zwar sofort, Kev.«

119

Dennis hört sich die Aufnahme an, erkennt aber die Stimme nicht.

Er steht nicht auf anonyme Anrufe.

Meistens ist es ein Streich, jemand will einer Ex-Freundin oder Frau Ärger machen, oder jemand ist neu in der Szene. Als er den Anruf zurückverfolgt, stellt sich heraus, dass er von einem Münztelefon am John Wayne Airport kam. Er überlegt, die Info an die OC Task Force weiterzugeben, sollen die doch ihre Zeit verschwenden, aber es ist nicht viel los, also denkt er, dass sich ein Ausflug raus nach Orange County lohnen könnte, mal nachsehen, was da los ist. Die Fahrt an der Küste entlang durch Camp Pendleton ist immer schön, und er kommt endlich mal raus aus dem Büro, also was soll's.

Die anonyme Quelle erweist sich als pures Gold.

Na ja, pures Marihuana.

120

Ben wartet zehn Tage, dann ruft er wieder an, diesmal von einem Bahnhof in der Stadtmitte von San Diego.

»Wer sind Sie?«, fragt Dennis.

»Der Mann, der Ihnen die nächste Beförderung verschafft«, erwidert Ben. »Es sei denn, Sie fragen mich noch mal, wer ich bin.«

»Wir sollten uns treffen.«

»Sollten wir nicht.«

»Ich kann für Ihre Sicherheit garantieren«, sagt Dennis. »Keine Überwachungskameras, keine Mikros.«

»Kann ich Ihnen vertrauen?«

»Das können Sie, absolut.«

»Wollen Sie den Tipp jetzt oder nicht?«

Dennis will.

121

Das nächste Mal macht's Ben ein bisschen komplizierter.

Er schickt Dennis einen maschinegeschriebenen Brief mit falschem Absender –

»Orange County Register, Kleinanzeigen, Häuser zur Miete. Sie kriegen das raus.«

Dennis kriegt es raus – so viele vermietete Häuser gibt es nicht, und nur zwei davon sind so gelegen, dass es sich um Gewächshäuser handeln könnte. In einem wohnt ein Rentnerehepaar, das andere ist ein Gewächshaus.

Dennis verknallt sich.

172

Aber in wen?

Irgendwie macht es Spaß, einen heimlichen Verehrer zu haben, gleichzeitig hat er aber die Nase schon ein bisschen voll vom Flirten. Bislang hat ihm der Kerl nur Ware geliefert, keine Dealer.

Keine Festnahmen.

Er holt das Dope von der Straße, nicht aber die Dealer.

Das sagt er Ben, als dieser das nächste Mal anruft.

122

INNEN - DENNIS' BÜRO - TAG

Dennis telefoniert mit Ben.

DENNIS

Hör mal, es macht Dir offenbar Spaß, einen Bundesbeamten rumzuscheuchen, aber das Spiel ist vorbei. Ich bin nicht deine rechte Hand - geh und hol dir selbst einen runter.

BEN

Einen Moment, ich leg das Telefon kurz weg.

DENNIS

Falls du suchen musst, das ist das dürre Ding in deiner Hose. Ich warte so lange.

BEN

Du lieber Gott, welche Laus nagt Ihnen denn am Sack?

                              DENNIS
Ich spekuliere jetzt mal, und du sagst mir,
ob ich richtig liege. Du bist stinksauer
auf irgendeine Dope-Gang. Keine Ahnung – die
zahlen nicht genug, du bist rausgeflogen,
der Boss hat deine Freundin in den Arsch
gefickt, obwohl du selbst nie durftest, wen
intressiert's? Ist auch egal. Du willst dich
rächen und den Kerl ausschalten, aber deinen
alten Freunden und Kollegen nicht weh tun.
Deshalb gibst du mir die Gewächshäuser und
warnst die Leute.

                               BEN
Ganz kalt.

                              DENNIS
Ach ja? Und warum sieht's dann jedes Mal so
aus, als hätte jemand eine Neutronenbombe
abgeworfen? Das Zeug ist noch da, die Leute
nicht?

                               BEN
Weiß nicht. Vielleicht machen Sie zu viel
Krach beim Reinkommen.

                              DENNIS
Weißt du, was noch Krach macht? Ein
Hohlspitzgeschoss, wenn es deine Schädeldecke
durchschlägt. Das blüht dir nämlich, wenn
die Leute rausbekommen, dass du dahinter-
steckst, was sie wahrscheinlich längst getan

```
haben. Du brauchst Schutz, und den kann
ich dir nur bieten, wenn du einem Treffen
zustimmst. Du musst die Leute hinter
Gitter bringen. Ich versuche dir hier das
Leben zu retten.


                    BEN
Sie versuchen, einen Fall zusammenzubekommen.


                  DENNIS
Nennen wir's eine symbiotische Beziehung.
```

123

Symbiose, die: das Zusammenleben von Organismen verschiedener Arten zu gegenseitigem Nutzen.

Zum Beispiel – Drogenfahnder und Drogendealer.

In Wirklichkeit kann keiner ohne den anderen.

Ben erklärt sich zu einem Treffen mit Dennis bereit.

124

O kommt durch die Tür, Paku ist in der Küche.

»Hast du dir einen Job gesucht?«, fragt Paku.

»Ich will meinen Vater kennenlernen.«

125

Ben besteht auf einer Reihe von Bedingungen.

Er kommt nicht in das scheiß Büro der DEA in Dago. Sie treffen sich an einem von Ben ausgewählten Ort.

Dennis kommt alleine – ohne Partner, ohne Überwachung.

Es gibt keine Aufzeichnungen – Dennis wird keine Informanten-Akte anlegen.

Ben wird niemals aussagen, niemals vor Gericht erscheinen.

Dennis erklärt sich mit allem einverstanden, weil –

Warum nicht?

Letzten Endes macht er sowieso, was er will, und der Informant kann einen Scheiß dagegen tun.

126

Dennis fährt langsam auf der Cabrillo Bridge im Balboa Park von San Diego hin und her.

Beim dritten Mal öffnet ein junger Mann die Beifahrertür und steigt ein.

»Hier treffen sich die Schwulen«, begrüßt ihn Dennis, »zum Schwanzlutschen.«

»Es erschüttert mich, dass du das weißt«, sagt Ben. »Fahr zum Flughafen.«

Dennis fährt über die Laurel Street durch Little Italy zum Lindbergh Field, wo Ben ihn auf dem Besucherparkplatz halten lässt.

»Also, rede«, sagt Ben.

Er ist nicht der, den Dennis erwartet hat. Die meisten Marihuanatypen sind ungepflegte Retro-Hippies. Der hier sieht aus, als käme er gerade von einem Leadership-Programm.

»Erstens«, sagt Dennis, »wenn du nicht aussagst, kann ich dir keine Immunität garantieren.«

»Wir sind hier nicht bei *Survivor*«, erwidert Ben. »Ich verlange keine Immunität.«

»Kapiert. Aber ich bin verpflichtet, dir das zu sagen.«

»Muss ich eine Einverständniserklärung unterzeichnen?«

»Irgendwann vielleicht«, antwortet Dennis. »Hast du einen Namen?«

»Ben.«

»Ich brauche Festnahmen, Ben.«

Ben schüttelt den Kopf. »Das ist nicht dein Problem.«

»Was ist denn mein Problem?«

»Egoismus«, antwortet Ben. »Du hast mich nicht gefragt, was ich brauche, Dennis.«

»Also gut, Ben. Was brauchst du?«

Ben sagt es ihm.

Symbiose.

127

Verwundet.

Chon hasst das Wort.

Verwundet: Partizip Perfekt von »Verwunden«.

    1. An einer Wunde leidend, insbesondere einer im Kampf zugezogenen.

    2. An einer seelischen Verletzung leidend.

Meine Seele ist wund, weil ich verwundet wurde.

Er weiß natürlich, dass das Wort vom Altenglischen *wund*, dem Altsächsischen *wunda* und dem Altnordischen *und* kommt.

Altnordisch.

Die Wikinger glaubten, wenn man mit dem Schwert in der Hand stirbt, kommt man direkt nach Walhall, wo man wiedervereint mit den gefallenen Brüdern bis in alle Ewigkeit saufen, futtern und ficken darf.

(Was ganz klar der Grund ist, weshalb sie mit den Christen kurzen Prozess gemacht haben. Also bitte – Harfe spielen statt saufen, futtern und ficken?)

Wenn man nicht mit dem Schwert in der Hand gestorben ist, war man im Prinzip gearscht.

Deshalb wird Chon in der Reha zum Tier.

Die Therapeuten müssen ihn zwingen, langsamer zu machen, kürzerzutreten, aber Chon fällt das schwer, weil er auf keinen Fall zu den Verwundeten gehören will. Ihm steht eine Untersuchung bevor.

Er wird mit dem Schwert in der Hand abtreten.

Apropos, er hat eine Karte von O bekommen, mit einem Foto von ihr.

Sie trägt (sozusagen) die Uniform einer Schwesternschülerin (oder Teile davon).

Er hat die Hand am Schwert.

128

INNEN – PAKUS HAUS – WOHNZIMMER – TAG

O und Paku starren sich an.

O
Ich werde ihn finden.

PAKU
Ich will das nicht.

O
Mir egal. Ich tu's trotzdem.

Pakus Kiefer verkrampft.

PAKU
Tu's nicht, Ophelia.

O
Warum nicht? Sag einfach, warum nicht?!

129

Er hat sich verpisst, als ich mit dir schwanger war.
Erzählt Paku.
So ein Mann ist das.
Das ist der Mann, den du kennenlernen willst.

130

Ben geht zu Chad ins Büro und stellt dort einen Aktenkoffer ab.
35 000 Dollar.
In Monopoly-Scheinen.

131

»Schöne Scheiße.«
Sagt Duane, als er von Chad hört, was los ist.
Er beschließt, dass es an der Zeit ist, die ganz oben aufzusuchen.

132

Die da oben
sind da oben, weil sie wissen, wie's läuft.
Und zwar:
Man steigt nicht ins Drogengeschäft ein, man macht ein Gebiet klar.
Man kauft sich Cops, Richter, Anwälte, Killer und kassiert eine Gebühr von allen, die dort dealen wollen. Man besitzt keinen Marktstand, man besitzt den Markt und bekommt einen Anteil vom Erlös sämtlicher Stände.
Vom Marihuana-Stand, vom Kokain-Stand, vom Heroin-Stand, vom Methamphetamine-Stand, vom Was-zum-Teu-

fel-Hauptsache-es-ist-illegal-und-darf-nicht-verkauft-werden-Stand – man bekommt ein Stück vom Kuchen.

Und es geht nicht nur um die Dealer – man bekommt auch eine Vermittlungsgebühr von den Anwälten und Geldwäschern, zu denen man sie schickt.

In dem großen Spielfilm, der das illegale Drogengeschäft ist, agiert man nicht als Schauspieler, Autor, Regisseur oder Produzent.

Man ist der Agent der Stars.

Wenn man den zehn wichtigsten Dealern im eigenen Gebiet jeweils fünfzehn Prozent abknöpft, ist man automatisch selbst der größte Dealer.

Ohne jemals eine Droge auch nur angefasst zu haben.

Kleines Risiko, großer Profit.

Man kann nicht auffliegen.

Das komplette Risiko liegt bei den Dealern, die jeden Tag die Kohle ranschaffen.

Wenn nicht –

Man hofft, dass sie irgendwann mal nicht flüssig sind, denn dann leiht man ihnen Geld, damit sie die fälligen Zahlungen leisten können.

Natürlich sind dafür keinerlei finanzielle Auslagen nötig, man gewährt lediglich Zahlungsaufschub, berechnet dafür aber Zinsen in Form eines Säumniszuschlags.

Das muss man sich mal reinziehen – man ist so was wie ein Kreditunternehmen.

Die Dealer können niemals Schritt halten – irgendwann gehört einem die gesamte Firma, und man macht sie zu Angestellten. Man erlaubt ihnen, genug Geld zu verdienen, damit sie ihren Lebensunterhalt bestreiten können, bis man sie hochgehen lässt und –

Jemand anders an ihre Stelle rückt. Die Pisser stehen

Schlange und ziehen eine Nummer, um sich freiwillig ficken zu lassen, weil sie selbst noch mit fünfundachtzig Prozent ihrer Einnahmen einen Arsch voll Kohle ranschaffen können, vorausgesetzt, sie versauen's nicht.

Genial.

133

Crowe wird also berichten, dass mal wieder irgendein Idiot versucht, vom Fließband zu springen.

Bring ihn auf Kurs, lautet die Antwort.

Denn wenn ein Kasper glaubt, er kann eine Solotour fahren, glauben das bald alle.

Und dann gibt's kein Geschäft mehr.

134

Crowe findet Ben zur üblichen Zeit am üblichen Ort, er schlürft Latte und liest die Online-Ausgabe der *New York Times*.

Duane zieht den Stuhl gegenüber unter dem Tisch hervor und setzt sich.

Ben guckt über den Computerrand. »Guten Morgen.«

»Eher nicht«, erwidert Duane. »Das ist ein sehr schlechter Morgen. Monopoly-Geld?«

Ben lächelt.

»Wenn du diesen Monat nicht flüssig bist«, sagt Duane, »dann hättest du das einfach sagen können. Wir hätten gemeinsam einen Zahlungsplan ausgearbeitet.«

»Ich hab einen Zahlungsplan«, sagt Ben. »Mein Plan ist, nicht zu zahlen.«

»Wie bitte?«

»Ich hab gesagt«, sagt Ben, »ich zahle nicht.«

»Dann bist du raus aus dem Geschäft.«

Ben zuckt mit den Schultern.

»Wir begraben dich im Knast«, sagt Crowe. »Sämtliche Vorwürfe können erneut erhoben werden. Und wir kriegen dich immer und immer wieder dran.«

Ben sagt nichts.

Das ist seine Vorstellung von passivem Widerstand.

Er nennt das »verbalen Gandhi-ismus«.

(»Wenn du den Ball nicht zurückschlägst«, hat Ben Chon mal erklärt, »kann der andere nicht Tennis spielen.«

»Wenn du ihm einen Kopfschuss verpasst, kann er auch nicht Tennis spielen«, hatte Chon erwidert.)

Duane starrt Ben eine Sekunde lang an, dann steht er auf und geht.

Verbaler Gandhi-ismus funktioniert.

135

Symbiotische Beziehungen auch.

Dennis marschiert in die Diensträume der Orange County Task Force, zeigt seinen Dienstausweis und verlangt, den Chef zu sprechen.

Commander Roselli sieht aus, als hätte er gerade warme Pisse getrunken, so sehr freut er sich, einen Bundesbeamten in seinem Revier zu begrüßen, der ihm die Blumen zertrampelt und die Hunde zum Bellen bringt. Aber er bittet Boland nach oben und stellt die beiden einander vor.

»Deputy Boland, das ist Special Agent Dennis Cain, DEA.«

Boland nickt dem Bundestypen zu. »Welchem Umstand verdanken wir das Vergnügen?«

»Ermitteln Sie gegen einen gewissen Benjamin Leonard?«, fragt Dennis.

Boland zögert, sieht Roselli an.

Roselli sagt: »Und?«

»Chef –«

»Jetzt sag schon.«

Boland wendet sich wieder an Dennis. »Ja, wir ermitteln gegen ihn.«

»Tut ihr nicht«, sagt Dennis. »Egal, was da läuft, ab in die Tonne damit. Sofort.«

»Sie können nicht einfach hier reinmarschieren und …«

»Doch, kann ich«, sagt Dennis. »Hab ich gerade gemacht.«

»Leonard dealt in unserem Zuständigkeitsbereich mit Marihuana«, protestiert Boland.

»Und wenn er Osama bin Laden angereichertes Uran vor dem Teetassenkarussell in Disneyland verkauft«, sagt Dennis, »ihr lasst trotzdem die Finger von ihm.«

»Und warum?«, fragt Boland. »Damit ihr euch die Festnahme selbst unter den Nagel reißt?«

»Er ist Informant der Bundesbehörde, Idiot«, fährt ihn Dennis an. »Wenn ihr Scheiße baut, gefährdet ihr eine Operation, die euren Horizont so weit übersteigt, dass ihr eine Leiter bräuchtet, um ihr in den Arsch zu kriechen. Wenn ihr den Mann verbrennt, dürft ihr mit dem Generalbundesanwalt telefonieren, und zwar dem der Vereinigten Staaten, und ihm erklären, wie es dazu kommen konnte.«

Roselli sagt: »Wenn ihr eine Operation in unserem Gebiet durchführt, hättet ihr uns das früher wissen lassen sollen.«

»Damit die Info zur Zielperson durchsickert?«, fragt Dennis.

»Fickt euch«, sagt Roselli.

»Okay, wir ficken uns«, erwidert Dennis. »Wen ihr aber nicht fickt, ist Leonard. Schwanz raus, Finger weg. Von ihm, seinen Freunden, seiner Familie, seinem Hund, falls er einen hat. Ihn umgibt ein Kraftfeld, dem ihr euch nicht mal nähert, wenn ihr keinen Schlag abgekommen wollt. Haben wir uns verstanden?«

Haben sie.

Es passt ihnen nicht, aber sie haben es kapiert.

Ben Leonard ist unantastbar.

136

Niemand ist unantastbar.

Wird Duane erklärt.

Zum Beispiel –

137

Was haben folgende Personen gemeinsam?

a) Sonny Corleone.

b) Bonnie and Clyde.

c) Filipo Sánchez.

Die Antwort lautet: Sie wären alle besser nicht ins Auto gestiegen.

138

Filipo Sánchez sitzt hinten in dem schwarzen Humvee, neben ihm stapeln sich Geburtstagsgeschenke für seine Tochter.

Elena wird böse sein, denkt er. Sie findet, er verwöhnt Magda, aber wozu hat man eine Tochter, wenn man sie nicht verwöhnen darf? Elena sagt, sie haben schon mehr als genug für die Party ausgegeben (und sie hat gedroht, ihm die Haut bei lebendigem Leibe abzuziehen, wenn er auch nur zehn Minuten zu spät kommt), und dass Magda nicht noch mehr Sachen braucht, aber ein Mädchen kann doch nie genug hübsche Sachen haben.

Er freut sich auf die Party und das freudestrahlende Gesicht seiner Tochter.

Für diese Augenblicke lebt Filipo.

Er wirft einen Blick auf die lächerlichen blauen Eidechsenstiefel, die sein Leibwächter unbedingt tragen muss. Filipo versucht Jilberto immer wieder klarzumachen, dass sie jetzt in der Stadt wohnen, und zwar in der allerbesten *colonia* in Tijuana, nicht irgendwo im Hinterland in Sinaloa, aber er will nichts davon hören.

Sie nähern sich einer Ampel.

Sie schaltet auf Gelb.

»Das schaffen wir noch«, sagt er zum Fahrer.

Er darf auf keinen Fall zu spät zur Party kommen und riskieren, Elena zornig zu machen.

Aber der Humvee hält.

»Ich hab gesagt —«

Jilberto macht die Tür auf und steigt aus.

Der Fahrer legt sich flach auf den Sitz.

Dios mío.

Drei Männer tauchen vor dem Wagen auf, Kalaschnikows in den Händen.

Filipo greift nach seiner Waffe und will aus dem Wagen springen, aber Jilberto verpasst ihm einen Tritt vor die Brust, so dass er wieder in den Wagen fliegt.

Dann legt Jilberto seine Uzi an und es geht los.

Die drei Männer eröffnen das Feuer durch die Windschutzscheibe.

Die Kugeln zerfetzen Filipo und mit ihm auch die so hübsch eingepackten Geschenke.

139

Duane Crowe schlägt ein Ei am Rand einer gusseisernen Pfanne auf und lässt es langsam ins heiße Rapsöl laufen.

Früher hat er seine Eier in Speck gebraten, aber der Arzt hat ihm wegen seines Körperfettanteils die Leviten gelesen, so dass er sich zwischen dem Bier und dem Speck entscheiden musste, und Crowe hat sich für das Bier entschieden.

Er hat's auch mal mit Putenspeck probiert aber … das ist halt Putenspeck.

Crowe hat eine dieser Kaffeemaschinen, mit denen man eine einzelne Tasse Kaffee kocht, und sogar ihm selbst bleibt die traurige Sinnbildhaftigkeit dessen nicht verborgen. Eine Eintassenkaffeemaschine hat man nach zwei gescheiterten Ehen, und wenn dann doch mal eine Frau über Nacht bleibt, ist es einfacher, morgens mit ihr frühstücken zu gehen, weil sie dann wenigstens schon mal draußen ist.

Das Letzte, was er braucht, ist eine weitere Scheidungsverfügung, die ihn noch mal die Hälfte von dem wenigen kostet, was ihm seine letzten beiden Frauen gelassen haben, von den Alimenten für die Kinder mal ganz zu schweigen. Zwei Kinder, die er kaum sieht, und Brittany bewirbt sich schon fürs College (scheiße, wo ist nur die Zeit hin?), und sie ist ein richtig schlaues Mädchen mit guten Noten.

Als sie das letzte Mal telefonierten, dachte sie über Notre Dame nach.

Crowe bekommt einen Anteil von Chad Meldrun für jeden Klienten, den er ihm schickt. Klingt nach viel Geld, aber er muss denen da oben zwanzig Prozent abdrücken, deshalb fällt jeder Dollar ins Gewicht – vor allem jeder Dollar, der ihm entgeht.

Er schaufelt die Eier aus der Pfanne auf einen Teller, streut Pfeffer und Salz (scheiß auf den Arzt) drauf, setzt sich an seinen Frühstückstresen und schaltet die Nachrichten ein.

Die Sprecherin flötet irgendwas von wegen »Drogengewalt in Mexiko« (das soll was Neues sein?, denkt er), dann wird ein Foto von Filipo Sánchez eingeblendet.

Der jetzt ganz offensichtlich der verstorbene Filipo Sánchez ist.

Crowe hat nicht damit gerechnet, aber es wundert ihn nicht.

Filipo hat es sich in letzter Zeit angewöhnt, seine Gebühren nicht mehr zu zahlen. Vielleicht wollte er beweisen, was für ein harter Brocken er ist, und dass er mehr kann, als nur Elena heiraten, aber Filipo war dabei gewesen, die ganz oben von der Gehaltsliste zu streichen. Hatte sich ständig wegen des Preises beschwert, gefeilscht, Zahlungen ausgelassen, sich zu einer echten Nervensäge entwickelt.

Crowe konnte es ihm nicht verdenken, man tut was man kann, aber Filipos Rebellion war angesichts des herrschenden Krieges gegen die Berrajanos sehr unklug. Irgendwann nervte er zu sehr, und die ganz oben wechselten die Seite. Nicht, dass sie Filipo umgebracht hätten, aber sie haben den Berrajanos ihr Einverständnis signalisiert.

Filipo wollte keine Gebühren zahlen, die Berrajanos schon. So einfach ist das.

Crowe hofft, dass dieser Ben Leonard ebenfalls die Nachrichten sieht und seine Lektion daraus lernt.

Crowe frühstückt fertig und geht raus.

Dürfte ein interessanter Tag werden.

Großes Popcorn-Kino.

Das Imperium schlägt zurück.

140

Ben geht zu Fuß nach Hause.

Wo Dennis Cain auf ihn wartet.

»Äh, was zum Teufel willst du, Dennis?«

Vor meiner Wohnung? Wo ich lebe? (Wo meine Frau schläft? Wo meine Kinder mit ihrem Spielzeug spielen?)

»Dein Monatsbeitrag für die Kampagne zur Beförderung von Dennis Cain wird fällig«, sagt Dennis.

Das weiß Ben.

»Aber du willst nicht mit mir gesehen werden«, sagt Dennis. »Die meisten meiner Informanten treffen sich lieber auf neutralem Boden, aber ich tauche ganz gerne hin und wieder bei ihnen zu Hause auf, damit sie sich nicht zu sicher fühlen.«

»Lass uns reingehen«, sagt Ben.

Sie gehen rein.

»Möchtest du was?«, fragt Ben.

»Hast du Cola light?«

»Nein.«

»Dann möchte ich nichts.«

Dennis lässt sich aufs Sofa sacken. »Also, was hast du für mich? Und bevor du antwortest, fang erst gar nicht mit einem Gewächshaus oder einem Transporter voll Dope an.«

Ben schaut ihn an – genau damit wollte er anfangen.

»Ich weiß, wer du bist, und ich weiß, was du treibst«, sagt Dennis. »Du züchtest feinstes Hydrogras, und ich krieg die B-Ware. Sehe ich aus wie ein Ramschverkäufer, du Schlitzohr? Willst du dich an den Straßenrand stellen und Dennis ein Hemd verkaufen, bei dem ein Ärmel länger ist als der andere?«

»Ich hab einen Hinweis auf ein paar hochwertige –«

»Liest du die Zeitung, siehst du Nachrichten?«

»Klar.«

»Dann müsstest du wissen, dass ich ein Rockstar bin«, sagt Dennis, »und ich will keine grünen M&Ms in meiner Garderobe haben. Für meine letzte Aktion gegen das Baja-Kartell hab ich Platin bekommen, und das Letzte, was ich brauche, ist noch mehr Gras. Wenn ich noch mehr Marihuana finde, muss ich das auf eBay versteigern.«

Ben ist in der Zwickmühle, er kann weder vor noch zurück.

Dennis gefällt die Situation.

Der arrogante Ben Leonard steckt mit dem Kopf in der Schraubzwinge, und Filipo Sánchez wird niemals in die Verlegenheit kommen, über Zahlungen an einen gewissen Bundesagenten aussagen zu müssen.

Nördlich der Grenze hat jemand Filipos Ermordung abgenickt und ist ein Bündnis mit den Berrajanos eingegangen.

Wenn das stimmt, stecken die Sánchez-Lauters in argen Schwierigkeiten. Die amerikanischen Partner wechseln die Seiten, und Filipo war der letzte Mann in der Thronfolge – jetzt gibt es niemanden mehr, der der Familie vorstehen kann.

Dennis fragt sich, ob sich aus Filipos Eingeweiden auch was herauslesen ließ, als sie ihm aus dem Bauch quollen.

Drogenfahndersesamstraße.

Heute: der Buchstabe »F«.

Fick dich, Filipo. Und fick dich, Ben Leonard.

»Also was willst du?«, fragt Ben.

»Das hatten wir schon«, sagt Dennis. »Ich will Festnahmen, echte Menschen. Farmer, besser noch Käufer – vorzugsweise Großabnehmer. Wird Zeit, dass du Namen nennst, Benny-Boy.«

»Das wird nicht passieren«, sagt Ben.

»Pass auf«, erwidert Dennis, »ich hab dich aus der Scheiße gezogen, ich kann dich auch wieder reinwerfen. Dafür braucht es nur einen Telefonanruf, und um den kann ich meinen Assistenten bitten. *Ihr wollt Ben Leonard? Schnappt euch den Arsch. Der bringt nichts mehr.*«

»Nett.«

»Wenn du's nett haben willst, musst du die Branche wechseln«, sagt Dennis. »Verkauf Teddybären, Süßigkeiten, kleine Hündchen, Kätzchen, so was ist *nett*. Mein Geschäft sind Festnahmen – und du machst jetzt mit mir Geschäfte.«

Du wirst Namen nennen, du wirst dich verkabeln lassen, du wirst mir helfen, Fälle zu lösen, teilt ihm Dennis mit.

»Wenn du willst, dass ich dir Ärger vom Hals halte«, schließt Dennis, »dann solltest du dir ab jetzt jeden Morgen gleich nach dem Aufwachen folgende Frage stellen: Was kann ich tun, damit Dennis zufrieden ist?«

141

Dennis wird nicht zufrieden sein.

Weil ihm Ben keine Namen nennen wird.

Er kommt aus einer Familie, in der die McCarthy-Anhörungen lebendige Geschichte sind. Am Essenstisch wurde darüber diskutiert, als sei eben erst in den Nachrichten darüber berichtet worden. Und die größte Verachtung seiner Eltern galt immer den Zeugen, die *Namen nannten.*

Stan und Diane sind schlimmer als die scheiß Mafia mit ihrer linken *Omertà.* Stan weigert sich bis heute, *Die Faust im Nacken* zu gucken, weil Kazan *Namen genannt hat.*

Damals kam man auf die schwarze Liste, und wenn man mal nachrechnet, dann waren Stan und Diane noch Kinder, das war wie ein Ehrenabzeichen. War man einer der Hollywood Ten, war man ein Held, das kann ich euch sagen –

Eher nennt John Gotti Namen

bevor Ben es tut.

Er hat keine Lösung für das Problem, er weiß nur, was er nicht tun wird.

Und er weiß, dass er zwischen zwei Mühlen zermahlen wird – zwischen der Orange-County-Mühle und dem Bundesstaat.

Big Government und Bigger Government.

Das reicht, denkt Ben, um Republikaner zu werden.

142

O geht in die Bibliothek.

Erst mal muss sie eine finden und ist angenehm überrascht, dass sich so ein Ding mitten in der Innenstadt befindet und sie schon ungefähr 557 000 Mal dran vorbeigelaufen ist.

Sie hätte sich auch zu Hause an den Computer setzen können, aber Paku ist auf dem Kriegspfad, wetzt ihre Messer und redet nicht mit ihr, was O größtenteils als ungeheure Erleichterung empfindet, nur dass Paku sie stattdessen wortlos alle fünf Sekunden wütend anfunkelt und sie Paku außerdem im Verdacht hat, sie habe in ihrer völlig berechtigten Paranoia, O könne mit Pakus Kreditkarte Online-Pornos gucken, ihren Laptop verwanzt.

Als Letztes möchte sie, dass Paku auf ihrem Computer über den Suchbegriff »Paul Patterson« stolpert und ausklinkt.

Also geht O in die Bibliothek.

Um das zu tun, was die meisten Leute in der Bibliothek machen: Sie setzt sich an einen Computer.

Sie hat ernsthafte Zweifel, ob ihr Paul Patterson auf Facebook ist, aber sie versucht es trotzdem und findet ein paar Millionen Paul Pattersons. Dann googelt sie Paul Patterson und erhält ein paar hundert Millionen Treffer. Sie überlegt, ob sie die Suche auf

Paul Patterson Error 404 Vater

eingrenzen soll, bezweifelt aber, dass die Suchmaschine etwas mit ihrem pikanten Sinn für Humor anfangen kann. Also gibt sie ein:

Paul Patterson Laguna Beach.

Und da gibt es einige, aber keiner, der auf ihren potenziellen Daddy passen könnte, also versucht sie's mit

Paul Patterson Dana Point.

Kein Glück.

Sie entschließt sich, es buchstäblich in der anderen Richtung zu probieren:

Paul Patterson Newport Beach.

So weit ist es jetzt also schon gekommen, denkt sie, während sie die Ergebnisse überfliegt –

Wir brauchen Google, um unsere Eltern zu finden.

143

Crowe fährt bei Brian Hennessy vor und hupt.

Hennessy kommt eine Sekunde später raus und steigt in den Wagen.

»Bist du bereit?«, fragt ihn Crowe.

Brian guckt auf seinen Gipsarm. Den er Ben Leonards Kampfhund zu verdanken hat.

Ja, er ist absolut bereit.

144

Skylla und Charybdis.

Das ist, wenn man weder nach links noch nach rechts kann.

Entweder kooperiert Ben mit Cain, oder Cain wirft ihn Old Guys Rule und Boland zum Fraß vor, und die sind, sagen wir mal, bestimmt ein bisschen nachtragend.

Ben muss einen Zug machen, und ihm fällt keiner ein.

Er wünschte, Chon wäre hier, um ihm zu helfen, das Ganze zu durchdenken, aber wie man im Football sagt, *there is no play in the book for fourth and twenty three.*

Das ist alles so verflucht blöd, denkt Ben frustriert.

Nixon rief 1973 den War on Drugs aus.

Über dreißig Jahre, Milliarden von Dollar und Tausende Leben später herrscht immer noch Krieg, und wofür?

Nichts.

Na ja, nicht nichts, denkt Ben, man kann damit Geld verdienen.

Das Anti-Drogenestablishment streicht Milliarden Dollar ein – die DEA, der Zoll, der Grenzschutz, Tausende staatlicher und kommunaler Anti-Drogen-Einheiten, von den Gefängnissen ganz zu schweigen. Über siebzig Prozent der Sträflinge sitzen aufgrund von Vergehen im Zusammenhang mit Drogen, und jeder von ihnen kostet im Schnitt 50000 Dollar pro Jahr, wobei ihre Familien größtenteils von Sozialhilfe leben. Gefängnisbau ist derzeit so ziemlich die einzige Wachstumsbranche in Amerika.

Milliarden für Gefängnisse, noch mehr Milliarden für den Versuch, zu verhindern, dass Drogen über die Grenze kommen, während an den Schulen selbstgebackene Kuchen verkauft werden, damit Geld für Bücher, Papier und Bleistifte reinkommt. Die Idee dahinter ist wohl, unsere Kinder vor Drogen zu schützen, indem wir sie genauso dumm machen wie die Politiker, die mit diesem Irrsinn weitermachen.

Folge dem Geld.

Der War on Drugs?

Wohl eher eine *Whore on Drugs.*

Ben ist völlig in Gedanken vertieft, als es an der Tür klingelt.

145

O rauscht an ihm vorbei in die Wohnung.

Redet dabei ununterbrochen.

»Paul Patterson«, sagt sie. »Newport Beach. Börsenmakler. Im richtigen Alter. Mehr Geld als Gott. Genau die Sorte Mann, auf die es Paku abgesehen hat.«

Sie lässt sich aufs Sofa fallen wie in der Praxis eines altmodischen Psychoanalytikers. Ben begreift, welche Rolle er zu spielen hat, setzt sich und fragt: »Wirst du Kontakt zu ihm aufnehmen?«

»Weiß nicht«, seufzt sie. »Soll ich?«

Es klingelt erneut.

»Warte«, sagt Ben.

Er geht hin und macht auf.

146

Es ist Chon.

Laguna Beach, Kalifornien
1981

>*It may be the Devil or It may be the Lord*
>*But you're gonna have to serve somebody.*«
Bob Dylan, »Serve Somebody«

147

John sieht die Welle auf sich zurollen.

Die erste eines ganzen Sets.

Fett, bodenlastig.

Er paddelt rein, dann überlegt er sich's anders – *scheiß drauf, zu anstrengend* – und taucht durch die Lip.

Bobby Z sitzt auf der anderen Seite.

Bobby Zacharias ist, wie John, eines der jüngeren Mitglieder der Association. Ultralässig, ultracool, schmuggelt im wahrsten Sinne des Wortes tonnenweise Maui Wowi von der besten Küste zur schwächsten Küste und lässt den Times Square leuchten, wie er nie zuvor geleuchtet hat.

John gleitet den Wellenrücken herunter.

»Wolltest du sie nicht?«, fragt Bobby.

»Sieht so aus.«

Ohnehin sind sie nicht zum Surfen hier, sondern um sich zu unterhalten, fernab der Augen und Ohren im kuschligen Laguna, weit weg von den Ferngläsern und Mikrofonen der DEA und der Lokalbullen, denn mal im Ernst, es ist nicht ganz einfach, die Verkabelung im Wasser trocken zu halten.

Nicht, weil sie einander nicht trauen, sondern weil sie niemandem trauen.

Ein Zeichen der Zeit.

Die Siebziger sind passé.

Die lustigen Jahre sind vorbei.

Wer's nicht glaubt, fragt Jimmy Carter. Wer's Jimmy nicht glaubt, fragt Ronald Reagan.

Ronald Reagan.

Noch mal –

Ronald Reagan.

Präsident Ronald Reagan. Der Cowboy wollte den Iran von der Karte wischen, als wär's Senf auf seiner Krawatte, und die Ayatollahs konnten es kaum erwarten, die Geiseln zurückzugeben, als Ronnie die Nachricht überbrachte, entweder würden die Geiseln nach Deutschland fliegen oder in Deutschland startet die 101. Luftlandedivision, die heizt ihnen mit 44er Magnums mit Atomsprengköpfen ein.

Mach schon, Ayatollah, *make my day.*

Willst du's drauf ankommen lassen, Khomeini?

Anscheinend nicht.

Dachte ich's mir doch.

444 Tage und raus.

Als wollte er sagen, ab jetzt wird kurzer Prozess gemacht.

Wie alle amerikanischen Trends kam Reagan aus Kalifornien. Das Land wanderte an die Westküste aus, am Break war Schluss, und seitdem geht alles nur noch in die andere Richtung, Rückstrom.

Jetzt geht's ums Geschäft, Baby, wir sind in den Achtzigern, mit Geld baut man keinen Scheiß, man hat keine Lust mehr im Herzen – man hat Lust in der Brieftasche, Gordon Gekko ist noch nicht ganz am Start, aber schon unterwegs, *he ain't heavy he's my brother* – Bullshit, na klar ist der fette, faule Wichser schwer, frisst Quarter-Pounder in sich rein, als wären es zarte Oblaten, der ist verdammt übergewichtig, und du trägst den nirgendwo hin, der kann seinen Fettarsch alleine in die Muckibude schieben oder auch nicht, egal, der ist GASAG – ganz auf sich allein gestellt.

Hat er nicht zugehört? Hatte er Watte in den Ohren, als der Great Communicator Reagan kommuniziert hat, dass wir uns wieder in guten alten mythischen Zeiten des krassen Individualismus befinden?

Kommune?

Dass ich nicht lache.

Vertrauen und Treue?

Ich geb dir gleich Treue, Wichsgesicht.

Sofern du nicht von Treuhandfonds sprichst, nimmst du ein Wort wie Treue besser gar nicht erst in den Mund, Baby.

Vertrauen – das Verb – verwendet man hauptsächlich in der Vergangenheit, zum Beispiel:

»Ich habe ihm vertraut« – Ex-Frau.

»Ich habe ihr vertraut« – Ex-Mann.

»Ich habe ihm vertraut« – der Typ, der im Loch schmort, weil er einem vermeintlich vertrauenswürdigen Freund, der sich ein Mikro an die rasierte Brust kleben ließ, Dope verkauft hat.*

Deshalb treffen sich John und Bobby draußen auf dem Ozean, wo keiner von beiden verkabelt sein kann. Sie lassen die nächste Welle unter sich wegrollen, dann sagt Bobby: »Ich hab gehört, die haben den Doc einkassiert.«

»Blödsinn«, sagt John.

Wäre der Doc verhaftet worden, hätte er's mir gesagt.

Oder nicht?

»Bundesebene«, sagt Bobby. »Schwere Anschuldigungen, lange Haftstrafe.«

John weiß, dass sich Bobby nicht um des Docs Wohlergehen sorgt.

»Der Doc fällt nicht um«, sagt John. Selbst wenn er's täte, denkt John unwillkürlich, kann er nichts Besseres als sich selbst zum Tausch anbieten. Er ist die Spitze der Pyramide, und die Bundesbeamten geben sich mit nichts weniger zufrieden.

Daran hat Bobby auch schon gedacht. »Vielleicht entscheiden sich die Bullen für Quantität statt Qualität. Wie viele könnte der Doc verraten?«

Die Antwort lautet: viele. Aber John ist egal, wie viele, er will wissen, wen.

Ihn zum Beispiel.

»Wenn der Doc fünfzehn Jahre vor sich hat«, sagt Bobby, »lässt er uns alle hochgehen. Die ganze Association.«

»Nicht der Doc.«

»Nicht der alte Doc«, erwidert Bobby. »Der neue Doc ...«

Er lässt den angefangenen Satz in der Luft hängen.

Er muss ihn nicht zu Ende bringen. John weiß, was er meint.

Der Doc hat sich verändert.

Okay, wer hat das nicht, aber der Doc hat sich richtig verändert. Er ist nicht mehr der Doc, den man von früher kannte, der Typ, der Tacos verschenkt. Nicht mehr der Doc, der alle einlädt, sondern der Doc, der zuerst an den Doc denkt.

Das liegt am Koks.

Koks ist kein Gras.

Gras macht milde, Koks paranoid.

Gras hemmt den Ehrgeiz, Koks weckt das Verlangen, der King zu sein.

Was der Doc anscheinend will. Immer öfter hört John ihn das Possessivpronomen in der ersten Person Singular benutzen – immer öfter sagt er »mein« statt »unser«. Das ist der Weg von Woodstock nach Altamont – das ist nicht *unsere*

Bühne, du Arschloch, das ist *meine* Bühne. Und du hast auf meiner Bühne nichts zu suchen.

Und der Doc betrachtet die Association allmählich als seine Bühne.

Der Fairness halber muss gesagt sein, dass die anderen auch echt seltsam drauf sind. Mike, Glen, Duane, Ron, Bobby – die ganzen Association-Jungs trauen sich gegenseitig nicht mehr über den Weg, streiten sich um Gebietsrechte, um Kunden, um Zulieferer. Jungs, die sich früher mal dieselben Wellen geteilt haben, teilen sich keine Koksgeschäfte.

Und die Drogenfahnder lieben das. Sie leben vom Teilen-und-Herrschen, für sie ist das wie Brot und Butter. Und jetzt haben sie den Doc drangekriegt?

»Wir wissen nicht, ob's stimmt«, sagt John.

»Können wir's drauf ankommen lassen?«, fragt Bobby. »Die Sache ist doch die, selbst wenn's diesmal nicht stimmt, dann beim nächsten Mal. So wie der Doc drauf ist, ist die Frage nicht *ob*, sondern *wann*. Und das weißt du, John.«

John antwortet nicht.

Die letzte Welle des Sets rollt unter ihnen durch.

148

Ein Psychotherapeut in Laguna ist wie ein Fischer in Sea-World.

(Chon wird so etwas später als *Target Rich Environment* bezeichnen).

Wirft man in diesen Gewässern seine Netze aus, sind sie schneller voll mit zappelnden, glitschigen und nach Luft schnappenden Kreaturen, als man sagen kann: »Und wie fühlst du dich dabei?«

Das ist die Frage, die Diane jetzt einer Frau stellt, die ihr gegenüber auf dem Sofa sitzt (nicht liegt).

Nach der Wikingerbestattung des Bread and Marigold Bookstore fanden Stan und Diane, dass die Gesellschaft eher mit Reich und Lowen als mit Marx und Chomsky von ihren Übeln geheilt werden kann.

Also gingen sie wieder zur Uni (UC Irvine, und wenn das mal keine Ironie der Geschichte ist, dann seid ihr noch nie in Irvine gewesen) und wurden

Psychotherapeuten.

Stan und Diane bauten schon bald eine Klientel aus Gestrandeten Sechziger-Jahre-Typen, Acid-Opfern, schrillen Feministinnen, verstörten Männern, manisch Depressiven (damals noch nicht *bipolar*), Drogenabhängigen, Alkoholikern und ein paar Menschen auf, die von ihren Müttern tatsächlich nicht geliebt wurden.

Es ist leicht, sich über Stan und Diane lustig zu machen, aber es stellt sich heraus, dass sie wirklich gute Psychotherapeuten sind, und sie helfen Menschen. Wenn auch vielleicht nicht der jungen Frau, die jetzt gerade bei Diane in der Praxis sitzt und ihre Scheidung verarbeitet (ihre erste, aber wahrscheinlich nicht die letzte).

»Ich weiß nicht, ob du ihr überhaupt helfen kannst«, hatte Stan am Vorabend beim Essen gesagt. »Diese Art von narzisstischer Persönlichkeitsstörung lässt sich fast gar nicht behandeln. Es gibt keinerlei pharmakologische Empfehlungen und Schematherapie schafft nur neue Probleme.«

»Ich hab mich eher an kognitive Techniken gehalten«, erwiderte Diane und nippte an dem ausgezeichneten Roten, den Stan mitgebracht hatte.

Sie haben sich ein schönes, geordnetes Leben aufgebaut, seitdem Diane ein bisschen mit John McAlister aus der Reihe getanzt ist und Stan den Laden abgefackelt hat. Dank der Versicherungskohle konnten sie sich ein Haus in dem früher als Dodge City bekannten Stadtteil kaufen, wo sie wohnen und arbeiten. Sie haben Freundschaften mit anderen »Pärchen« geschlossen und laden sich gegenseitig zu selbstgekochten Gourmet-Menüs ein. Stan ist zum Weinkenner avanciert und hat einen kleinen, aber sehr fein bestückten Weinkeller.

Ihr Leben ist nicht spannend, aber dafür ist es frei von Chaos.

»Und, haben die kognitiven Techniken Wirkung erzielt?«, fragte Stan trocken in Bezug auf Dianes schwierige Klientin.

»Bislang nicht«, erwiderte sie.

Jetzt sitzt sie da und versucht sich auf die neueste Variante von Kims Geschichte zu konzentrieren – wie sie in einer wohlhabenden, wenn auch emotional distanzierten Familie aufwuchs, was dazu führte, dass sie sehr jung ihren Traumprinzen heiratete, der einfach nur eine Art Ersatz für ihren abwesenden Vater war, der sie aber weder versteht noch zu schätzen weiß und mit dem sie sexuell keine Nähe herstellen kann, egal wie sehr sie sich bemüht, und Diane denkt nur –

Ich will ein Baby.

149

John nimmt ein Teppichmesser und zersticht systematisch die Reifen des BMW.

Dann dreht er sich zu Taylor um und sagt: »Geh jetzt.«

»Das ist mein Wagen«, sagt sie.

Ein neuer silberfarbener 528i.

»Den hab ich dir gekauft«, erwidert John.

»Das heißt aber noch lange nicht, dass du ihn einfach kaputt machen darfst.«

John zuckt mit den Schultern – anscheinend heißt es das doch. Er hat den BMW gekauft, er hat den Porsche 911 gekauft, der daneben steht, er hat die Dreier-Garage gekauft, in der außerdem der 54er Plymouth Wagon parkt, und das Haus in Moss Bay hat er auch gekauft.

Cocaine been bery bery good to me.

»Dann musst du jetzt eben neue Reifen kaufen«, sagt Taylor.

Womit sie eigentlich sagen will, dass sie nicht geht, denkt John mit gemischten Gefühlen. Sie sagt, sie geht, sie droht damit zu gehen, sie macht sogar Anstalten zu gehen, aber sie geht nicht.

Das Koks ist zu gut, der Sex ist zu gut, das Haus ist zu gut. Sie wird nicht wieder in eine Einzimmerwohnung in West Hollywood ziehen und Produzenten einen blasen, nur um in irgendeiner beschissenen Fernsehserie eine Rolle zu bekommen, in der sie sowieso nur einen Satz sagen darf.

John liebt sie auf seine Art, irgendwie

unbeteiligt.

Sie ist verdammt schön, macht im Bett alles mit, sieht an seinem Arm toll aus, wenn sie zusammen ausgehen, und wenn sie sich nicht gerade streiten will, kann sie sogar nett sein.

Aber das Mädchen streitet gern.

John hat schon vergessen, wie es dieses Mal angefangen hat, er weiß nicht mal, worum es geht, weil sie es ihm noch nicht gesagt hat. Er weiß nur, dass er vom »Surfen« mit Bobby zurückgekommen ist und sie kochend vor Wut auf ihn gewartet hat.

»Ich hab heute schon genug Probleme«, hat John gesagt, in der Hoffnung, das Schlimmste abwehren zu können.

Vergiss es –

»Wir müssen über unsere Beziehung reden«, fuhr sie ihn an.

»Nicht darüber, dass ich ein Arschloch bin?«, fragte er.

Weil er beim Streiten nicht unbedingt an Vorspiel glaubt. Besser gleich direkt einsteigen.

Einen Augenblick später flogen Sachen durch die Küche wie bei *Amityville Horror*. Als sie fand, dass sie genug teures Glasgeschirr zerdeppert hatte, ging sie nach oben packen. John stand in der Schlafzimmertür und sah zu, wie sie Sachen in ihre Koffer stopfte.

Kleider, die er ihr gekauft hatte, Schuhe, die er ihr gekauft hatte, Schmuck, den er ihr gekauft hatte.

Koffer, die er ihr gekauft hatte.

»Dieses Mal gehst du wirklich, oder?«, fragte er.

»Ja.«

Sie stürmte runter in die Garage, und er zerstach ihr die Reifen.

Jetzt steht sie da und sieht ihn an.

Gott, denkt John, sie sieht verdammt umwerfend aus. Er packt sie um die Hüfte und setzt sie auf die Motorhaube. Spreizt ihr die Beine, zieht ihr das Höschen runter und besorgt es ihr gleich da. Besser wäre es nur noch geworden, wenn er Gelegenheit gehabt hätte, vorher den Motor anzulassen.

Er zieht ihn raus, verstaut ihn, sieht sie an und sagt: »Jetzt noch mal in allen Einzelheiten.«

Sie sagt: »Ich bin schwanger.«

150

Kim dankt ihrem Schöpfer, dass zu der langen Liste dessen, worin Brad versagte, auch seine Versuche gehören, sie zu schwängern.

Er hat bei der Übernahme des Autohandels seines Vaters versagt, mit seinen Investitionen, im Club, im Schlafzimmer. Er ließ sich erfolgreich von seiner Vorzimmerdame einen blasen, sogar regelmäßig, immerhin. (Nicht auszudenken, wenn er auch dabei versagt hätte.)

Er war außerdem ein Erfolg als Einstiegs-Ehemann, die Scheidung ist mit einer lukrativen Einigung und einem Einkommen verbunden, das es ihr, wie man so schön sagt, ermöglicht, ihren gewohnten Lebensstandard aufrechtzuerhalten.

Den sie in Zukunft zu steigern gedenkt.

Sie spielt mit dem Gedanken, die Therapie abzubrechen, denn ganz offensichtlich bringt sie nichts.

Außerdem wittert sie neuerdings einen Anflug von Herablassung in Dianes Tonfall, als wären Kims Probleme nicht mitreißend genug, um ihre volle Aufmerksamkeit zu beanspruchen.

Nein, beschließt sie, das Geld investiert sie lieber in die Korrektur ihrer Nase, die, wenn wir ehrlich sind, nicht ganz so

perfekt ist.

Kim ist mittlerweile dreiundzwanzig, und ein Körper wie ihrer will gewartet werden, da er schon bald wieder auf einem hart umkämpften Markt bestehen muss. Der nächste Ehemann sollte etwas Besseres sein,

Börsenmakler

Bauunternehmer

oder noch besser

alter Geldadel.

Und dafür muss die Nase stimmen, die Titten müssen perfekt sein, der Bauch flach und straff und Gott sei Dank –

keine Schwangerschaftsstreifen.

Manchmal trifft sie das Entsetzen wie ein Schlag vor die Brust.

Sie hat das Gefühl, nicht mehr atmen zu können.

Diese existenzielle Angst.

Vor dem Nichts ihrer Existenz.

151

John verabredet sich mit dem Doc im Yachthafen von Dana Point.

Der Doc kommt in einem blutroten Lamborghini Countach angerauscht und hält neben Johns Porsche.

John gefällt das nicht, weil die Bullen diese Art von Angeberei überhaupt nicht mögen. Die ehrlichen Cops denken, dass man's ihnen unter die Nase reiben will, und sind umso verbissener hinter einem her – die anderen, die man eingekauft hat, wollen nicht, dass man damit rumprotzt, weil ehrliche Bürger jemanden sehen, den sie für einen Drogendealer halten, und sich fragen, warum die Cops nichts mitkriegen, wenn's selbst ihnen schon auffällt.

Die Cops auf deiner Gehaltsliste sehen außerdem, dass du einen Schlitten für 300 000 Dollar fährst, und kommen unter Umständen auf die Idee, dass du ihnen nicht genug zahlst.

So was macht man nicht.

Der Doc sieht Johns Missfallen und sagt: »Hey, wir tragen das Risiko, wir sollten die Vorzüge genießen, oder? Sonst können wir gleich Versicherungen verkaufen.«

»Es gibt Grenzen, Doc.«

»Das ist aber auch kein Toyota«, erwidert der Doc und zeigt auf den Porsche.

John merkt, dass es keinen Sinn hat sich zu streiten – der Doc ist voll drauf. Allmählich wird das zum Problem, er schnieft sein eigenes Produkt weg wie ein Staubsauger. Und das macht ihn unvernünftig, unberechenbar und anfällig für Fehler. Vielleicht wurde er wegen eines solchen Fehlers verknackt, denkt John. Vielleicht stimmt es ja.

Es ist ein Problem – John und der Doc sind nicht nur zusammen im Drogengeschäft, ihnen gehören gemeinsam auch ein Restaurant, eine Bar und zwei Wohnhäuser. Wenn der Doc einfährt, reißen sich die Bullen alles unter den Nagel.

Sie gehen durch den Yachthafen, dann über eine Brücke auf den langen, schmalen Anlegesteg.

»Taylor ist schwanger«, sagt John.

Der Doc sagt: »Man hat inzwischen rausgefunden, wie es dazu kommt.«

»Sie nimmt die Pille.«

»Das erzählt sie dir.«

»Willst du sagen, sie hat sich absichtlich schwängern lassen?«

»Willst du behaupten, dass es nicht so war?«, sagt der Doc. »Hör auf.«

»Was?«

»Werd erwachsen.«

John weiß, was er meint. Ein anderer Ausdruck für Baby ist Unterhalt. Jeden Monat ein fetter Scheck, 18 Jahre lang. Taylor wäre nicht die erste Frau, die die Pille deshalb vergisst.

»Nein«, sagt John, »sie will abtreiben.«

»Sie will, dass du sie davon abhältst«, sagt der Doc.

»Du kennst Taylor nicht.«

(»Ich muss an meine Karriere denken«, hatte Taylor gesagt. »Ich kann nicht fett und aufgedunsen bei einem Casting auftauchen.«

John wollte erwidern: *Welche beschissene Karriere? Sechs Sekunden bei* Mannix, *und seit einem Jahr hast du nirgendwo mehr vorgesprochen*, aber er konnte nicht schon wieder Streit gebrauchen.

Man muss aussteigen, solange man Oberwasser hat.

Jedenfalls hat sie die Klinik schon angerufen und sich einen Termin geben lassen. Sie hat es ihm nur gesagt, weil sie a) das Geld brauchte, um die Abtreibung zu bezahlen, und weil es b) schön wäre, wenn er sie danach abholen und nach Hause bringen würde. Worauf er nicht besonders scharf ist, aber er wird es machen.)

»Okay.« Der Doc grinst.

Sie gehen weiter über den Anlegesteg. Von hier haben sie einen ausgezeichneten Blick – sie können jeden sehen, der ihnen folgt und die Bullen bräuchten ein Wahnsinnsmikro, um auf die Entfernung mitzuhören.

»Also, worum geht's wirklich?«, fragt der Doc. »Du machst dir doch nicht bloß in die Hose, weil deine Freundin einen kleinen Kasper in der Trommel hat.«

John stellt erstaunt fest, dass er nervös ist. Er muss seinen Mut zusammennehmen, um zu fragen: »Gibt es etwas, das du mir sagen willst, Doc?«

»Was zum Beispiel?«

»Zum Beispiel, dass die dich einkassiert haben?«

»Wovon zum Teufel sprichst du?«, lacht der Doc.

Plötzlich findet John, dass er verdruckst wirkt. Man kann

über den Doc sagen, was man will, aber verdruckst war er nie. Geradeheraus, direkt, immer er selbst.

John findet die Situation total ätzend. Er sagt: »Wenn du ein Problem hast, lass uns drüber reden. Wir finden eine Lösung.«

Der Doc lacht.

»Wie großzügig von dir, Junior. Aber spar dir das für jemand anders. Mir geht's gut.«

»Tatsächlich?«

»Woher hast du den Scheiß?«, fragt der Doc. »Mit wem hast du geredet? Mit Ron? Mit Bobby?«

John antwortet nicht, aber der Doc kennt die Antwort.

»Pass auf«, sagt er, »wenn ich nicht gewesen wäre, hätten die Arschlöcher Koks nicht von Cola unterscheiden können. Ich war der Erste auf der Party. Verdammt, ich hab die Party geschmissen, und jetzt wollen sich die Gäste mein Haus unter den Nagel reißen.«

Leuchtet irgendwie ein, denkt John. Wenn sie den Doc schlecht machen, kommt er in so was wie eine Drogenquarantäne – die Leute machen keine Geschäfte mehr mit ihm –, und sie können seinen Marktanteil übernehmen.

»Die sägen an dir, J«, sagt der Doc. »Die wollen einen Keil zwischen dich und mich treiben.«

Auch das leuchtet ein. Der Doc und John sind Batman und Robin. Gegen beide zusammen kommt keiner an, aber einzeln …

»Ich kümmere mich um Bobby«, sagt John.

»Nein, tu's nicht«, sagt der Doc. Dann imitiert er den Paten. *»Halt deine Freunde nah bei dir, aber deine Feinde noch näher. Horch sie aus, peil die Lage. Finde raus, wer für mich ist, wer gegen mich ist. Kannst du das machen, Johnny, kannst du das für mich machen?«

»Klar.«

»Du und ich«, sagt der Doc. »Du und ich, wir waren immer ein Team. Werden es immer bleiben. Zwischen uns kommt keiner, hab ich recht?«

Hast du, denkt John. Sie kennen sich viel zu lange, und der Doc war immer

wie ein Vater für mich.

»Egal, hör zu«, sagt der Doc. »Ich bin da gerade an was dran. Wollte dir erst was davon erzählen, wenn's ein bisschen, du weißt schon, sagen wir mal ausgegorener ist, aber jetzt ...«

152

Sie fahren runter nach San Diego.

Wenn man noch nie in einem knallroten Lamborghini mit 160 über den Interstate 5 durch Pendleton gefahren ist, hat man Kalifornien nicht erlebt.

Es ist ein ... Rausch.

Besonders, wenn der Doc am Steuer sitzt, mit einer Hand lenkt und mit der anderen das Koks vom Armaturenbrett zieht. Sie kommen lebendig in San Diego an und halten in der India Street in Little Italy.

»Hast du plötzlich Heißhunger auf Fleischbällchen?«, fragt John.

Sie gehen in einen Sandwichladen – ein paar Tische und ein langer Tresen mit roten Hockern. Der Doc pflanzt sich auf einen davon, bestellt zwei Sausiche-Sandwiches mit Paprika und Zwiebeln und fragt: »Ist Chris da?«

»Ja, irgendwo schon.«

»Kannst du mir einen Gefallen tun? Ihm sagen, dass der Doc hier ist?«

»Der Doc?«

»Das bin ich.« Der Doc grinst.

»Was machen wir hier?«, fragt John.

»Wart's ab.«

Ein paar Minuten später kommt ein Mann um die dreißig im schwarzen Anzug, ohne Krawatte, und schüttelt dem Doc die Hand.

»Chris, das ist mein Partner, John.«

Chris streckt ihm die Hand hin. »Freut mich, dich kennenzulernen, John.«

»Ebenso.«

»Chris, hast du ein paar Minuten?«, fragt der Doc.

»Klar«, sagt Chris. »Gehen wir ein Stück.«

Der Doc will die Sandwiches bezahlen, aber Chris winkt ab.

»Ich übernehm das.«

»Trinkgeld?«, fragt der Doc.

»Nein.«

Sie gehen raus auf die Laurel Street. Die Flugzeuge im Landeanflug machen eine Menge Lärm. Der Doc sagt: »Chris, ich möchte, dass John hört, worüber wir gesprochen haben.«

Ganz genau, John möchte hören, worüber zum Teufel sie gesprochen haben.

Chris sagt: »Ich habe mit meinen Leuten geredet, und die sind interessiert einzusteigen. Wir nehmen so viel Ware, wie du uns geben kannst, bieten dir dafür landesweiten Vertrieb und einen gewissen Schutz.«

»Wer ist das, *deine Leute*?«, fragt John.

Er merkt, dass das ein bisschen unhöflich klingt.

Chris sieht den Doc an, als wollte er sagen, wer ist denn dein kleiner Freund?

Der Doc sagt: »Chris, lässt du uns eine Minute allein?«

Chris nickt. »Ich hole mir einen Kaffee. Wink einfach, wenn ihr fertig seid.«

Als er außer Hörweite ist, sagt John: »Was zum Teufel soll das, Doc? Die Mafia?«

»Die Amateurzeiten sind vorbei«, sagt der Doc. »Diese Leute bieten uns einen landesweiten Vertrieb – Chicago, Detroit, Vegas.«

»Ich dachte, die arbeiten mit den Mexikanern.«

»Chris sagt, sie würden lieber mit Weißen arbeiten«, sagt der Doc. »In Wirklichkeit wirtschaften die Mexikaner an ihnen vorbei, verhandeln direkt mit L.A., und der Mob in San Diego will seine eigenen Quellen auftun.«

»Großer Gott, Doc«, sagt John. »Wenn du diese Leute einmal ins Boot holst, wirst du sie nie wieder los.«

»So ist das vielleicht im Film«, sagt der Doc. »In Wirklichkeit sind das Geschäftsleute wie wir auch.«

»Ich weiß nicht.«

»Was willst du machen?«, fragt der Doc, »rumstehen, einen Finger in den Arsch schieben und dich von Bobby und den anderen überrollen lassen? Scheiß drauf. Scheiß auf die Association. Das war gestern. Wir müssen sehen, wo wir bleiben.«

Er winkt Chris.

Chris kommt wieder raus auf den Bürgersteig. »Sind wir jetzt alle auf demselben Stand?«

»Absolut.«

Chris guckt John an. »Ja?«

»Ja.«

Sie sprechen über Einzelheiten, Preis pro Gramm, Rabatte, Liefermethoden, wer redet mit wem und wann – die grundlegende Logistik des Drogenhandels.

Dann sagt der Doc: »Noch etwas, Chris.«

»Ja?«

»Ein paar Leute werden darüber nicht froh sein«, sagt der

Doc. »Möglicherweise werden sie was dagegen unternehmen.«

Chris sagt: »Kein Problem.«

»Nein?«

»Jetzt seid ihr dran mit Kaffeetrinken«, sagt Chris. »Lass mich telefonieren.«

Zwanzig Minuten später kommen Chris und noch ein Typ in den Coffee Shop.

Der Kerl ist mittleren Alters, trägt einen Anzug und ist gebaut wie ein Kühlschrank.

»Doc, John«, sagt Chris, »das ist Frank Machianno. Er wird eine Zeit lang nach Laguna ziehen und die Sache im Auge behalten.«

Frank streckt den beiden nacheinander die Hand hin.

»Schön, euch kennenzulernen«, sagt er.

Sehr leise Stimme.

Kompetent.

John hat keinen Zweifel.

Frank ist ein eiskalter Killer.

153

John kommt gerade aus Papa's Tacos in South Laguna, als Bobby Z in seinem Pickup neben ihm ranfährt.

»Spring rein«, sagt Bobby. »Wir müssen reden.«

John ist nicht so sicher, ob sie reden müssen, aber dann fällt ihm wieder ein, dass ihn der Doc gebeten hat, dranzubleiben und Bobby den Puls zu fühlen, also steigt er ein.

»Hast du nachgedacht über das, worüber wir gesprochen haben?«, fragt Bobby.

»Ich glaube nicht, dass uns der Doc verraten würde.«

Bobby sagt: »Ich will, dass du jemanden kennenlernst.«

Sie fahren nach Norden, rauf in den Canyon und auf einen Parkplatz, wo die Wanderer ihre Autos abstellen. Dort steht ein weißer Ford Falcon mit einem Typen drin, und sowohl dem Wagen wie dem Mann sieht man die Drogenbehörde meilenweit an.

Als der Truck neben ihm ranfährt, kurbelt der Bulle die Scheibe runter. Bobby verschwendet keine Zeit.

»Erzähl ihm, was du uns erzählt hast«, sagt er.

»Halladay steht in San Diego unter Anklage«, sagt der Cop. »Ich hab keine Einzelheiten, weil der Fall unter Verschluss ist, aber ich weiß, dass es um ein Kapitalverbrechen geht, fünfzehn bis dreißig Jahre. Seit zwei Jahren wird er überwacht.«

»Erzähl ihm den Rest auch«, sagt Bobby.

»Sie haben ihn rausgelassen, damit er seine ›guten Absichten‹ unter Beweis stellt«, sagt der Cop. »Der Mann ist ein wandelndes Aufnahmestudio.«

»Wird er aussagen?«, fragt Bobby.

»Besser wär's«, sagt der Cop. »Keine Aussage, kein Deal. Sonst noch was?«

»Sonst noch was?«, fragt Bobby John.

John schüttelt den Kopf.

Der Drogenfahnder kurbelt die Scheibe wieder hoch und fährt los.

»Aus allererster Hand«, sagt Bobby. »Der Typ ist von der DEA in San Diego.«

»Ich hab's kapiert.«

»Hast du?«, fragt Bobby. »Ich meine, die anderen wollen wissen, wo du in der Sache stehst.«

»In was für einer Sache?«

»Wir werden nicht Däumchen drehen, bis uns der Doc einen nach dem anderen verpfeift«, sagt Bobby.

In Johns Kopf dreht sich alles.

Der Doc spioniert sie aus. Scheiße, vielleicht war er sogar bei der Unterhaltung in Dana Point verkabelt und als sie sich mit den Leuten in San Diego getroffen haben.

Und da ist noch was, worauf Bobby anscheinend hinauswill –

»Meinst du das, wovon ich glaube, dass du's meinst?«, fragt John.

»Bist du auch verkabelt?«

»Hör schon auf.«

»Knöpf dein Hemd auf.«

»Fick dich.«

»Knöpf dein scheiß Hemd auf!«

John knöpft sein Hemd auf und zeigt Bobby seine Brust. »Zufrieden?«

Na ja, denkt John, wer ist heutzutage schon mit irgendwas zufrieden. Aber Bobby scheint froh zu sein, dass John kein Mikro am Körper trägt.

»Also, wo stehst du?«, fragt Bobby.

»Ich bin neutral.«

»Neutral ist nicht im Angebot«, sagt Bobby. »Auf die Gefahr hin, dass es abgedroschen klingt, aber entweder bist du für uns oder gegen uns.«

John hat's kapiert.

Wie der Mann gesagt hat –

You gonna have to serve somebody.

154

Stan lehnt sich zurück, nimmt die Hände wie zum Gebet vors Kinn und fragt: »Wie kann ich dir helfen?«

Dieser Mann hat mit meiner Frau geschlafen, denkt Stan, und jetzt will er, dass ich ihm helfe? Wird mir ein Vergnügen sein, ihn abzuwimmeln und moralische Bedenken dafür anzuführen.

»Es geht um den Doc«, sagt John.

»Was ist mit ihm?«

»Der ist nicht mehr kontrollierbar«, sagt John.

»Ich glaube nicht, dass der Doc bereit wäre, herzukommen und –«

»Ich bitte dich nicht, ihn zu *behandeln*«, sagt John in einem Tonfall, der deutlich macht, was er von Psychotherapie hält. Dann sagt er, dass der Doc möglicherweise verhaftet wurde und einen Deal mit den Bundesbeamten eingegangen ist.

»Ich versteh nicht, was mich das angeht«, sagt Stan.

»Das verstehst du nicht?«

»Nein.«

»Dann will ich's dir erklären«, erwidert John. »Wenn der Doc redet, wird er nicht nur die Namen von Dealern und Kunden preisgeben – er wird auch die Namen seiner Investoren nennen.«

Stan wird ein kleines bisschen blass, und sie beide wissen, warum. Er und Diane haben einen Teil des Geldes, das sie nach dem Brand des Bread and Marigold Bookstore von der Versicherung bekommen haben, in die Association investiert.

Da er den großen Kokszug schon einmal verpasst hatte, wollte Stan nicht zulassen, dass er ein zweites Mal ohne ihn aus dem Bahnhof fuhr. Von dem Koksgeld bezahlten sie das Haus, das hübsche neue Leben, den bescheidenen Weinkeller.

Stan und Diane sind Teilhaber. Mit dem Tagesgeschäft haben sie nichts zu tun, auch nicht mit der Jahresplanung, aber wenn wichtige Entscheidungen anstehen, müssen sie gefragt werden.

Und den König vom Thron zu stoßen ist eine wichtige Entscheidung.

»Was willst du von mir?«, fragt Stan.

»Dein Okay.«

»Wozu?«

John starrt ihn an.

»Oh«, macht er, als er begreift.

John äfft ihn nach. »Oh.«

Stan sitzt da, starrt die ordentliche Reihe von Büchern im Regal an. Bücher, die angeblich auf alles eine Antwort bereithalten.

»Niemand verlangt, dass du irgendwas tust«, sagt John. »Nick's einfach nur ab.«

»Und wenn nicht?«

»Dann gehst du volles Risiko«, sagt John.

Stan guckt betroffen. »Ich hätte nie gedacht …«

»Was?«

Stan druckst rum, »dass ich jemals in so was reingezogen werde.«

»Wer hätte das schon gedacht, Stan?«, fragt John. »Wenn du mit Diane drüber reden willst —«

»Nein«, sagt Stan schnell. »Lass sie da raus.«

John zuckt mit den Schultern. Dann: »Und?«

»Tu, was du tun musst, John.«

John nickt und steht auf.

Love and Peace, denkt er.

Er steht schon in der Tür, als er Stan sagen hört: »Als du Sex mit meiner Frau hattest, John. Hat es ihr gefallen?«

»Ich hatte Sex mit Diane?«, fragt John.

Ich muss wohl stoned gewesen sein.

Das waren die Siebziger, Stan.

155

Kim ist erstaunt, ihn zu sehen.

»John«, sagt sie, »was für eine wunderbare Überraschung.«

In einem Tonfall, der deutlich macht, dass es zwar eine Überraschung, aber keinesfalls wunderbar ist.

Dass sie nicht mehr das Mädchen ist, das er aus der Höhle kannte.

Oder der Drogenkurier mit dem Kokain am Körper.

Oder die Möchtegern-Debütantin, die irgendwem auf einer Party einen bläst.

Sie ist eine wohlhabende, junge, geschiedene Frau, die ihr früheres Leben weit hinter sich gelassen hat. Der Umstand, dass sie einen Teil ihrer Abfindung in dasselbe Unternehmen investiert hat, in dem auch John tätig ist, macht sie nicht mit ihm gemein.

Er ist Drogendealer.

Sie ist Geschäftsfrau.

»Ich will dich nicht lange aufhalten«, sagt John.

Er musste lachen, als er an einem Wachhäuschen mit Sicherheitskräften vorbeifuhr, um zu ihrem Haus in Emerald Bay zu gelangen. Jetzt steht sie vor ihrer Haustür, sieht cool aus, blond und wunderschön mit ihrem Sommerkleid und dem Schmuck.

Ihre Hoheit Prinzessin Grace.

Komm wieder runter, denkt er.

Ich hab Koks verkauft, um mir mein Haus leisten zu können.

Du deine Pussy.

Oder mit den Worten von Lenny Bruce: »We're all the same cat.«

»Was kann ich für dich tun?«, fragt sie.

»Es geht um den Doc.«

»Den Doc?«

Erinnerst du dich an den Doc – er hat mit deiner Mutter gefickt, als du danebengelegen hast? Er hat dir Kokain auf den Unterleib kleben lassen und dir zum Einstieg in die Gesellschaft verholfen? Er hat aus deiner kleinen Investition ein kleines Vermögen gemacht?

Der Doc?

»Ist er krank?«, fragt sie, anscheinend wieder im Besitz ihrer geistigen Fähigkeiten.

»Könnte man so sagen«, erwidert John.

Er rattert alles noch mal runter.

Kim kapiert schneller als Stan.

Und ist entschiedener.

»Ich bin dem Doc nichts schuldig«, sagt sie und beugt sich rüber, um die Arbeit der mexikanischen Gärtner am Blumenbeet in Augenschein zu nehmen. »Eigentlich kann ich mich kaum noch an ihn erinnern.«

Aber genau wie Stan ruft auch sie ihm noch etwas hinterher, als er schon am Gehen ist.

»John?«

»Ja?«

»Komm nie wieder her«, sagt Kim. »Und sollten wir uns jemals in der Öffentlichkeit –«

»Schon verstanden«, sagt John.

Es sind die Achtziger.

156

Ja, okay, er hat die Okays, aber

was jetzt?

Sich die Erlaubnis holen ist das eine ...

Sie sind Surfer Schrägstrich Drogendealer.

Keine Killer.

Keine Gangbanger.

Keiner von ihnen – Ron nicht, Bobby nicht – ist je auf einen Menschen zugegangen und hat abgedrückt. Sich das im Film anzusehen ist das eine, es selbst zu tun, etwas ganz anderes, und keiner von ihnen will es auch nur in Betracht ziehen.

Also müssen sie's delegieren.

Ja, aber an wen?

Auch das funktioniert in den Filmen immer wie automatisch, anscheinend kennt jeder jemanden, der Leute umbringt – aber im echten Leben?

In Laguna?

(Insofern sich hier echtes Leben überhaupt abspielt.)

Gibt's hier anständig verheiratete schwule Typen mittleren Alters, die Kunstgalerien leiten und nebenher Auftragsmorde begehen? Gefolgt von Brie, Weinschorle und einem heißen Vollbad?

Im nördlichen County gibt's ein paar Gangs.

In Santa Ana Mexikaner.

In Garden Grove Vietnamesen.

Aber wie spricht man die an?

Wie geht man zu denen und sagt, wir wollen, dass ihr einen umlegt?

Unseren alten Freund, den Doc.

Ist ohnehin egal

erklärt John Bobby Z

draußen hinter dem Break an der Brooks Street.

»Er hat sich den Mob ins Boot geholt«, sagt John. »Die haben ihm einen Wachhund namens Frankie Machine geschickt. Selbst wenn wir jemanden finden, der … du kommst gar nicht mehr an ihn ran.«

Wenn sie einen Gangbanger beauftragen, bekommen sie einen toten Gangbanger.

Um heutzutage noch an den Doc ranzukommen, muss man ein

enger Freund

sein.

Jemand, dem er vertraut.

157

John fährt noch mal runter nach San Diego.

Er hat plötzlich Lust auf *Sausiche*.

158

»Morgen ist mein Termin«, erinnert Taylor John.

»Okay.«

»Du bringst mich doch hin, oder?«

»Klar.«

»Und holst mich ab.«

»Hin- und Rückfahrt sind fest gebucht, Taylor.«

»Wohin gehst du?«

John zieht sich eine leichte Jacke über.

»Raus.«

»Es ist zwei Uhr morgens!«

»Ich weiß, wie spät es ist, Taylor.«

159

Viel Licht gibt es unten am Hafen nicht, wo die festgemachten Boote sanft an ihren Liegeplätzen schaukeln. John zieht die Pistole aus der Jackentasche und hält sie tief neben seinem Sitz.

Der Doc holt ein Röhrchen Koks aus der Tasche und legt zwei Lines auf dem Armaturenbrett. Beugt sich runter und zieht sie sich direkt in die Nase.

John spannt den Hahn.

Der Doc schüttelt den Kopf, damit das Koks richtig ankommt, sieht John an und sagt: »Ich hab's zu was gebracht, hm? Koks von einem Lamborghini Countach schniefen? Viel besser geht's nicht, oder?«

»Hey, Doc«, sagt John, »weißt du noch, als du mir Tacos gekauft hast?«

»Klar weiß ich das noch«, sagt der Doc. »Kommt mir vor, als wär's irre lang her.«

Er sieht aus dem Fenster, runter auf die hübschen Lichter.

»Auf Wiedersehen, Doc.«

Die Männer, die draußen auf der Mole angeln, werden später aussagen, sie hätten das Mündungsfeuer gesehen.

Dass John aus dem Lamborghini in seinen schwarzen Lincoln stieg und losfuhr, sahen sie nicht.

160

»Du hast's erledigt?«, fragt ihn Frankie Machine.

»Ja«, erwidert John.

Erledigt.

Frankie setzt ihn eine Straße von zu Hause entfernt ab.

161

»Ich will das Baby.«

»Was?«, fragt Taylor.

Sie ist schläfrig. Es ist drei Uhr morgens, und John hat sie geweckt.

»Ich will das Baby«, sagt John.

»Das ist kein Baby«, sagt sie, »das ist ein Fötus.«

»Es ist ein Mensch.«

»Was ist los mit dir, bist du plötzlich katholisch geworden?«, fragt sie. »Wir können kein Baby bekommen, John – wir sind selbst noch Babys.«

Das muss man Taylor lassen, denkt John.

Sie ist nicht oft ehrlich, sie ist nicht oft sie selbst, aber wenn sie's ist –

Bang.

Dann macht sie ihre Sache gut.

»Das meine ich ja«, sagt er. »Wenn wir ein Kind hätten, müssten wir erwachsen werden, oder?«

»Ich weiß nicht«, sagt sie. »Ich meine, ich hab mich nie als, du weißt schon, Mutter gesehen. Kannst du dir vorstellen, Vater zu sein?«

Verdammt komisch ist das, urplötzlich kann er das nämlich.

Jetzt, ohne den Doc …

Er ist kein Kind mehr, vielleicht ist er jetzt so weit, Vater zu werden.

»Lass uns heiraten«, sagt er.

»Was?«

»Das machen normale Leute doch so oder nicht?«, fragt John. »Sie werden erwachsen, sie heiraten, sie gründen eine Familie?«

Stimmt, das machen sie.

Ist nicht immer das, was sie machen sollten.

Aber sie machen's.

162

Stan kann nicht schlafen.

(Macbeth mordet den Schlaf.)

Er hat heftige Schuldgefühle und muss sich dennoch eingestehen, dass er auch einen gewissen Kitzel verspürt.

Ein Gefühl von Macht.

Weil er zwar nicht den Befehl, aber doch die Erlaubnis erteilt hat.

Er dreht sich auf die Seite und schiebt sich an Dianes warmen Hintern heran. Greift um sie herum und streichelt sie, bis sie sich regt und an ihn kuschelt.

Sie ist feucht genug, und er stößt in sie.

Jetzt steht sie drauf, macht mit und bewegt die Hüfte.

Er ist härter als sonst, und sie spürt das.

»Baby«, sagt sie.

Es ist der beste Sex, den sie seit Jahren hatten. Sie verrenkt den Hals und schiebt ihren Arsch an seine Hüfte.

»Du bist so hart«, murmelt sie.

»Ich weiß.«

Sie kommt vor ihm. Greift hinter sich und berührt sein Gesicht, als er kommt, tief in ihr drin.

Ein zukunftsträchtiger Fick.

Ein Fick mit Folgen.

163

John paddelt mit den wenigen Freunden, die dem Doc geblieben waren, an der Brooks Street raus und sie bilden einen Kreis mit ihren Boards. Sie sehen sich gegenseitig schuldbewusst an, wollen nicht lesen, was in den Augen der anderen geschrieben steht, weil sie wissen, was sie dort entdecken würden.

Erleichterung.

Mehr oder weniger dasselbe Gefühl wie bei der Beerdigung.

Alle saßen auf Holzklappstühlen und starrten auf den geschlossenen Sarg mit einem Foto des lächelnden Doc, das sie anglotzte, während ein Geistlicher irgendeinen Blödsinn verpredigte, an den der Doc niemals geglaubt hatte, und sie hatten einen schlechtes Gewissen, waren aber froh, weil

sie

a) den Doc nicht mehr an der Backe hatten und

b) nicht tun mussten, was sie sich überlegt hatten, weil es

c) der Doc selbst für sie erledigt hat.

»Ich kann einfach nicht glauben, dass sich der Doc umgebracht hat«, sagte Diane irgendwann.

Aber auch schwer, es nicht zu glauben – die Cops fanden ihn in seinem Wagen mit einer Pistole in der Hand und dem Großteil seines Gehirns am Fenster.

»Hat er einen Abschiedsbrief geschrieben?«, fragte Diane. »Einen Grund angegeben?«

»Kokain braucht keinen Grund«, sagte Stan.

Aber im Gehen zog er John beiseite und fragte: »Hat er sich wirklich selbst umgebracht?«

»Stell keine Fragen, wenn du die Antwort nicht wissen willst«, sagte John. »Er hat sich umgebracht. Belass es dabei.«

Alle fühlen sich besser, wenn wir's dabei belassen.

Ganz besonders ich.

Dasselbe beim Paddle-out.

Irgendein Surfer-Pfarrer labert irgendeinen lahmen Scheiß, dann lassen sie Kränze in die Flut treiben.

Aloha, Doc.

Surf weiter, Dude.

John blickt zurück zum Strand, und da stehen Cops auf der Treppe.

Cops

die Bilder machen, als wär's die Hochzeit des Paten oder so was.

Ein Familienporträt der Association.

Danke, Doc.

Zeit, den Laden eine Weile dichtzumachen, denkt John. Bis

es den Cops langweilig geworden ist und sie sich um was anderes kümmern. Er hat genug Geld beiseite geschafft, genug investiert, um erst mal in den Winterschlaf zu fallen, die Mietshäuser zu verwalten, das Restaurant zu verkaufen.

Das Leben eines besonnenen, erfolgreichen jungen Geschäftsmanns zu leben. Sollen die Jungs doch unter sich ausmachen, wer der neue König wird.

Die Krone ist ein Bullenmagnet.

Drei Wochen nach dem Paddle-out feiern John und Taylor einen kleinen Gottesdienst am Aussichtspunkt über Divers Cove. Ein paar Freunde kommen, hauptsächlich von Taylor, und dann gibt es einen Empfang zu Hause, bevor sie in die Flitterwochen nach Tahiti fliegen.

Sie bleiben einen Monat, und als sie zurückkommen, verkauft John das Haus in Moss Bay, und sie ziehen in eine bescheidenere, aber immer noch komfortable Unterkunft in Bluebird Canyon. Er lässt die Porsches in der Garage und fährt stattdessen BMW.

Gut so.

Die Cops brauchen ungefähr sechs Monate, bis sie die Association aufgerollt haben wie einen alten Teppich. Wie sich herausstellt, hat der Doc sehr viele Namen verraten, bis er die Schuld nicht mehr ertragen konnte und sich »das Leben nahm«.

Bobby, schon immer der Schlauste von allen, macht sich aus dem Staub und verschwindet, lässt nichts zurück außer einer Legende.

Mike, Duane, Ron dagegen – wandern einer nach dem anderen für eine zweistellige Anzahl von Jahren hinter bundesstaatliche Gitter.

Stan nicht, Diane nicht.

Kim nicht.

John und Taylor reißen sich am Riemen. Taylor lässt die Finger vom Koks, und das Baby kommt gesund zur Welt.

Sie nennen es John.

Der Junge ist drei Monate alt, als John wegen Drogenhandels angeklagt wird.

Laguna Beach, Kalifornien
2005

»I watched the world float to the dark side of the moon,
After all, I knew it had to be something to do with you.«
3 Doors Down, »Kryptonite«

164

Chon steht auf eine Krücke gestützt vor der Tür.

O führt einen Freudentanz auf und schlingt ihm anschließend die Arme um den Hals.

»Chon ist zu Hause«, singt sie. »Chonny ist wieder da, Chonny ist wieder da, ja ja ja, Chonny ist wieder da!«

»Vorsicht«, sagt er und kann mit dem Stock gerade so sein Gleichgewicht halten.

»Was machst du denn hier?«, fragt Ben.

»Ich bin jetzt Zivilist«, sagt Chon. Er führt O wieder rüber zum Sofa und setzt sie hin. »Ehrenvoll entlassen. Körperlich untauglich, ausgemustert.«

»Moralisch untauglich, ethisch untauglich, psychisch untauglich, okay«, sagt Ben. »Aber körperlich untauglich? Nein.«

»Hab ich denen auch gesagt, aber …«

Ben schält O von Chon ab und umarmt ihn.

»Willkommen zu Hause, Bro.«

»Schön, wieder hier zu sein.«

»Was brauchst du?«

»Ein kaltes Bier«, erwidert Chon. »Und eine heiße Dusche. Danach einen In-N-Out-Burger.«

O trabt zum Kühlschrank und holt ihm ein Dos Equis.

»Ich nehm's mit unter die Dusche«, sagt Chon. »Wird eine Weile dauern.«

Chon lässt das heiße Wasser auf sich einprasseln und das kalte Bier die Kehle hinuntergleiten und kann sich nicht entscheiden, was besser ist.

Dann fällt ihm wieder ein, dass er sich gar nicht entscheiden muss.

Jetzt braucht er keine Rückendeckung mehr.

Muss nicht mehr auf das Geräusch explodierender Sprengladungen oder das näher kommende Pfeifen einer Mörsergranate achten.

Sich nicht mehr das Blut seiner Kameraden von den Händen waschen.

Heute Abend niemanden mehr töten.

Heute Abend kann er die Augen zumachen.

Hier tobt kein Krieg.

165

Scott Munson fährt in eine Parkbucht auf dem Ortega Highway, der sich durch die Berge östlich von San Juan Capistrano schlängelt.

Der Kunde ist schon da.

Drei Pfund von Ben und Chons feinstem Hydrogras.

Der Kunde ist neu, und einem Neueinsteiger solche Mengen zu liefern, verstößt eigentlich gegen Ben und Chons Vorschriften, aber drei Pfund sind 12 000 Dollar, ein Profit von 2400 Dollar, und wenn er Stammkunde wird – was er wird, wenn seine Abnehmer den Shit erst mal probiert haben, kann sich Scott über eine neue Einkommensquelle freuen.

Die er auch braucht, weil er Traci einen Ring zum Geburtstag schenken möchte.

Apropos Regelverstöße: Traci sitzt bei der Lieferung mit im Wagen, auch das ist streng verboten.

(»Ein anderes Wort für *Beifahrer*«, hat Chon der Verkäufertruppe eingebläut, »ist *Zeuge*. Und noch ein anderes ist *Informant*.«

»Ihr wollt ja eure Freunde nicht in eine moralische Zwickmühle bringen«, setzte Ben hinzu, »eine Situation, in der sie sich zwischen ihrer Loyalität euch gegenüber und ihrer Freiheit entscheiden müssen. Also lasst es einfach bleiben.«)

Ja, schon okay, aber versuch mal, Traci klarzumachen, dass sie nicht mitkommen darf auf die Spritztour.

Schulterlanges rotbraunes Haar, straffer Vorbau, Mandelaugen und die liebreizendste Persönlichkeit in ganz South Orange County. Soll Chon ihr doch erklären, dass sie zu Hause sitzen soll, während du rausfährst nach East Jesus.

Weitere B&C-Regeln:

- Eure Kunden kommen nie zu euch nach Hause, ihr fahrt zu ihnen.
- Ihr arrangiert eure Treffen in abgelegenen Gegenden.
- Zwischen neun Uhr abends und sechs Uhr morgens, weil die Cops um die Uhrzeit nicht gerne arbeiten.

Drei von vier Regeln hat Scott eingehalten, gar nicht so schlecht, und was Chon nicht weiß, macht ihn nicht heiß und Ben auch nicht, also darf sie mitkommen, weil's eine lange Fahrt ist und er so gerne ihr Haar riecht.

»Warte im Wagen«, sagt Scott, als er rechts ranfährt. »Dauert bloß eine Minute.«

»Cool.«

Er lässt den Schlüssel stecken, damit sie Radio hören kann, und steigt aus.

166

»In dem Wagen sitzt ein Mädchen«, sagt Brian.

»Pech gehabt«, erwidert Duane.

»Vielleicht sollten wir's abblasen.«

»Hast du zwölftausend dabei?«

Er macht die Autotür auf und steigt aus.

167

Scott beugt sich runter, um die Tüten aus dem Kofferraum zu holen.

Duane zieht die Pistole hinten aus seiner Jeans und schießt ihm in den Hinterkopf.

Das Mündungsfeuer erleuchtet das Wageninnere.

Duane geht ums Auto herum und macht die Beifahrertür auf.

Das hübsche Mädchen klammert sich mit beiden Händen ans Armaturenbrett, sie starrt geradeaus, den Mund vor Entsetzen weit geöffnet.

»Ich tu dir nicht weh«, flüstert Duane ihr ins Ohr. Ihr Haar riecht gut, als hätte sie's mit irgendeinem teuren Shampoo gerade erst frisch gewaschen. »Mach einfach die Augen zu, bis wir wieder im Auto sitzen. Mach sie erst auf, wenn du uns wegfahren hörst, okay?«

Sie nickt, kann nicht sprechen.

Dann macht sie die Augen fest zu, wie ein Kind, das die Erinnerung an einen bösen Traum vertreiben will.

Duane streicht ihr mit der Hand über das Haar.

Dann tritt er einen Schritt zurück und erschießt sie.

168

»Ich will selbst«, sagt Chon.

»Dann los«, sagt Ben lächelnd.

Chon lehnt sich aus dem Fenster und spricht in die Anlage.

»Zwei Double-Doubles«, sagt er, »mit allem und ein Schokoshake.«

Er hat lange drauf gewartet, das sagen zu dürfen.

Gut, wieder zu Hause zu sein.

In Kalifornien.

169

»Es wird allgemein angenommen, dass sich der Name Kalifornien von einem fiktiven Paradies herleitet.«

Wikipedia

170

»Dumm gelaufen mit der Braut«, sagt Brian.

»Wär's dir lieber gewesen, sie hätte die Geschworenen mit ihren wunderschönen braunen Augen angesehen und auf dich gezeigt?«, erwidert Duane beim Losfahren.

Nicht, dass das besonders wahrscheinlich gewesen wäre.

Sie werfen die Waffe in den Ozean, und den Wagen hatten sie unten in San Diego geklaut, so dass die Bullen, wenn sie die Reifenspuren finden und vergleichen, bloß auf einen ahnungslosen Bohnenfresser stoßen werden.

Trotzdem, man lässt nun mal keine Zeugen am Tatort zurück.

Nicht mal solche, die man gerne ficken würde.

»Ich mein ja nur«, nuschelt Brian.

Ich mein ja nur.

171

Chon isst seine Burger und lächelt.

»Besser als Sex?«, fragt O.

»Nein«, sagt Chon.

Aber nah dran.

172

Wie man so schön sagt, knapp daneben ist auch vorbei, das gilt für Handgranaten wie für Präsidentschaftswahlen.

Chon liegt im Bett in seiner Wohnung, bekämpft den Jetlag und ein paar Restschmerzen, als die Tür aufgeht und O reinkommt.

Er sieht zu, wie sie aus ihren Klamotten steigt.

Ihre Haut ist blass im Mondlicht, das durch das Fenster dringt.

Sie kommt zu ihm ins Bett und setzt sich vorsichtig auf ihn.

»Glaub bloß nicht, dass ich dich vermisst hab oder dass ich dich liebe«, sagt sie, »oder dass ich nicht sauer bin, weil du mich das letzte Mal weggeschickt hast. Das ist nur ein Gnadenfick für einen verwundeten Kriegsveteranen.«

»Schon kapiert.«

»Eine patriotische Geste«, sagt sie und beugt sich runter, erstaunlich gelenkig für ein Mädchen, das Sport verabscheut. »So wie man eine gelbe Schleife um einen Baum bindet.«

Sie nimmt ihn in den Mund, macht ihn (noch) steifer, dann richtet sie sich wieder auf und schwebt über ihm.

»Bleib einfach still liegen und lass mich die Arbeit machen«, sagt sie.

»O?«

»Chon?«

»Tu mir nicht weh.«

173

Aber das tut sie.

So klein sie ist, so zierlich sie ist, tut sie ihm doch weh, als sie sich auf ihm wiegt, versucht möglichst sanft zu sein, möglichst behutsam, aber es fühlt sich so verdammt gut an, sie kann nicht aufhören und sie sieht, dass aus seinem Schmerz Vergnügen wird, als er sie um die Hüfte fasst und sich nicht langsamer, sondern schneller bewegt, nicht vorsichtiger, sondern fester, und sie denkt, Chon ist in mir, und sie packt ihn noch fester und versinkt mit einem Gedicht und einem Gebet –

Deine Haut ist meine Haut, diese Narben meine.

Deine Schmerzen, meine Schmerzen.

Ich werde sie lindern mit meinem Geschlecht.

Silbern, schlüpfrig warm

nehme ich dich auf, wo es keine

Schmerzen und keine Angst gibt.

Du darfst
weinen wenn du kommst
komm
in mir
ein Gefäß
für dich
mein Freund
mein Liebhaber
mein Zauberjunge.

174

»Heilige Scheiße«, sagt Chon.
Sie fährt mit einem Finger über seine Brust.
»Wer hätte das gedacht?«, fragt er.
Ich, denkt sie.
Immer schon.
Seit du mich gerettet hast.
In der Nacht, in der alles anfing –

175

Jene Nacht.
Sie war vierzehn Jahre alt und der Quarterback war echt aggro.
Und er wollte O flachlegen.
Dabei ging er noch nicht einmal raffiniert vor – unter Charme verstand er, O von der Party weg an den Strand zu lotsen und zu verkünden: »Ich will mit dir ficken.«

»Hm, ja, nein.«

Es sollte eine Zeit in Os Leben geben, in der sie ganz entschieden pro Sex sein würde – ihre Freundin Ash meinte immer, durch Os Hände seien mehr Päckchen gegangen als
durch UPS. Aber mit diesem Vollpfosten, zehn Minuten
nachdem er ihr ein Bier in die Hand gedrückt hatte, weil er
glaubte, damit automatisch ein Ticket für die Galavorstellung
gelöst zu haben? Nein. Und außerdem –

War sie erst vierzehn Jahre alt.

»Ich geh zurück«, sagte sie. Und meinte zurück zur Strand-
party, die sie verlassen hatten, die Party, auf die sie laut Paku
gar nicht erst hätte gehen dürfen.

»Danach«, beharrte der Quarterback. Er war siebzehn, sollte im nächsten Jahr Starting-Quarterback werden und hatte
sich schon für die USC und die NFL-Drafts ins Gespräch gebracht, war es also gewohnt, zu bekommen, was er wollte.

Er packte sie am Handgelenk.

O war eher, na ja, klein. Zierlich, behauptete ihre Mutter,
petite. Was auch immer das heißen mochte. Paku hatte gerade
eine Französischphase, wahrscheinlich weil sie was mit einem
Weinimporteur aus Newport Beach hatte und seitdem ständig davon faselte, nach Lyon ziehen zu wollen, weil Paris ein
solches *Cliché* wäre, *n'est-ce pas?*

Ja, genau, dachte O – Paku zieht aus Orange County weg,
wenn Michelle Kwan oder andere analfixierte Magersüchtige
ihre dreifachen Axel in der Hölle springen. Paku wird niemals
weiter als eine zehnminütige Autofahrt von ihren Fitnesscen-
tern, ihren Wellnessbädern, ihren Schönheitschirurgen, Psychotherapeuten, Gärtnern und ihren OC-Freundinnen (OC
steht hier für Orange County, aber klar, *obsessive compulsive*
passt auch) wegziehen, nicht mal für Marcel oder Michel oder
wie zum Teufel *il s'appelle*, es wird einfach nicht passieren,

aber besonders ärgert O an der Situation, in der sie sich momentan befindet, dass es genau die Situation ist, vor der Paku sie gewarnt hat, wenn sie mit Jungs, die sie nicht kennt, auf Partys geht.

»Weißt du, was passiert, wenn Mädchen mit Jungs, die sie nicht kennen, auf Partys gehen?«, hatte Paku gefragt.

»Sie werden schwanger und bekommen Töchter wie mich«, hatte O erwidert, »die dann wieder mit Jungs, die sie nicht kennen, auf Partys gehen, schwanger werden und Töchter wie mich bekommen. Das ist *le circle de la vie*.«

Paku war perplex.

»Ich war mit deinem Vater verheiratet«, sagte sie.

Kurzzeitig, dachte O.

»Außerdem«, wandte sie ein, »kenne ich ihn. Er ist im vorletzten Jahr und im nächsten Jahr ist er Starting-Quarterback.«

Paku schien beeindruckt – Status leuchtete ihr ein. Aber Ophelia hatte gerade erst mit der Highschool angefangen, der Junge war ein paar Jahre älter. Sie verbot ihr, auf die Party zu gehen, ging dann aber selbst auf eine Party, und O spazierte einfach aus dem Haus, runter zum Strand, wo sie die Party, ein Lagerfeuer und auch den Quarterback fand, der schon wenig später die Party mit O verlassen und weiter unten am Strand mit ihr alleine sein wollte.

Jedenfalls war O klein und der Quarterback groß, und so wie er sich benahm, merkte man ihm das Gewichtestemmen, die Eiweißkuren, Nahrungsergänzungsmittel und das Testosteron an – er war stark und wollte sie nicht loslassen und es gelang ihr nicht, sich loszureißen, also dachte sie –

Ich bin gefickt.

Nicht dass sie das gewollt hätte.

Ganz im Gegenteil.

Der Quarterback bot ihr großzügig eine Alternative an. »Blas mir wenigstens einen.«

Und zwang sie in die Knie.

176

Mit deinen Eiern kannst du keine Gewichte heben.

Okay, vielleicht kannst du das, vielleicht bist du der Guru, der fünf Pfund schwere Steine an den Eiern aus dem Ganges hebt, oder der Kerl, der den Darwin Award auf YouTube gewinnt und im Cyberspace zur Legende wird, aber generell gibt's keine Übungen, mit denen du deinen Sack gegen einen in böser Absicht platzierten Tritt unempfindlich machen kannst.

Und Os Absicht war böse.

Und O platzierte ihren Tritt.

Sie winkelte ein Knie an und stieß mit voller Wucht zu, dann sank der Quarterback in den Sand, auf *seine* Knie, und O hätte einfach abhauen sollen, aber sie blieb stehen, um das Ergebnis ihrer Bemühungen zu bewundern, und der Quarterback holte aus und erwischte sie seitlich im Gesicht.

O war baff.

Er packte sie vorne am Hemd, riss sie runter und warf sich auf sie. Sein Sack schmerzte viel zu sehr, als dass er sich auf sein ursprüngliches Vorhaben hätte konzentrieren können, aber jetzt war er wütend – er wollte ihr nur noch weh tun, drückte sie in den Sand und schlug ihr auf die Rippen. Sie konnte kaum noch atmen, in ihrem Kopf drehte sich alles und sie wusste, dass sie tief in der Scheiße steckte.

Oder auch nicht.

Weil sie nämlich plötzlich spürte, wie das Gewicht von ihr gehoben wurde und ein Typ den QB am Kragen packte, ein anderer half ihr auf die Füße.

Ben fragte: »Alles klar?«

»Sehe ich so aus?«, gab O zurück.

Ben meinte, nein.

»Hat der dich geschlagen?«, fragte Chon.

Sie erkannten sich nicht. Seit der Schulzeit im Canyon waren Jahre vergangen. O wusste nur vage, dass die beiden im letzten Highschooljahr waren.

»Ja.«

Chon sah den QB an, schüttelte den Kopf und sagte: »Gar nicht cool.«

Der QB war auf hundertachtzig und überhaupt aufgrund seines Trainings und der Tatsache, dass gerade fünf seiner Jungs anmarschierten, um ihm zu helfen, ein bisschen zu selbstbewusst. Er sagte: »Kümmere dich um deinen eigenen Scheiß, du Arschloch.«

Dann packte er O vorne am Hemd, als wollte er sein Eigentum wieder an sich reißen.

Chon trat zu und brach dem QB den Ellbogen, als wär's ein Stiel ohne Eis.

Der QB ging schreiend zu Boden.

Danach wollte keiner seiner Jungs noch was von Chon, sie nahmen den QB und schleppten ihn über den Strand davon.

Chon stand da, schnaufte und kam langsam wieder von seinem Adrenalinrausch runter.

»Hast du einen Namen?«, fragte Ben das Mädchen.

»O.«

»O.«

»Eigentlich Ophelia«, gab O zu.

»Ich bin Ben. Das ist Chon.«

Ja, dachte O.

Ja, das ist er.

Mein Zauberjunge.

177

Ja, nur dass der Zauberjunge gefickt war.

Die ganze Magie der Welt würde nicht ausreichen, um ihn aus dieser Scheiße rauszuholen.

Der Starting-Quarterback konnte nicht starten – jedenfalls nicht in der kommenden Saison, mit dem gebrochenen Flügel vielleicht überhaupt nie mehr, und seine Familie hatte beträchtlichen Einfluss in Orange County. Auf der anderen Seite Chon, Sohn eines Drogendealers, mit einem alles andere als einwandfreien Führungszeugnis.

Chon würde hinter Gittern landen.

Vielleicht sogar im richtigen Erwachsenenknast, weil er gerade achtzehn geworden war.

O wollte sich für ihn stark machen. Wollte den QB anzeigen wegen sexueller Nötigung und Körperverletzung, ihre Mom kannte Anwälte, die ihm helfen würden, aber –

Chon sagte ihr, sie soll's lassen.

Als Überlebender der Highschool wusste er, was ging und was nicht. Sie war neu, ihr Leben würde sowieso schon elend genug werden. Wenn sie sich auf seine Seite schlug, wäre sie in den Augen der ganzen Schule die Schlampe, die Hobbyhure, deretwegen der Star-QB verletzt war – es hatte keinen Sinn und würde alles nur noch schlimmer machen.

Ben überredete ihn, seinen Dad zu besuchen.

Was vielleicht nicht die beste Idee war, die Ben je hatte.

178

Hier ist eine Geschichte über Chon und seinen Dad.

Chons Mom verschwand an dem Tag, an dem John aus dem Gefängnis entlassen wurde, kam aber ein paar Tage später unter dem Vorwand, ihren Entsafter abzuholen, noch mal zurück. In Wirklichkeit wollte sie ihm nur alles Mögliche vorwerfen.

Schlechtes Timing, weil John auf Koks und genervt war und die beiden aneinandergerieten. Kein Wortgefecht – ein echter Kampf war das, und John drückte sie an die Wand und hob die Hand.

Der zehnjährige Chon ging dazwischen.

Schubste seinen Dad beiseite und schrie: »Lass meine Mom in Ruhe!«

John grinste spöttisch. »Was? Bist du jetzt ein Mann? Bist du der Mann im Haus?«

Chon wich nicht von der Stelle.

Was ein Fehler war, weil John einen Schritt auf ihn zu machte und ihn schlug, und zwar mit der geschlossenen Faust, direkt in die Fresse, und Chons Kopf knallte mit Wucht nach hinten. Chon hob die Hände, aber während Taylor schrie, prügelte John seinem Sohn die Scheiße zu den Ohren raus. Drängte ihn rückwärts gegen die Sofalehne und schlug ihm ins Gesicht, auf den Kopf und den Körper. Zwang ihn zu Boden und trat noch ein paarmal nach, und als Taylor ihn wegziehen wollte, ging er wieder auf sie los.

Chon versuchte aufzustehen, konnte aber nicht, und endlich rannte seine Mom zur Tür raus. John kam zurück, baute sich drohend über Chon auf und sagte: »Heb nie wieder die Hand gegen mich. Du begegnest mir mit Respekt.«

Chon rief nicht die Bullen oder das Jugendamt. Er wartete, bis sein Vater an jenem Abend eingepennt war, dann zog er leise die Schreibtischschublade auf, fand die .38er und drückte John den Lauf an die Schläfe.

Big John schlug die Augen auf.

»Wenn du mich noch einmal anrührst«, sagte Chon, »warte ich, bis du schläfst, und verspritze dein Hirn auf allen Wänden.«

Big John blinzelte.

Chon spannte den Hahn.

»Es sei denn, du willst, dass ich's jetzt gleich mache«, bot er an.

Big John schüttelte langsam den Kopf.

Chon ließ den Hahn wie in Zeitlupe sinken, legte die Waffe wieder in die Schublade und ging in sein Zimmer.

Sein Vater krümmte ihm nie wieder ein Haar.

179

John grinste
als er Chons Geschichte über den QB und seinen gebrochenen Ellbogen hörte.

»Immer noch der alte Kavalier«, sagte er. »Und was willst du von mir?«

»Du hast Anwälte.«

»Hab ich die?«, fragte John grinsend. »Wie kommst du darauf, dass ich Anwälte habe?« Chon sah ihm direkt in die Augen. »Weil du Drogendealer bist.«

»War«, korrigierte ihn John. »Ich *war* Drogendealer. Ich hab meine Schuld gegenüber der Gesellschaft beglichen, wie man so schön sagt. Jetzt sorge ich dafür, dass die Leute Dächer über den Köpfen haben.«

»Okay.«

»Wenn du Manns genug bist, in so was reinzugeraten, *Chon*«, sagte John, »dann schaffst du's auch alleine wieder raus. Wenn du einen guten Rat willst, wie man im Knast überlebt: Nimm niemals einen Gefallen oder ein Geschenk an, weil du zum Schluss mit dem Arsch dafür bezahlen musst.«

»Beruht das auf persönlicher Erfahrung?«, fragte Chon.

John sagte: »Mach Folgendes, Junge – geh zur Navy, verschwinde aus der Stadt. So, ich hab dir geholfen.«

Chon ging raus und suchte Ben.

Ben fuhr ihn runter nach San Diego.

180

Jetzt erzählt O Chon von ihrem Plan, ihren Vater zu suchen.

Chon hört sich das ganze begeisterte Gequatsche an und fragt: »Wozu soll das gut sein?«

»Wie meinst du das?«

Chon zuckt mit den Schultern. »Ich kenne meinen Vater und ich wünschte, ich wäre ihm nie begegnet.«

181

Der Anruf kommt am Morgen.

Ben zieht seinen Arm unter Karis brauner Schulter hervor und nimmt das Telefon.

Lauscht.

»Liest du gerade die *New York Times*?«

Ben, verschlafen: »Noch nicht.«

»Dann wirf mal einen Blick in den *Orange County Register*, Mr. Unantastbar.«

182

Ben hat den *Register* nicht abonniert, zu republikanisch.

Er rennt die Straße runter zu einem Zeitungsautomaten, wirft seine Vierteldollarmünzen ein und zieht eine Zeitung raus.

Erste Seite, über dem Knick:

Doppelmord in Mission Viejo.

Dazu ein Foto von einem blutverspritzten Wagen.

Ein Volvo.

Fieberhaft liest Ben: »Die Namen werden vorerst noch unter Verschluss gehalten.«

Aber er glaubt, den Wagen wiederzuerkennen.

Er nimmt sein Handy, wählt Scott Munsons Nummer. Es tutet sechs Mal, dann meldet sich Scotts Stimme: »Ihr wisst, wie's geht. Nachricht hinterlassen. Rückruf später, Scott.«

Zum ersten Mal in seinem Leben hat Ben entsetzliche Angst. Schlimmer noch, er fühlt sich hilflos. Er hinterlässt keine Nachricht, legt einfach auf.

Dann klingelt sein Handy.

»Scott?«, fragt Ben.

»Wie süß.«

»Was habt ihr gemacht?«

»Nein«, sagt Old Guys Rule. »Du solltest dich fragen, *was habe ich gemacht?*«

Gute Frage.

Dann stellt ihm Old Guys Rule eine noch viel bessere Frage.

Was wirst du tun?

183

»Warum hast du mir nicht längst davon erzählt?«, fragt Chon Ben, als er alles gehört hat.

»Was hättest du denn von Afghanistan aus unternehmen wollen?«, fragt Ben zurück. »Im Krankenhaus?«

»Wir haben uns immer alles erzählt«, sagt Chon. »Das war der Deal.«

»Ich weiß. Tut mir leid.«

»Ja, na ja, ich bin auch schuld.« Er erzählt Ben von Brian und den Jungs. »Das war Crowe, der uns testen wollte, sehen, wie wir reagieren. Kaum war ich weg, sind sie auf dich los.«

Ben ist bedient. Zwei Menschen sind wegen ihm tot. Das darf nicht sein, sagt Ben, dass die mit einem Mord davonkommen.

Ben kann das nicht zulassen.

Und er wird es nicht zulassen.

184

»Ich bin froh, dass du das sagst«, sagt Chon.

»Du wirst nicht mehr froh sein, wenn ich Folgendes sage«, erwidert Ben, »wir führen keinen ›Drogenkrieg‹. Auge um Auge kommt nicht in Frage.«

»Also was schlägst du vor?«

»Ich geh zu den Bullen.«

»Welche Bullen?«, fragt Chon. »Deren Bullen?«

»Nicht alle Cops sind korrupt.«

Was Ben anscheinend nicht in seinen Quadratschädel kriegt, denkt Chon, ist, dass das Rechtssystem nicht dem Recht dient, sondern dem System. Die Drogengesetze machen uns zu Outlaws. Wir stehen nicht unter dem Schutz des Gesetzes. Selbstschutz ist der einzige Schutz, den wir haben, und der funktioniert nicht, wenn man auf Gandhi macht. Du kannst dich nicht einfach auf die Straße setzen, weil die von der Gegenseite dich mit Vergnügen überfahren, den Rückwärtsgang einlegen und dich noch ein zweites Mal plattbügeln.

»Ich verlange nicht von dir, dass du's selbst tust«, sagt Chon. »Ich bitte dich nur, mir aus dem Weg zu gehen, damit ich's tun kann.«

Ben sagt –

185

Nein.

186

Nein hat absolute Macht.

Daran hat Ben immer geglaubt.

Die Weigerung bei etwas mitzumachen, das

falsch ist
böse
ungerecht.
Du musst das nicht tun.
Sag einfach nein.

187

INNEN – BENS WOHNUNG – TAG

Ben und Chon starren sich wütend an.

CHON
Was zum Teufel soll das heißen, *nein*?

BEN
Es heißt, *nein*. Es heißt, dass ich nicht aus
dem Weg gehen und zulassen werde, dass du
Leute ermordest.

CHON
Denkst du, du hast eine Wahl?

BEN
Ich denke, man hat immer die Wahl, ja.

CHON
Zum Beispiel?

BEN
Ich hab einen Plan.

CHON

Dein letzter Plan hat dazu geführt, dass
zwei Menschen getötet wurden. Hätten wir
die Kerle gleich ausgeschaltet, als sie uns
gedroht haben -

BEN

So wie du das gemacht hast?

CHON

Du hast recht - mein Fehler, ich hätte sie
nicht leben lassen dürfen.

BEN

Das ist deine Antwort auf alles, oder?

CHON

Es gibt schlechte Menschen auf der Welt,
Ben. Du wirst sie nicht ändern, überzeugen
oder dazu bringen, der Vernunft zu
gehorchen. Solche muss man loswerden, die
sind Giftmüll.

BEN

Schöne Welt.

CHON

Ich hab sie nicht so gemacht, ich lebe nur
hier.

BEN

Nein, du mordest hier.

                         CHON

Du bist wie der ganze Rest, B – du willst
nicht wissen, was nötig ist, damit dir
keine Hochhäuser mehr auf den Kopf fallen.
Du sitzt einfach nur da und redest von
»Frieden«, guckst *Entertainment Tonight* und
lässt andere für dich töten.

                         BEN

Ich hab dich nicht gebeten, für mich zu
töten.

                         CHON

Zu spät, Ben.

                         BEN

Deshalb sage ich dir, dass du jetzt nicht
für mich töten sollst. Ich regele das auf
meine Weise.

                         CHON

Und was heißt das genau?

188

Ben hängt sich ans Telefon und sagt:
  »Ihr habt gewonnen.«

189

Am meisten tut Elena leid, dass Magda ihren Geburtstag jetzt immer mit dem Tod ihres Vaters in Verbindung bringen wird.

Eine brutale Angelegenheit für ein Mädchen, das ihren Papa so geliebt hat.

Sie sitzt da und blickt auf den weißen, mit Blumen geschmückten Sarg.

Bewaffnete Männer stehen hinten im Saal und an den Türen, warten auf einen Angriff, der durchaus nicht ausgeschlossen ist.

Sie musste Magda sagen, dass sie an der Beerdigung ihres Vaters nicht teilnehmen darf.

Zu gefährlich.

In einer Welt bar jeden Anstands.

Sind diese Männer Wachen oder Geier, fragt sie sich, jederzeit bereit, sich auf den Kadaver der Familie Sánchez-Lauter zu stürzen? Alle fragen sich, was sie jetzt machen wird.

Sie ist immer noch schön, noch relativ jung, wird sie nach Europa gehen, einen neuen Ehemann suchen, ein neues Leben beginnen? Die Möglichkeit ist auf jeden Fall reizvoll – sie hat genug Geld, um auf ewig gut zu leben und ihre Kinder in Frieden und mit allen Annehmlichkeiten aufwachsen zu sehen.

Oder wird sie in die Fußstapfen ihrer toten Brüder und ihres Ehemanns treten und die Führung der Familie übernehmen?

Eine Frau.

Es wird schon genug darüber gemurrt, sie hat es gehört. Dass sie unter einer Frau nicht arbeiten wollen.

Habt ihr eine Wahl? Denkt sie.

Es ist nur noch eine Frau übrig.

Sie hebt eine schwarz behandschuhte Hand, und Lado taucht an ihrer Seite auf.

Lado, der ehemalige Polizist, der jetzt für sie arbeitet.

Ein Killer – seine schwarzen Augen sind so kalt wie die Obsidian-Klingen, mit denen die Azteken-Priester ihre heiligen Opfer ausweideten.

»Lado«, sagt sie. »Ich hab einen Auftrag für dich.«

»*Sí, madrone.*«

Sie hat sich entschieden.

190

Chon schleudert seine Krücke in den Sand und humpelt aufs Wasser zu.

Schwimmen ist der beste Sport, um wieder in Form zu kommen. Damit dehnt er seine Muskeln, weicht das Narbengewebe auf, bringt seinen Kreislauf in Schwung und belastet die Wunden nicht.

Das Wasser ist kalt, doch er trägt keinen Neoprenanzug.

Gar nicht sicher, ob er überhaupt in einen reinkäme, und außerdem mag er die beißende Kälte.

Er fängt mit lockeren Kraulbewegungen an, nicht zu verbissen.

Rhythmisch, kräftig.

Der Frieden hat genau einen Abend lang gedauert.

Jetzt ist wieder Krieg.

191

DRAUSSEN – TABLE ROCK BEACH – TAG

Ben und Duane stehen auf einem Treppenabsatz
auf halber Höhe der langen Treppe. Die Wellen
donnern gegen Table Rock.
Duane klopft Ben ab, um sicherzugehen, dass
er nicht verkabelt ist.

DUANE
Worüber müssen wir reden?

BEN
Ich muss einen Räumungsverkauf organisieren.

DUANE
Du kapierst es einfach nicht, oder?

BEN
Ich habe noch den ganzen Bestand.

DUANE
Dein Problem.

BEN
Mein Problem könnte eure Chance sein.

DUANE
Sprich.

                    BEN
Ich verkaufe billig. Zum halben Preis. An
euch.

                    DUANE
Warum solltest du das tun?

                    BEN
Ich würd's nicht tun, wenn ich eine andere
Wahl hätte. Ich kann keinen scheiß Käufer
finden, die haben alle zu viel Angst, dass
sie in ihren Autos erschossen werden.

                    DUANE
                  (grinsend)
Ich weiß nicht, wovon du sprichst.

                    BEN
Schon okay. Pass auf, die Sache ist die
– ihr habt gewonnen. Gebt mir die Chance,
einen Teil meines Geldes rauszuholen.

*Ben beobachtet Duane, der den Vorschlag ab-
wägt.*

                    DUANE
Lass mich drüber nachdenken.

                    BEN
Denk schnell. Mir steht das Wasser bis zum
Hals.

192

Nach dem Treffen folgt Chon Old Guys Rule.

Old Guys Rule steigt in einen viertürigen Dodge Charger und fährt auf den Pacific Coast Highway in nördlicher Richtung, nach Laguna, biegt dann rechts ab, weg von der Küste, dann noch mal rechts auf Canyon Acres und dort in eine Einfahrt.

Ich könnte ihn auf der Stelle ausschalten, denkt Chon.

Das VSS Vintorez Scharfschützengewehr – mit einem Sucher, den er nicht braucht, und einem Schalldämpfer, den er braucht – liegt unter einer Decke auf dem Beifahrersitz. Er müsste einfach nur das Fenster runterkurbeln, warten, bis Old Guys Rule aus dem Wagen steigt, und ihm zwei Kugeln in den Kopf jagen.

Nur dass das nicht unbedingt das Problem löst, denkt Chon. Er könnte die Morde rächen und die Botschaft übermitteln, dass man sich mit uns nicht anlegt, aber Old Guys Rule ist eher ein Handlanger, kein Boss.

Old Guys Rule steigt aus dem Wagen und geht rein.

Ein hübsches Haus, kalifornischer Bungalow, klein und gut in Schuss. Sieht nicht danach aus, dass sein Eigentümer jedem erfolgreichen Dopedealer in OC und San Diego eine »Gebühr« abknöpft.

Vielleicht, denkt Chon, ist Old Guys Rule einfach nur einer, der einen Kumpel bei der Polizei hat, und die haben geglaubt, sie könnten mal eben einen leichtgläubigen Potfarmer vom Baum schütteln.

Die andere Möglichkeit ist, dass Old Guys Rule eine ganz große Nummer und schlau genug ist, sich bedeckt zu halten. Unter dem Radar zu bleiben, bis er genug beiseite geschafft hat, um sich aus dem Geschäft und auf irgendein Inselparadies zurückzuziehen.

Langsam jetzt, denkt er.

Ein Schritt nach dem anderen, finde erst mal raus, wie der Typ heißt.

Er ruft einen alten Kumpel aus Afghanistan an.

193

Ben geht ans Telefon.

Hört Old Guys Rule sagen: »Wir nehmen euch den Shit ab, aber für ein Drittel.«

»Seid ihr sicher, dass ihr mich nicht außerdem noch in den Arsch ficken wollt«, fragt Ben, »wenn ihr schon mal dabei seid?«

»Noch ein Wort und du kriegst ein Viertel.«

»Fünfunddreißig Prozent«, sagt Ben. »Komm schon, sei kein Blödmann – ihr macht einen Haufen Kohle damit.«

»Von welchen Mengen reden wir?«, fragt Old Guys Rule.

»Himmelherrgott, am Telefon?«

»Ich bin sauber«, sagt Old Guys Rule. »Hey, wenn du's nicht bist …«

»Hundertzwanzig, schlag ein oder lass es bleiben.«

»*Pfund*?!«

»Nein, *Gallonen*, du Holzkopf.«

»Pass auf, was du sagst.«

»Sind wir im Geschäft oder nicht?«

»Ich melde mich und gebe Ort und Zeit durch«, sagt Old Guys Rule.

»Bring Bargeld mit«, sagt Ben.

194

Chons Kumpel – früher bei den SEALS, jetzt beim Oceanside Police Department – ruft ihn zurück.

»Ich hab die Adresse überprüft.«

Der Typ heißt Duane Alan Crowe. Achtundvierzig Jahre alt, Beruf Dachdecker.

»Soll ich mich mal umhören?«, fragt Chons Kumpel, »ob ihn jemand auf dem Schirm hat?«

Chon sagt, nein danke. Er möchte auf keinen Fall, dass jemand in OC mitbekommt, dass es Interesse an Crowe gibt.

»Hey, ich schulde dir was.«

Chon hatte ihn mal in Helmand aus der Scheiße gezogen.

»Du schuldest mir gar nichts.«

Freunde passen gegenseitig auf sich auf.

So ist das.

195

Chon beobachtet Crowe, wie er mit einem großen Aktenkoffer in der Hand aus dem Haus kommt und ins Auto steigt.

Es ist halb zwölf Uhr nachts.

Wurde verdammt noch mal Zeit.

Chon ist es gewohnt, still im Hinterhalt zu sitzen, das heißt aber noch lange nicht, dass es ihm Spaß macht.

Er folgt Crowe.

196

Der Typ steht schon draußen, wartet drauf, dass ihn Old Guys Rule abholt.

Brian Hennessy trägt eine kurze Jacke, und an der Wölbung darunter erkennt Chon, dass er eine Waffe dabei hat.

Schlampiger Blödmann, denkt er.

Brian steigt zu Crowe in den Wagen.

Chon folgt ihnen raus auf den 405.

197

Kalifornier können ganze Unterhaltungen führen, indem sie sich gegenseitig Zahlen an den Kopf werfen.

»Die 133 bis zum 405, dann über den I-5 bis zur 74« ist ein gutes Beispiel.

Crowe biegt nach Osten auf die State Route 74, fährt die Hügelkette hoch, die die Küstenebene begrenzt.

Niemandsland.

Überraschend ländlich für diesen Teil der Welt. Serpentinen, Schotterstraßen, kleine Wiesen inmitten von Eichenwäldchen.

Hierhin ist Crowe jetzt unterwegs, und das macht Chon eine Heidenangst.

Weil sich Crowe möglicherweise mit Ben trifft.

Was auch immer Ben sich davon verspricht.

Chon hat eine Ahnung, wohin sie wollen – ein kleiner Picknickplatz, den sie selbst früher für Übergaben benutzt haben.

Er fährt rechts ran, schnappt sich das Gewehr, steigt aus

und rennt durch den Eichenwald in der Hoffnung, nicht zu
spät zu kommen.

198

Miguel Arroyo, auch bekannt als Lado, fährt an der Spitze eines Konvois aus Suburbans durch die Straßen von Tijuana
und lässt draußen vor dem Nachtclub halten. Schwarzgekleidete Männer schießen aus den Fahrzeugen, umstellen mit
M16-Gewehren im Anschlag das graue Gebäude, ein Treffpunkt der zu den Berrajanos übergelaufenen ehemaligen Angehörigen der Sánchez-Lauter-Fraktion.

Lado führt eine Abordnung durch die Vordertür.

»Polizei!«, brüllt Lado.

In dem Club sind ungefähr ein Dutzend Männer mit ihren
Freundinnen oder *segunderas*.

»Polizei!«, schreit Lado noch mal. Ein paar der Männer
wollen nach ihren Waffen greifen, merken aber schnell, dass
sie in der Unterzahl sind, und nehmen die Hände hoch.

Lados Männer entwaffnen sie und stellen sie an die Wand.
Dann treten sie zurück und eröffnen, auf Lados kurzes Nicken hin, das Feuer.

199

Ben fährt auf den Picknickplatz und wartet.

Hinten im Transporter liegen hundertzwanzig Pfund
Hydrogras, verpackt in Plastik, in Viertelpfund-Päckchen,

die wiederum zu Zwanzig-Pfund-Paketen zusammengefasst sind.

Marktwert 120 000 Dollar, aber das hier ist ein

Notverkauf

zum Sonderpreis von

42 000 Dollar.

Wichser.

In zwei der Pakete hat er ein paar kleine Überraschungen gepackt.

Ein weiterer Wagen biegt auf den Parkplatz. Nach wenigen Sekunden steigen Old Guys Rule und noch einer aus.

Ben steigt ebenfalls aus.

Old Guys Rule leuchtet den Transporter mit einer großen Taschenlampe an.

»Bist du alleine?«, fragt er.

»Wie du gesagt hast.«

»Mach hinten auf.«

Ben öffnet die Schiebetür. Während er das tut, greift sich der andere Typ an die Seite.

200

Chon sieht das und zielt weg von Crowe auf Brian, der durch den Nachtsichtsucher sci-fi-grün ist.

Fünfzig Meter entfernt zwischen den Bäumen, bäuchlings auf dem Boden, das Gewehr auf einem Zweibein.

Wenn Brian die Waffe zieht, ist Schluss.

Zwei Schüsse, Schwenk, zwei Schüsse auf Crowe.

Chon spannt seinen Abzugsfinger.

201

»Ist okay«, sagt Old Guys Rule.

Brian entspannt seinen Abzugsfinger.

(Chon nicht)

»Zieh dich aus.«

»Was?«

»Ich will sicher sein, dass ihr keine Podcasts an die Drogenbehörde schickt«, sagt Old Guys Rule, »du und dein kleiner
Freund, Agent Cain.«

»Scheiß auf den.«

»Zieh dich aus.«

»Zieh dich selber aus.«

»Ich bin nicht derjenige, der ein Geschäft machen will.«

»Blödsinn – du bist doch hier.«

»Runter damit.«

Ben zieht die Schuhe aus, dann das Hemd und die Jeans.
Hebt die Hände, als wollte er sagen, zufrieden?

»Alles.«

»Ach, komm.«

»Du könntest ein Mikro am Schwanz oder unter den Eiern
haben«, sagt Old Guys Rule. »Hab ich alles schon gesehen.«

»Vielleicht steckt auch eins in meinem Arsch«, sagt er.
»Willst du da auch nachsehen?«

»Möglich, wenn du weiter so viel quatschst.«

Ben steigt aus seinen Shorts.

202

Chon gefällt das nicht.

Aus verschiedenen Gründen.

Erstens ist es erniedrigend, und er kann's nicht leiden, Ben erniedrigt zu sehen.

Zweitens wollen sie ihn möglicherweise so erschießen, um eine Botschaft zu hinterlassen, so wie das die mexikanischen Kartelle machen.

Sein Finger spannt sich weiter an.

Ebenso sein Kopf.

Er sagt

tu's jetzt

alle beide

bring's hinter dich

besser gleich als

später.

Er erinnert sich an das, was ihm ein Offizier in Afghanistan mal gesagt hat –

Ich habe nie bereut, einen Terroristen getötet zu haben. Nur, dass ich's nicht schon früher getan habe.

Heute lässt man einen Dorfbewohner gehen, am nächsten Tag kommt er mit einer Bombe wieder.

Tu's jetzt.

Knall sie ab

Alle beide.

203

»Sieh im Wagen nach«, sagt Old Guys Rule zu Brian. »Mikros, Kabel, was auch immer.«

Brian steigt in den Transporter.

»Darf ich mich anziehen?«, fragt Ben.

»Bitte. Nicht, dass du kein gutaussehender Mann wärst.«

Ben zieht sich an.

Hört Brian mit dem Fingerspitzengefühl eines Orang-Utans auf Speed im Transporter rumwühlen.

Dann kommt Brian raus und sagt: »Scheint sauber zu sein.«

»Scheint sauber zu sein?«, fragt Old Guys Rule. »Ist mir scheißegal, was es scheint, ich will wissen, ob er sauber ist.«

»Er ist sauber«, sagt Brian.

»Besser wär's«, sagt Old Guys Rule.

»Können wir's jetzt endlich hinter uns bringen?«, fragt Ben. »Habt ihr das Geld?«

»Eins nach dem anderen«, sagt Old Guys Rule.

Er zieht ein Messer aus dem Hosenbund.

204

Lado beugt sich vor, schlitzt dem Toten den Bauch auf, zieht die Eingeweide raus und formt damit sorgfältig ein »S«.

Der letzte Buchstabe des Wortes

traidores

Verräter.

205

Crowe weiß nicht, wie knapp er dem Tod entronnen ist, als er einen der Packen aufschlitzt.

Chon löst den Finger vom Abzug.

Sein Puls sinkt.

206

Crowe nimmt ein Viertelpfund-Päckchen, schneidet es auf und riecht daran.

Wendet sich an Ben, lächelt und flüstert: »Allmächtiger.«

»Kann man wohl sagen.«

Crowe leuchtet mit der Taschenlampe auf das Dope – sieht rote Härchen und Kristalle, ein absolutes Qualitätsmerkmal. Fährt mit den Fingern durch, schön trocken, kein zusätzliches Gewicht durch Restfeuchtigkeit.

»Sehr schön.«

Ben zuckt mit den Schultern, was hast du denn erwartet? »Wenn du dir einen anzünden willst, mach ruhig.«

»Nicht nötig«, sagt Crowe, »falls du bei uns als Farmer anfangen willst, kommen wir vielleicht ins Gespräch.«

»Nein, danke.«

Crowe wirft den Packen auf den Boden, dann den nächsten, und nimmt den übernächsten. Er schlitzt ihn auf und zieht noch mal eine Handvoll Dope raus, riecht dran und nickt anerkennend.

»Wollte nur sicher sein, dass der Rest kein billiges Unkraut ist.«

»Dein Vertrauen ist rührend.«

»In dem Geschäft gibt's kein Vertrauen«, sagt Crowe. Er wendet sich an Brian. »Lad ein.«

»Hey«, sagt Ben. »Und mein Geld?«

»Hätte ich fast vergessen.«

»Gut, dass ich dich dran erinnert hab.«

»Hol das Geld«, sagt Crowe zu Brian.

Brian geht zum Wagen, kommt mit einem Aktenkoffer wieder und überreicht ihn Crowe.

207

Chon zieht die Schultern hoch, lässt sie wieder fallen und das ganze ein paar Mal, um locker zu bleiben, dann zielt er erneut.

Wenn das eine Falle ist, dann wird sie jetzt zuschnappen.

Der Aktenkoffer ist leer oder

Crowe holt eine Waffe raus oder

sie knallen Ben ab, während er das Geld zählt, nur

dass sie dann beide tot sind, noch bevor sie ihre Waffen auf ihn richten können.

208

Old Guys Rule gibt Ben den Koffer.

»Zähl nach, wenn du willst.«

»Ich will.«

Er kehrt den beiden den Rücken zu

(oh Mann, Ben, denkt Chon)

266

stellt den Koffer auf einen Packen Dope und zählt die eingewickelten Geldbündel.

Alles da, 42 000 Dollar.

Er macht den Koffer zu und nickt Richtung Dope. »Bitte schön.«

Brian fängt an, die Packen in den Kofferraum umzuladen.

»Was ist mit der Ausrüstung, wollt ihr die auch?«, fragt Ben.

»Kannst du auf dem Flohmarkt verscherbeln«, sagt Old Guys Rule.

Brian ist mit dem Verladen fertig.

»Das war's dann wohl«, sagt Ben.

»Wär nicht schlecht«, sagt Old Guys Rule. »Wenn wir noch mal was von dir hören, wenn du auch nur für fünf Dollar was an einen Studenten verkaufst, hängst du mit dem Kopf auf dem Lenkrad. Kapiert?«

»Kapiert.«

»Gut.«

Old Guys Rule nimmt sich noch eine Sekunde Zeit, um Ben mit einem weiteren bösen Blick zu bedenken, dann steigt er in den Wagen.

Ben sieht die beiden wegfahren und denkt

209

Fickt euch.

210

Dennis beobachtet das rote Blinken des kleinen GPS-Lichts auf seinem Bildschirm.

»Wann willst du sie hochnehmen?«, fragt der Kollege.

Und genau in diesem Augenblick hat Dennis eine Eingebung. Er sieht auf die Karte mit dem kleinen roten Punkt, klappert ein bisschen auf der Tastatur, zeigt auf den Bildschirm und sagt: »Wir warten, bis sie da an der Highschool sind.«

Genial.

Gemein.

211

Duane und Brian fahren an der Laguna High vorbei, als die Welt explodiert. Blinklichter, Sirenen, Polizeiautos aus allen Himmelsrichtungen.

Duane überlegt, ob er's mit Abhauen versuchen sollte, sieht aber, dass es keinen Zweck hat, also sagt er: »Schnell, wirf die Waffe raus.«

»Was?«

»Schmeiß die scheiß Knarre aus dem Fenster!«, schreit Duane.

Wird in Verbindung mit einem Drogendelikt eine Waffe sichergestellt, verdoppelt sich das Strafmaß. Außerdem will er den Cops keinen Vorwand liefern, sie zu erschießen.

Brian wirft die Waffe aus dem Wagen und Duane fährt rechts ran.

Die Cops ziehen das volle Programm durch, inklusive *Raus aus dem Wagen* und *Gehen Sie rückwärts auf meine Stimme zu* und *Legen Sie die Hände auf den Rücken,* und dann steht Duane mit Handschellen da, während Dennis den Kofferraum öffnet und dem Skript entsprechend so was sagt wie: *Ja, was haben wir denn da?* Dann geht er zu Duane, und jetzt folgt die Nummer von wegen *Sie haben das Recht zu schweigen* und *Alles was Sie sagen, kann gegen Sie verwendet werden,* während Brian von einem anderen Cop in die Mangel genommen wird, der seinerseits das Protokoll erfüllt, indem er Brian sagt, dass er dabei beobachtet wurde, wie er etwas aus dem Fenster geworfen hat, *und sollte es sich dabei um eine Schusswaffe gehandelt haben, dann tun Sie jetzt das einzig Richtige und sagen Sie es uns, damit Sie nicht von einem Schulkind gefunden und jemand verletzt wird.*

Dann variiert Dennis ein wenig. Er sagt: »Gemäß California Senate Bill 420 ist der Besitz von 230 Gramm getrocknetem, aufbereitetem Cannabis legal. Ich schätze mal, Sie sind ungefähr hundertneunzehn Pfund über dem Limit, Meister.«

Duane sagt nichts.

Dann schlitzt Dennis einen der Packen auf und zieht ein Tütchen Heroin raus.

212

»Oh-ha«, sagt Dennis.

Worauf Duane antwortet

213

»Sag Leonard, er ist ein toter Mann.«

214

Das weiß Leonard.

Ben sitzt in seinem Apartment und denkt nach.

Gerechtigkeit für die Morde ist das nicht unbedingt, aber es reicht erst mal.

Zum Deal gehört, dass Dennis eine Verhandlung vor einem Bundesgericht versprochen hat, was aufgrund der sichergestellten Menge auch klargehen dürfte.

Also –

Zehn bis zwanzig Jahre für das Marihuana, zwanzig Jahre minimum für das Heroin, das Ganze in der Nähe einer Schule und dazu Besitz einer Schusswaffe – auf Bundesebene gibt's keine Strafmilderung. Man sitzt die komplette Zeit ab.

Wahrscheinlich stirbt Crowe im Gefängnis.

Brian kommt als alter Mann raus.

Und sie werden versuchen, mich umzubringen.

Aber das ist es wert.

Für ein kleines bisschen Gerechtigkeit.

215

Das Problem ist nur, Dennis interessiert sich nicht so sehr für Gerechtigkeit.

Eher für Beförderung.

Das ist wie eine Unterhaltungsshow im Fernsehen.

Man arbeitet sich die Pyramide hoch bis zum Hauptgewinn.

Er erklärt Crowe das Prinzip, fängt aber erst mal mit der Bibel an:

»Ich bin der Weg und die Wahrheit und das Leben«, sagt er zu Crowe, der ihm auf der anderen Seite des Metalltischs gegenübersitzt. »Niemand kommt zum Vater – sprich Uncle Sam – denn durch mich.«

»Was zum Teufel laberst du da?«

»Im Haus meines Vaters sind viele Zimmer«, sagt Dennis, »und du darfst eins davon viele viele Jahre lang bewohnen.«

»Was?«

»Lass es mich ganz profan ausdrücken«, sagt Dennis. »Du bist total, komplett und absolut gefickt. Du bist gefickter als zwei jungfräuliche Teenager in ihrer Hochzeitsnacht. Du bist gefickter als eine Freiwillige bei einem Viagra-Test. Du bist gefickter als –«

»Schon gut, schon gut.«

»Duane«, sagt Dennis. »Für mich ist das eine Win-win-Situation. Ich kann aus dem Spiel aussteigen und gewinne, oder ich kann im Spiel bleiben und gewinne trotzdem. Wenn ich jetzt aussteige, verlierst du im ganz großen Stil, wenn du mich allerdings überreden kannst, noch ein bisschen länger im Spiel zu bleiben, verlierst du möglicherweise weniger. Kannst du mir folgen?«

»Nein.«

Jetzt kommt Dennis zur Pyramide.

»Das ist eine Pyramide«, sagt Dennis. »In meinem Spiel versuchen wir auf die Pyramide zu klettern. Im Moment hab ich dich irgendwo auf halber Höhe. Also, wir können jetzt hier Halt machen, uns das Geld auszahlen lassen, und du wanderst für die nächsten dreißig oder vierzig Jahre in ein Bundesgefängnis. Die andere Möglichkeit ist, dass du mir die Namen der Leute ganz oben an der Spitze der Pyramide nennst, und dann starten wir eine neue Spielrunde, mit anderen Worten, wir machen einen Deal.«

»Die bringen mich um«, sagt Duane.

»Daran können wir arbeiten«, sagt Dennis, »je nachdem, was du mir gibst. Wir können darüber sprechen, dass du in eine besonders sichere Einrichtung kommst, wir können über ein Zeugenschutzprogramm nachdenken – das Schlüsselwort hier ist *Zeuge*, Duane –, und wir könnten uns sogar darüber unterhalten, unter welchen Bedingungen du einfach rausspazierst, aber erst mal brauche ich Namen, und ich muss von dir hören, dass du bereit bist, dich verkabeln zu lassen.«

»Ich will einen Anwalt«, sagt Duane.

»Ich tu mal so, als hätte ich das nicht gehört«, sagt Dennis, »dir zuliebe. Denk drüber nach. Wenn du den Anwalt anrufst, an den du gerade denkst, wird er als Allererstes, sobald er hier rauskommt, zu den Typen an der Spitze der Pyramide gehen und ihnen erzählen, dass du sitzt. Dann sind deine Möglichkeiten extrem eingeschränkt, weil die Jungs nicht mehr mit dir sprechen werden, und ich kann dich nicht belohnen für Gespräche, die du nicht führen kannst. Aber du hast natürlich das Recht auf juristischen Beistand und du kannst auf jeden Fall –«

»Warte mal noch ein bisschen«, sagt Duane.

»Damit du Zeit zum Nachdenken hast«, sagt Dennis. »Genau. Und wenn du schon mal denkst, denk auch an Folgendes:

216

»Erstens – du bist nicht der einzige Mitspieler«, sagt Dennis. »Ich werde mich jetzt mit Mr. Hennessy unterhalten, und wenn er zuerst klingelt, dann scheiß auf dich. Also lass dir mit dem Denken nicht zu lange Zeit, denk aber auf jeden Fall darüber nach, und das ist Punkt Nummer zwei, ob die Typen, denen gegenüber du dich loyal verhältst, dir gegenüber loyal bleiben werden. Oder ob sie, wenn sie rauskriegen, dass dir dreißig Jahre bis lebenslänglich blühen, nicht doch beschließen, dass es das Risiko nicht wert ist, und dich über die Klinge springen lassen? Wobei deine Loyalität ihnen gegenüber völlig irrelevant wäre. Und deshalb kehre ich zum ursprünglichen Thema zurück:

Ich bin der Weg und die Wahrheit und das Leben. Niemand kommt zum Vater denn durch mich.«

Dennis 4:16

217

»Ich will nicht für den Rest meines Lebens in den Knast«, sagt Brian.

Dennis lacht ihn aus.

»Niemand interessiert sich einen Scheiß für das, was du willst. Hier geht's einzig und allein um das, was ich will. Und du solltest jetzt allmählich mal anfangen, dir zu überlegen, was ich will – also auf die Plätze, fertig, los.«

Es tut weh, Brian bei dem Versuch zu beobachten, seine Gedanken zu sortieren, einfache Zusammenhänge zwischen Ursache und Wirkung herzustellen.

Dennis verliert die Geduld.

»Ich bin jetzt mal die Lokalnachrichten«, sagt er, »und erzähle dir, was in deiner Welt passiert. Du sagst, du willst nicht den Rest deines Lebens hinter Gittern verbringen? Dein Freund Crowe auch nicht. Ich bin gerade von ihm weg, weil ich eine neue Packung Kleenex holen muss, er heult und schluchzt und schnieft sich nämlich die Augen aus dem Kopf. Und jetzt kommt's, bist du so weit? Der will mir weismachen, dass du für die Munson-Morde verantwortlich bist.«

Denn trotz aller Korruptheit ist Dennis ein Mann, der Wort hält.

Er hat Ben Leonard versprochen, dass er's versucht.

Und ein Blick in Brians Augen genügt, und Dennis kennt die Wahrheit.

Er und Crowe haben Munson und das Mädchen getötet.

»Was?!«, jault Brian.

»Ja«, bohrt Dennis weiter. »Er sagt, du hast abgedrückt. Der rammt dir die Spritze in den verfluchten Arm.«

»Auf keinen Fall! Er –«

Brian hält abrupt inne.

»Wir wissen, dass es einer von euch beiden war«, sagt Dennis. »Die Frage ist nur, wer?«

Wobei er nicht erwähnt, dass es scheißegal ist, wer abgedrückt hat. Aber wenn Brian das nicht weiß, Pech gehabt. Unwissenheit hat ihren Preis. Falls du Verbrecher werden willst, solltest du dich mit dem scheiß Gesetz auskennen, Arschloch.

274

»Ich glaube nicht, dass du's warst«, sagt Dennis. »Du kommst mir nicht vor wie ein Typ, der ein Mädchen umbringt. Sieht dir einfach nicht ähnlich. Ich glaube, es war Duane, aber der hockt da drüben und heult, dass er gesehen hat, wie du's getan hast. Sagt, er hat Alpträume deswegen, und dass du gelacht hast, als du ihr das Hirn weggeballert hast. Geschworene stehen auf so einen Scheiß, Brian.«

Plötzlich bekommt Brians Gesichtsausdruck etwas düster Gerissenes.

»Aber ich wäre doch sowieso schuldig, oder nicht?«, fragt Brian. »Auch wenn ich nur dabei war. Was ich nicht war, aber wenn ich's gewesen wäre.«

Verfluchte Scheiße, denkt Dennis.

Wenn er eins hasst, dann sind das semi-intelligente Kriminelle mit Halbwissen. Seit *Law & Order* funktioniert im Vernehmungsraum gar nichts mehr.

»Stimmt«, sagt Dennis. »Aber es gibt Unterschiede im Strafmaß. Einer von euch beiden kriegt lebenslänglich, der andere den Cocktail. Was du vielleicht für keinen großen Unterschied halten magst, bis sie dich festschnallen und dir durch den Kopf schießt, dass Duane weiter fressen und scheißen und wichsen wird, während du … Na ja, man sagt ja, es tut nicht weh, aber was sagt man nicht alles, stimmt's?«

Brian macht dicht. »Ich weiß gar nichts über diese Morde.«

»Das ist wirklich schade«, sagt Dennis, »dann kannst du mir nicht geben, was ich will.«

Er macht Anstalten, zur Tür zu gehen, bleibt stehen und dreht sich um.

»Falls dir das noch nicht klar geworden ist«, sagt Dennis, »Duane und die Jungs können nicht riskieren, dich hier weiter sitzen zu lassen.«

»Soll das heißen, die wollen mich umbringen?«

»Nein, die wollen dir ein Pony schenken«, sagt Dennis. »Was glaubst du denn, was die wollen?«

Blödmann.

218

Einen hat Lado am Leben gelassen.

Damit er die Vivisektion an seinen Freunden beobachten kann und davon lernt.

Der Mann ist nackt und an eine Wand gekettet, und jetzt nimmt Lado die Spitze des blutigen Messers und drückt sie ihm in den Bauch, gerade fest genug, dass Blut fließt.

»Sag's mir«, sagt Lado.

»Ich sag alles«, schluchzt der Mann.

»Welcher *guero*?«

»Was?«

Lado übt ein bisschen mehr Druck auf die Messerspitze aus. »Welcher Amerikaner hat der Ermordung von Filipo Sánchez zugestimmt?«

Der Mann gibt auf.

Aufgewachsen in den Slums von Tijuana, suchte er sich in seiner Kindheit oft Mahlzeiten auf den Müllhalden, die sich in seinem Barrio erhoben wie Maya-Tempel. Wenn sein Vater Arbeit hatte, dann als *carnicero*, als Metzger, und wenn die Familie Fleisch bekam, dann meist eine *cabra*, eine Ziege.

Daher kennt er das Geräusch, das eine Ziege macht, wenn man ihr den Bauch aufschlitzt, und genau so klingt der Mann, als ihm Lado mit dem Messer in die Eingeweide fährt.

219

INNEN – HAFTRAUM – NACHT

Crowe sitzt am Tisch, als Dennis reinkommt.

> DUANE
> Ich will einen Anwalt.

> DENNIS
> Schlechte Entscheidung, aber deine.

> DUANE
> Genau.

> DENNIS
> Ich weiß, wen du anrufen willst, ich glaube,
> ich hab ihn als Kurzwahl eingespeichert.
> Aber bevor du das machst, solltest du
> wissen, dass die Indizien damit nicht
> verschwinden, an der Beweiskette lässt sich
> nicht rütteln. Vielleicht kann er die Strafe
> um zehn Jahre drücken, aber was soll's?

> DUANE
> Ich will einen Anwalt.

> DENNIS
> Dann holen wir dir mal ein Telefon, Loser.

220

»Was hast du denen gesagt?«, fragt Chad Meldrun, der ihm
jetzt gegenübersitzt.

»Nichts«, sagt Crowe.

»Verarsch mich nicht«, sagt Chad. »Ich muss es wissen.«

Ja – Duane weiß, wer das wissen muss.

So lief das schon immer. Wer aufgrund schwerwiegender
Beschuldigungen einfährt, darf bestimmte Karten spielen –
Lager und Depots verraten. Man muss es nur dem Anwalt sagen, damit er den Jungs Bescheid gibt und die den Kram beiseite schaffen.

Womit man keine Deals machen darf, sind Menschen.
Wenn du das machst, ist das ein –

Problem.

»Ich hab denen einen Scheiß gesagt«, sagt Duane.

»Dann mach schon, verrat ihnen was«, sagt Chad.

Duane schüttelt den Kopf. »Das wollen die nicht. Die wollen Namen.«

»Und darauf hast du dich nicht eingelassen?«

»Wie oft willst du's noch hören?«

»Okay, alles in Ordnung«, sagt Chad.

»Nein, es ist nicht alles in Ordnung«, sagt Duane. »Ich bin
gearscht. Das war eine Falle. Der scheiß Bulle steckt mit Leonard unter einer Decke. Leonard hat uns in die Scheiße geritten.«

»Wenn du das gewusst hast, wieso hast du dich drauf eingelassen?«

»Ich hab's verkackt«, sagt Duane. »Ich hab gedacht, wir hätten ihn eingeschüchtert. Und 35 Prozent vom eigentlichen
Marktwert … Scheiße.«

»Okay, okay«, sagt Chad. »Was ist mit Hennessy? Hält der dicht?«

Duane zuckt mit den Schultern.

»Wir schicken ihm einen anderen Anwalt«, sagt Chad. »Der wird Hennessy auf Kaution rausholen.«

»Scheiß auf den«, sagt Crowe. »Holt mich verdammt noch mal hier raus.«

»Ich geb mein Bestes, Cowboy.«

»Ich bin kein Cowboy«, sagt Duane gereizt. »Siehst du Stiefel und einen bescheuerten Hut?«

Cowboy ...

Scheiße.

221

»Euer Ehren, in Anbetracht der Schwere der zu erwartenden Haftstrafe«, sagt Staatsanwältin Kelsey Ryan, »besteht definitiv Fluchtgefahr. Wir lehnen die Aussetzung einer Kaution ab.«

Die Staatsanwältin ist ein Hingucker.

Hübsch, blond, blauäugig.

Und eine Mörderjuristin.

Seeeeeeeehhhhhr ambitioniert.

Dennis hätte gerne was davon.

Chad Meldrun steht auf.

Sehr interessant, dass Chad überhaupt aufgetaucht ist, denkt Dennis. Entweder stehen die Bosse wirklich hinter Duane, oder sie wollen ihn aus dem Loch holen und ausschalten.

»Euer Ehren«, sagt Chad mit einem Lächeln, als wollte er gleich sagen, dass es nachts in der Regel dunkler ist als tagsüber. »Mr. Crowe ist bislang nie im Zusammenhang mit Drogenvergehen straffällig geworden, er ist ein anerkannter Bürger seiner Gemeinde und führt ein Unternehmen. Sie und ich wissen beide, dass dieser Fall nicht vor ein Bundesgericht gehört, und ich bin gerade dabei, einen Antrag zu formulieren, damit der Fall wieder in die Zuständigkeit des Staates Kalifornien überführt wird, wohin er eigentlich gehört. Wie wir beide wissen, stehen die Chancen, dass dem Antrag stattgegeben wird, hervorragend, und daher ersuche ich Sie um die Festsetzung einer Kaution in zumutbarer Höhe, so dass mein Klient weiterhin seinen Lebensunterhalt bestreiten und seine Verteidigung vorbereiten kann.«

»Und von wo aus wird er das tun, Costa Rica?«, fährt Ryan dazwischen.

»Das reicht«, sagt Richterin Giannini.

»Es besteht dringende Fluchtgefahr, Euer Ehren«, wiederholt Ryan. »Und darf ich das Gericht daran erinnern, dass zu den Vorwürfen wegen Drogenhandels der Besitz einer Schusswaffe kommt? Mr. Crowe stellt eine Gefahr für die Öffentlichkeit dar.«

»Die Schusswaffe befand sich nicht im Besitz von Mr. Crowe«, wirft Chad ein. »Sie wurde in der Nähe von Mr. Crowes Fahrzeug sichergestellt.«

»Und Mr. Hennessys Fingerabdrücke wurden darauf gefunden.«

»Mr. Hennessy ist nicht Mr. Crowe«, sagt Meldrun.

Ryan sagt: »Darf ich das Gericht außerdem daran erinnern –«

»Das Gericht leidet nicht unter Alzheimer«, merkt Giannini an.

Sie ist extrem gereizt, denkt Dennis.

Gut so.

Ryan macht weiter Druck »Es geht hier nicht nur um Marihuana, sondern um Heroin, um einen schwerwiegenden Verstoß gegen das Betäubungsmittelgesetz, und zwar in unmittelbarer Nähe einer Schule.«

»Um ein Uhr morgens«, sagt Chad und wirft die Arme in die Luft. »Kein Geschworener der Welt wird ernsthaft davon ausgehen, dass Mr. Crowe die Substanzen an Schulkinder verkaufen wollte.«

»Das Gesetz sagt nichts über die Absicht«, erwidert Ryan. »Die räumliche Nähe ist entscheidend.«

Chad dreht sich um und sieht Dennis direkt an. »Wir kennen solche Spielchen bereits von Agent Cain. Das sind ausgebuffte Tricks. Die Autorität des Gerichts wird auf empörende Weise missbraucht.«

Dennis lächelt ihn an.

»Euer Ehren«, sagt Ryan, »Agent Cain steht hier nicht vor Gericht.«

»Sollte er aber«, schnauzt Chad zurück. »Dieser ganze Fall ist von vorne bis hinten inszeniert, Euer Ehren, und ich werde Provokation einer strafbaren Handlung ins Feld führen. Die Regierung hat einen bislang nicht identifizierten vertraulichen Informanten eingesetzt, um einen unbescholtenen –«

»Wir werden den Zeugen vor Gericht präsentieren«, sagt Ryan.

Giannini sagt: »Kommen wir zurück zum eigentlichen Punkt. Ich neige dazu, mich der Ansicht anzuschließen, dass der Vorwurf des Waffenbesitzes gegen Mr. Crowe einer kritischen Überprüfung nicht standhalten wird. Ich neige außerdem dazu, mich der Ansicht anzuschließen, dass zwar die Höhe der möglichen Haftstrafe Anreiz zur Flucht bieten könnte, dass Mr. Crowes Stellung innerhalb der Gemeinde und der Umstand, dass er ein Unternehmen führt, eine solche jedoch unwahrscheinlich machen. Daher bin ich gewillt, Kaution zu gewähren. Möchte der Staat eine Summe vorschlagen, Ms. Ryan?«

»Zehn Millionen Dollar.«

»Sehen Sie mich an«, sagt Giannini. »Seh ich aus, als wäre ich in Stimmung für Witze, Ms. Ryan?«

»Darf ich vorschlagen, auf die Zahlung einer Summe zu verzichten?«, fragt Chad.

»Dieselbe Antwort, aber hübscher Versuch, Chad«, sagt Giannini. »Ich werde Mr. Crowe selbstverständlich nicht nur aufgrund seiner Zusage, nicht zu fliehen, auf freien Fuß setzen, ich sehe die Notwendigkeit einer gewissen Abschreckung gegen eine Flucht durchaus gegeben. Wollen Sie mit Ihrer Forderung runtergehen, Ms. Ryan?«

»Eine Million.«

»Die Kaution wird auf fünfhunderttausend Dollar festgesetzt«, sagt Giannini, »wobei Mr. Crowes Haus und seine Firma als Sicherheit dienen. Können Sie heute noch zehn Prozent überweisen, Mr. Crowe?«

»Das kann er, Euer Ehren«, sagt Chad.

Darauf würde ich wetten, denkt Dennis.

Die wollen, dass er rauskommt, keine Frage.

Die Frage ist

wer sind die?

222

»Ihr habt sie wieder laufen lassen?«, fragt Ben.

Sie sitzen bei Dennis im Wagen auf dem Parkplatz von Albertson's in Laguna.

»Wir können sie nicht wegen Mordes festhalten«, sagt Dennis. »Wenn nicht einer den anderen beschuldigt, haben wir nichts in der Hand.«

»Ich schalt mich ein«, sagt Ben. »Wenn das das Problem ist, dann -«

»Das bringt nichts«, sagt Dennis. »Du kannst nicht bezeugen, dass sie am Tatort waren, und sie haben Alibis.«

»Wenn ich mich melde und unter Eid bezeuge, dass mich Crowe erpressen wollte –«

»Du kannst nur gegen ihn aussagen, dass er dir gedroht hat«, erwidert Dennis. »Du kannst ihn nicht mal mit den Prügeln in Verbindung bringen, die du von Boland bezogen hast, und mit den Morden schon gar nicht.«

»Und was jetzt?«

»Hau ab.«

»Was?«

»Hau ab, Ben.«

Weil die beiden draußen sind und dich umbringen werden.

223

Und weil, wie Chon festgestellt hat, das Rechtssystem vor allem ein System ist und mit Recht nicht viel zu tun hat.

Vielleicht verschwinden Crowe und Hennessy, vielleicht lassen sie's drauf ankommen, was die Drogenvorwürfe angeht, und riskieren, dass der jeweils andere dichthält, aber die Sache ist –

Die haben jetzt ihre eigenen Probleme.

Und die ganz oben auch.

Jemand hat viel Geld dafür bezahlt, Crowe und Hennessy rauszuholen, und zwar aus Angst, sie könnten bei der Vernehmung einknicken. Und Duane und Brian haben immer noch gute Gründe – Haftstrafen im zweistelligen Bereich – einen Deal einzugehen, also ist die Frage –

»Haben die sie rausgeholt, um sie rauszuholen«, fragt Chon Ben, »oder um sie beiseite zu schaffen.«

Letzteres bietet zwei Möglichkeiten –

Crowe und Hennessy lassen die Kaution verfallen und verschwinden.

Oder jemand lässt sie verschwinden.

In beiden Fällen ist der Plan aufgegangen – Crowe in die Scheiße reiten und abwarten, wer ihm eine Rettungsleine zuwirft.

Aber wie lässt sich die Leine zurückverfolgen?

Die Unbestechlichen ist einer von Ben und Chons Lieblingsfilmen. Sie kennen ihn so gut wie auswendig. Falsch, nicht *so gut wie*. Sie *kennen* ihn auswendig. Auf der Fahrt zurück von Bens Treffen mit Dennis spulen sie Dialoge ab:

Hunt ist die Schlüsselfigur. Angeblich hat er einen Rechtsanwalt, der für ihn mit 25 000 Dollar in einer braunen Papiertüte rumläuft.

Geht dem Geld nach.

»Geht dem Anwalt nach, der das Geld gebracht hat«, sagt Ben. »Jemand hat Chad losgeschickt, damit er Crowe rausholt. Demjenigen wird er Bericht erstatten. Und das wird er nicht am Telefon tun.«

»Kriegst du das hin, Bro?«, fragt Chon. »Ihm folgen, ohne gesehen zu werden?«

Und ohne dich umbringen zu lassen?

»Ich glaub schon«, sagt Ben.

»Ich nehm die andere Leine.«

Crowe und Hennessy haben die Hosen voll. Sie wissen, dass sie sich auf ganz dünnem Eis bewegen. Sie werden nach der Leine greifen.

Das heißt nach oben.

Das ist gut, denkt Chon. Wenn Crowe und Hennessy sich gegenseitig verraten hätten, hätte Ben seine Gerechtigkeit bekommen, aber die ganz oben wären immer noch da oben und würden ihn töten.

Besser so.

»Ben?«

»Ja?«

»Bleib in Deckung.«

»Du auch.«

»Immer.«

Ungeachtet jüngster Belege des Gegenteils.

224

Duane Crowe geht nur kurz nach Hause, um ein paar Sachen zu packen.

Das Ganze kann so oder so ausgehen.

Er legt sein »Old Guys Rule«-T-Shirt in die Reisetasche und denkt an das Telefongespräch, dass er alles andere als beruhigend fand.

Ja, wir haben Richter, aber das hier kommt vors Bundesgericht, Duane. So was ist schwierig. Sagen wir mal, du kriegst zwölf Jahre, dann sitzt du zehn ab. Zehn ist machbar. Hab ich auch schon hinter mir. Du bist immer noch jung, wenn du rauskommst.

Ich bin ja jetzt schon nicht mehr jung, denkt Duane. Er

schnappt sich eine Jeans aus der Kommodenschublade und schmeißt sie in die Tasche. Ich hab eine Tochter auf dem College. Ich muss Studiengebühren zahlen. Ich kann mir noch nicht mal ein Jahr im Knast leisten, ganz zu schweigen von Verfahrenskosten oder Anwaltskosten.

Und bei alldem reden wir nur über den Drogenbesitz.

Die andere Sache …

… ist ein Problem. Wenn der andere umkippt … Dann hast du verkackt. Die Sache mit dem Mädchen. Das ist ein Problem.

Schönen Dank auch. Erzähl mir was, das ich nicht schon weiß. Das sind die da oben, man reißt sich den Arsch für sie auf, schafft Kohle ran, und wenn's ein *Problem* gibt, lassen sie einen im Regen stehen.

Aber Duane hat die Botschaft verstanden.

Sie werden in der Drogensache etwas unternehmen, aber bei den Morden?

Wenn ich mich nicht um Brian kümmere, kümmern die sich um mich. Sie werden aufräumen – Brian, Leonard, mich.

Wenn sie nicht schon unterwegs sind.

Er steckt den Revolver in die Tasche und geht.

225

Ben sitzt in seinem Wagen und ruft Chad Meldrun an.

Die gelangweilte, obercoole Empfangsdame stellt ihn in die Warteschleife. Ein paar Sekunden später meldet sie sich wieder und verkündet: »Chad bittet mich, Ihnen auszurichten, dass er Sie nicht mehr vertreten kann.«

»Hat er gesagt, warum?«

»Befangenheit.«

»Sie oder er?«

Sie legt auf.

Aber Ben weiß, was er wissen wollte – Chad ist im Büro.

Was sich prima trifft, denn Ben ist schon im Parkhaus.

Die Unbestechlichen.

226

O ist auch befangen.

Sie weiß nicht, was sie anziehen soll.

Sie steht vor ihrem Kleiderschrank und fragt sich, wie sie sich präsentieren soll.

Ich meine, was trägt die stilbewusste South-Orange-County-Prinzessin zum ersten Treffen mit ihrem Vater?

Soll sie so richtig dick auftragen oder sich eher bedeckt halten?

Auf älter oder jünger trimmen?

Sie zieht ein getupftes Kleid und Zöpfe in Erwägung, findet das dann aber doch viiiiel zu gruselig, weil Paul Patterson vielleicht keinen Sinn für Persiflage oder Ironie hat.

Ihr Blick fällt auf ihr »kleines Schwarzes«, damit könnte sie ihm sagen, schau mal, was für eine hinreißende Lady aus der Tochter geworden ist, von der du nichts wissen wolltest, aber dann befürchtet sie, die hauchdünne Grenze zwischen raffiniert und sexy zu überschreiten.

Sie überlegt sogar, überhaupt nicht hinzugehen.

O kriegt es fertig, fünfzehn Minuten vor einem Automaten zu stehen, hin- und hergerissen zwischen F-3 (M&M's Erdnuss) und D-7 (Famous Amos Chocolate-Chip-Cookies), und

dann lieber ohne was wieder wegzugehen, als sich zu entscheiden.

O weiß, dass sie sich das hier nicht erlauben kann. Irgendwas muss sie anziehen, sie kann nicht einfach nackt gehen,
wie an dem Tag, an dem sie geboren wurde, auch wenn das
symbolisch ganz passend wäre.

In Laguna kommt man nackt vielleicht sogar ein paar Straßen weit, ohne dass jemand Alarm schlägt oder auch nur
zweimal hinschaut – aber in Newport Beach? Da zieht man
sich nicht mal beim Sex aus. In Newport wird man verhaftet,
wenn man ohne Hut eine Kirche betritt.

Okay, denkt O, das führt nirgendwohin.

Aber vielleicht solltest du genau das machen: nirgendwohin gehen.

Leg die Beine hoch, zünde dir einen Joint an und vergiss es.

227

Chon fährt zu Crowes Wohnung in Laguna Canyon und
guckt in die Einfahrt.

Crowes Wagen ist nicht da.

Chon steigt aus, schiebt sich die Pistole in den Hosenbund
und geht zur Haustür.

Abgeschlossen.

Der Mann hat sich aus dem Staub gemacht.

Chon kann es ihm nicht verdenken, aber es ist ein Problem.

Kein großes Problem, aber ein Problem.

228

Chad »Sorgenfrei« Meldrun kommt ins Parkhaus, als hätte er Sorgen.

Er hat diesen »Keine Zeit, wichtige Termine«-Ausdruck im Gesicht, als er auf seinen Benz zugeht, einsteigt und ausparkt.

Ben folgt ihm.

In westlicher Richtung auf der Jamboree Road.

In nördlicher auf den Pacific Coast Highway.

Bis zum Yachtclub von Newport Beach.

Wo sonst, denkt Ben.

Geld ist eine Brieftaube.

Es findet immer wieder nach Hause zurück.

229

Hier sieht es aus wie beim Parteitag der kalifornischen Republikaner. Ben kommt sich vor, als müsste er ein Visum beantragen, um reinzukommen.

Ein Zwanzig-Dollar-Schein in der Hand des Türstehers

(»Sind Sie Mitglied, Sir?«

»Nein, aber der hier.«)

ist dann aber doch Ausweis genug, trotzdem fühlt sich Ben fehl am Platz und ist auch ein bisschen auf Krawall gebürstet, als er die Lobby durchquert und Meldrun auf die Terrasse verschwinden sieht. Die Terrasse mit Blick auf den Hafen, mit Blick auf die Yachten, wo an diesem späten Freitagnachmittag die Elite einen trinken geht, um zu sehen und gesehen zu werden.

Ben gibt sich die allergrößte Mühe, Detektiv zu spielen, sich unter die Leute zu mischen und den Anwalt im Blick zu behalten, ohne selbst gesehen zu werden, als –

»Ben?«

230

Eine Frauenstimme.

»Ben? Der Freund von Ophelia? Bist du das?«

Ben packt einen Augenblick lang die Panik, weil er

    a) Chad nicht aus den Augen verlieren möchte und sich

    b) nicht an ihren richtigen Namen erinnern kann, nur an Paku.

»Oh, hi. Mrs. …«

Fast hätte er »Nummer vier« gesagt.

»Ich heiße jetzt Bennett«, sagt sie in einem Tonfall, der Selbstironie mit der Warnung verknüpft, das Thema besser nicht zu vertiefen. (Tatsächlich ist sie hier, weil sie sich nach einem Ersatz umsehen möchte. Nummer vier wird schon bald zu den Ehemaligen gehören.)

»Mrs. Bennett.«

Sie ist eine klassische Schönheit, sexy, umwerfend und mit der aufrichtigen menschlichen Wärme einer Eisskulptur. (Nur dass O, wie sich Ben jetzt erinnert, steif und fest behauptet, Paku würde niemals schmelzen. O hat den *Zauberer von Oz* ungefähr zwölftausend Mal gesehen, um sich Tipps zu holen.)

»Was führt Sie hierher?« Paku wirkt erstaunt, als würde sie sich entweder darüber wundern, dass ein Freund ihrer Tochter im Club auftaucht, oder als habe sie vergessen, dass inzwischen sogar Juden zugelassen sind.

Ben entdeckt Chad, der ihm den Rücken zukehrt. »Ach, wissen Sie, freitags … die Terrasse.«

Paku wirft einen Blick auf seine linke Hand. »Ja, hier kann man durchaus junge heiratswürdige Damen finden.«

Subtext: Finger weg von meiner Tochter.

»Ist O auch da?«, fragt Ben, wobei ihm bewusst ist, dass sie dann an Händen und Füßen gefesselt sein müsste, weil O lieber Katzenurin direkt aus der Katze trinkt als Eistee mit ihrer Mutter auf der Clubterrasse.

Paku übergeht, wie Ben seine Tochter genannt hat. »Nein, ich glaube, sie sucht sich eine Anstellung.«

Und ich glaube, denkt Ben, Bin Laden ist unterwegs zur Open-Mike-Nacht im Holiday Inn von West Akron.

Er sieht, dass Meldrun jemanden an der Bar anspricht – kann aber dessen Gesicht nicht sehen.

»Was machen Sie beruflich?«, fragt Paku.

»Wie bitte?«

»Was machen Sie beruflich, Ben?«, fragt Paku. »Womit verdienen Sie Ihr Geld?«

»Ich bin Umweltberater«, sagt Ben, der immer noch nicht richtig sehen kann, mit wem Chad spricht.

»Was bedeutet das?«

Das bedeutet, dass ich dem Finanzamt irgendwas erzählen muss, denkt Ben. »Wenn ein großes Gebäude oder ein Gebäudekomplex gebaut wird, berate ich die Landschaftsarchitekten, welche Bäume, Pflanzen und Gräser sie pflanzen sollen.«

»Klingt faszinierend«, sagt Paku. »Sehr *grün*. Ist das das richtige Wort?«

»Unter anderem.«

»Was denn sonst noch?«, fragt sie.

In dem Moment merkt Ben, dass sie ein bisschen betrunken ist.

»*Bullshit*«, sagt Ben. »Das ist alles Bullshit, Mrs. B.«

Sie sieht ihm direkt in die Augen. »Und das ist die gottverdammte Wahrheit, Ben.«

Ja, das ist sie.

Denn Ben kann jetzt sehen, mit wem sich Chad unterhält.

Mit Stan.

231

O – in einem blauen knielangen Kleid – geht zu dem repräsentativen älteren Haus auf Balboa Island und klingelt. Als der Mann zur Tür kommt, sagt sie: »Hi. Sind Sie mein Spermaspender?«

232

Brian Hennessy öffnet die Tür seiner Wohnung und steht vor einer fürchterlichen Überraschung.

Chon.

Der ihm den Lauf seines Gewehrs unters Kinn drückt.

233

Orte, an denen Ben eher damit rechnen würde, seinem Vater zu begegnen, als auf dieser Terrasse:

1. bei einer Spendenaktion zugunsten der Republikaner
2. Dollywood
3. Wines R Us
4. eine Monster-Truck-Show
5. Rush Limbaughs Dünndarm
6. überall

Ben gerät ins Taumeln.

Er dreht sich um und geht.

Die Wahrheit kommt immer ans Licht, nur in seiner Familie nicht.

234

Als Brian zu sich kommt, ist er mit Klebeband an einen Stuhl gefesselt.

Chon sitzt ihm gegenüber.

»Was hab ich dir gesagt?«, fragt Chon. »Was hab ich dir gesagt, was passiert, wenn du noch mal einen von unseren Leuten anrührst?«

Brian erinnert sich gut. »Nicht. Bitte.«

»Raus damit – was hab ich dir gesagt?«

»Du bringst mich um.«

»Hast du gedacht, ich mache Spaß?«

»Nein.«

»Denkst du, ich mache jetzt Spaß?«

»Nein. Bitte. Gott.«

»Ich gebe dir eine gottverfluchte Chance«, sagt Chon. »Eine. Du sagst die Wahrheit. Wenn du lügst, merke ich das, und du stirbst. Sag mir, ob du das verstanden hast, Brian.«

»Ich hab's verstanden.« Seine Beine zittern.

»Wer hat Scott Munson und das Mädchen erschossen?«

»Duane.«

»Duane Crowe.«

Brian nickt.

»Was hast du den Bullen erzählt?«

»Nichts.«

»Ich sag dir, was du tun wirst«, sagt Chon. »Du wirst Crowe anrufen und ihm sagen, dass du ihn treffen willst.«

»Er wird nicht kommen.«

»Sag ihm, er soll kommen, sonst erzählst du den Bullen alles«, sagt Chon. »Welche Nummer hat er?«

Brian sagt sie ihm.

Chon nimmt Brians Handy, gibt Crowes Nummer ein und hält es Brian vor den Mund.

235

»Meine Frage war nicht, ob Sie mir Sperma spenden wollen«, sagt O, »sondern, ob Sie der Mann sind, der das Sperma gespendet hat, aus dem ich entstanden bin?«

Paul Patterson fängt sich rasch wieder und sagt: »Kommen Sie bitte herein.«

Er führt O in ein schön eingerichtetes Wohnzimmer, das, wie soll man sagen ... *alt* aussieht.

Nach altem Newport-Beach-Geld.

Fotos von Segelbooten an der Wand. Schiffsmodelle aus Holz in Glasschränken.

»Segeln Sie?«, fragt O.

»Früher, ja«, sagt Patterson. »Bis ich ... na ja, bis ich zu alt dafür wurde.«

Er ist älter als in ihrer Phantasie.

In ihrer Phantasie war er vielleicht Ende vierzig, gutaussehend natürlich, mit wenigen silbrigen Strähnen im ansonsten pechschwarzen Haar. In ihrer Phantasie war er athletisch, hatte sich in Form gehalten, spielte vielleicht Tennis, surfte oder war Triathlet.

In Wirklichkeit ist er Anfang sechzig.

Sein Haar ist schütter, eine komische Mischung aus gelb und weiß.

Und er wirkt zerbrechlich. Seine Haut ist durchsichtig, wie dünnes Papier.

Ihr Vater stirbt.

»Bitte setzen Sie sich«, sagt er und zeigt auf einen gepolsterten Ohrensessel.

Sie setzt sich und fühlt sich unwohl.

Klein.

»Möchten Sie was trinken?«, fragt er. »Eistee oder Limonade?«

O platzt der Kragen

sie klinkt aus

total.

Die ganze aufgestaute Gefühlslava bricht aus ihr heraus.

236

INNEN – PAUL PATTERSONS HAUS – TAG

<u>O</u>

Eistee? Limonade? Ist das alles? Nach
neunzehn verfluchten Jahren? Keine Umarmung,
kein Kuss, kein *wie wunderbar, dich endlich
kennenzulernen, und es tut mir leid, dass
ich dich im Stich gelassen habe, bevor
du geboren wurdest und dir damit das Herz
gebrochen und dein Leben versaut habe*?

*Patterson sieht traurig aus. Und sogar noch
trauriger, als er antwortet –*

<u>PATTERSON</u>
Meine liebe Ophelia …

237

Patterson gibt den umgekehrten Darth Vader.
»Ich bin nicht dein Vater.«

238

Ben fährt in die Auffahrt des Hauses seiner Eltern im Canyon, steigt aus dem Wagen, atmet tief durch und klingelt.

Was zum Teufel haben die mit dem ganzen Scheiß zu tun, fragt er sich.

Trotz der bescheuerten, konstruierten Hippie-Scheiße sind sie im Grunde freundliche, liebevolle Menschen. Engagierte Therapeuten, gute, wenn auch ein wenig erdrückend fürsorgliche Eltern.

Es kommt ihm vor wie eine Ewigkeit, bis seine Mutter endlich die Tür aufmacht.

Sie wirkt mitgenommen.

»Ben –«

Stan tritt hinter sie. Er legt ihr seine Hände auf die Schultern und sagt: »Ben, worauf hast du dich da eingelassen?«

»Worauf ich mich eingelassen habe?«, fragt Ben. »Worauf habt ihr euch eingelassen?«

239

Sie fahren auf den Parkplatz.

Ein Lagerhauskomplex im Canyon.

Leer. Still.

Crowes Charger steht schon da.

Chon liegt auf dem Boden im Transporter hinter Brian. Er drückt den Gewehrlauf in die Rückenlehne des Sitzes. »Spürst du das, Brian? Die Kugel geht direkt durch den Sitz in dein Rückgrat. Das Beste, worauf du dann hoffen darfst, ist ein Therapieäffchen.«

»Ich spür's.«

»Fahr neben ihn ran und steig aus.«

Chon merkt, wie der Transporter langsamer wird und anhält.

Die Tür geht auf.

Brian steigt aus.

Crowe kurbelt die Scheibe runter

und schießt Brian in den Kopf.

240

»Mir war klar«, sagt Patterson, »dass mich deine Mutter wegen meines Geldes geheiratet hat. Ich war Mitte vierzig, sie war Mitte zwanzig und schön. Ich wusste es – alle wussten es. Ich habe sie trotzdem geheiratet.«

O sitzt da und hört zu.

Patterson fährt fort: »Ich wusste, dass ich ihr zweiter Ehemann war und nicht ihr letzter sein würde. Für mich war das in Ordnung – ich war zufrieden damit, ihre Schönheit für ein paar Jahre borgen zu dürfen.«

Borgen, überlegt O, oder mieten?

»Wir haben damals keinen Ehevertrag geschlossen«, sagt Patterson. »Meine Familie tobte vor Wut, meine Anwälte erst recht, aber Kim wollte nichts davon hören. Ich wusste, was ich tat, Geld war in meinem Leben nie ein Problem. Wir trafen nur eine Vereinbarung, nämlich die, dass es keine Kinder geben sollte.«

O zuckt zusammen.

»Ich war zu alt«, sagt Patterson, »und ich wollte keine lächerliche Figur abgeben als in die Jahre gekommener Vater,

der versucht, mit einem kleinen Kind mitzuhalten. Aber es
ging um mehr – ich wusste, dass die Ehe nicht von Dauer sein
würde, und da ich selbst Scheidungskind bin, wollte ich das
niemandem antun.«

Und trotzdem hast du's getan, denkt O.

»Ich wusste, dass sie untreu war«, sagt Patterson. »Sie blieb
oft weg und lange, ohne jede Erklärung. Ich wusste es, wollte
es aber nicht genau wissen, also habe ich das Thema nie for-
ciert. Bis sie mir mitteilte, dass sie schwanger war.«

»Mit mir«, sagt O.

Patterson nickt.

241

Ben folgt seinen Eltern ins Arbeitszimmer, überall an den
Wänden Bücherregale mit Texten zu Psychologie, Soziologie
und Ökonomiegeschichte, die von dem Glauben zeugen, dass
sich die Wahrheit über die Welt in Büchern finden lässt, wenn
man nur die richtigen und genügend davon liest.

Jetzt will Ben eine Wahrheit, die in Büchern nicht zu finden
ist, und sagt: »Bitte, ich muss es wissen.«

»Wir kamen hierher in der vollen Blüte unseres Idealismus«, erklärt Diane. »Wir dachten, wir könnten die Welt ver-
ändern.«

Ben will gerade protestieren und ihren drohenden »Dia-
monds and Rust«-Monolog unterbrechen, aber dann erzählt
seine Mutter von einem Typen, der Tacos verschenkte.

242

Chon beobachtet, wie Crowe aus dem Wagen steigt und sich über Brians Leiche beugt, um sich zu vergewissern.

Zweifel kann es kaum geben. Brians leblose Augen starren den Mond an, und unter seinem Kopf bildet sich eine Blutlache.

Chon schiebt die Tür des Transporters auf und lässt sich fallen. Kriecht auf dem Bauch vorwärts, bis er Crowe sieht, der etwas gehört hat und herumwirbelt.

Crowe sieht ihn und feuert.

Aber Chon ist bereits in Deckung. Er kann ihn nicht erschießen, darf nicht riskieren, ihn zu töten, also lässt er das Gewehr fallen, macht einen Sprung nach vorne, packt Crowe an der Hüfte und wirft ihn zu Boden.

85 000 Mal, verdammt, hat er das auf dem Sand südlich von hier geübt, unten am Silver Strand, aber jetzt ist er schwach und aus der Übung, und er lässt es zu, dass

Crowe seine Pistolenhand befreit und versucht, den Lauf der Waffe auf Chons Kopf zu richten, und der Schuss ist

ohrenbetäubend

ein Dröhnen, wie von einer großen Welle, und Chon spürt das Brennen, und in seinem Kopf tost es, als er sein Knie hebt und Crowes Arm in den Sand drückt, aber Crowe ist

groß und stark, und er rammt Chon die linke Faust erst in die Rippen, dann seitlich an den Kopf, hebt die Hüfte, krümmt den Rücken, versucht sich aufzubäumen und

Chon abzuschütteln, aber Chon

rutscht höher und stellt sein anderes Knie auf Crowes linken Unterarm und jetzt kniet er auf Cowes Armen, spürt, wie ihm das Blut heiß über das Gesicht rinnt, und sein Herz schlägt wie wild bis in seinen Hals rauf, und er drückt seine Daumen in Crowes Augen.

Chons Unterarme zittern vor Anstrengung, er versucht den Druck zu halten, bis Crowe schreit, die Waffe fallen lässt und brüllt

»Das reicht!«

Chon nimmt Crowes Pistole, steigt von ihm runter, hält die Waffe auf ihn gerichtet.

Crowe rollt sich auf den Bauch, presst die Handflächen vor die Augen und stöhnt: »Ich kann nichts sehen, ich kann nichts sehen.«

Chon geht zurück und holt sein Gewehr. Er spürt, wie ihm Blut über das linke Bein läuft, weil seine Wunden wieder aufgerissen sind. Als er zurückkommt, sitzt Crowe auf den Knien und versucht aufzustehen.

Chon tritt ihn wieder zu Boden.

Drückt ihm den Lauf des Gewehrs ins Genick.

»Für wen arbeitest du?«

»Die bringen mich um.«

»Vor denen brauchst du im Moment keine Angst zu haben«, sagt Chon, »aber vor mir. Für wen arbeitest du?«

Crowe schüttelt den Kopf.

Chon ist außer Atem, und sein Bein fängt an zu pochen. Er sagt: »Die würden nicht für dich sterben.«

Crowe nennt ihm einen Namen.

Er trifft Chon wie ein Schlag auf die Brust.

Er beugt sich runter. »Sag mir die Wahrheit, hast du die beiden umgebracht?«

Crowe nickt.

Chon drückt ab.

Tut mir leid, Ben.

Er zerrt Crowes Leiche rüber zu Hennessy, dann drückt er

Hennessy das Gewehr in die Hand und legt die Pistole neben Crowe.

Gerechtigkeit oder Rache.

Eins von beidem.

Er nimmt sein Messer, schneidet einen Streifen von seinem Hemd ab und drückt ihn auf die offene Wunde am Bein.

Dann merkt er, dass es regnet.

243

»Was ist passiert?«, fragt Ben, als Diane mit ihrer Geschichte fertig ist.

244

Chon rennt los.

Ein gleichmäßiger, disziplinierter Trott.

Nur sechs oder sieben Meilen.

Nichts dabei.

Es regnet jetzt heftiger.

Dicke Tropfen fallen ihm auf die Schultern, rinnen seitlich an ihm herunter bis übers Bein.

Das Blut mischt sich mit Wasser.

245

Johannes, 14:2

»In meines Vaters Hause sind viele Wohnungen. Wenn's nicht so wäre, hätte ich dann zu euch gesagt: Ich gehe hin, euch die Stätte zu bereiten?«

246

Was passiert ist?, wiederholt Stan.

Mit uns? Mit dem Land?

Was passiert ist, wenn deine Kindheit mit der Dealey Plaza, mit Memphis und der Küche des Ambassador Hotels endet und dein Glaube, deine Hoffnung, deine Zuversicht in einer Blutlache ertrinken? 55 000 tote Brüder in Vietnam, eine Million tote Vietnamesen, Fotos von nackten Kindern, die mit Napalm bombardiert wurden und eine Straße entlang rennen, Kent State, sowjetische Panzer in Prag, und du steigst aus, weil du weißt, du kannst das Land nicht neu erfinden, aber vielleicht dich selbst, und du glaubst, du glaubst wirklich ganz fest, dass du das kannst, dass du deine eigene Welt schaffen kannst, und dann schränkst du's ein auf ein kleines Fleckchen Erde, auf dem du dich behaupten willst, und musst erfahren, dass das kleine Fleckchen einen Haufen Geld kostet, das du nicht hast.

Was passiert ist?

Altamont, Charlie Manson, Sharon Tate, Son of Sam, Mark Chapman. Wir haben gesehen, wie sich der Traum in einen Alptraum verwandelte, wie aus Love and Peace Krieg und Ge-

walt wurden, aus Idealismus Realismus und aus Realismus
Zynismus und aus Zynismus Apathie und aus Apathie Egoismus und aus Egoismus Habgier, und die Habgier war gut und
wir bekamen Babys, Ben, wir bekamen dich, und wir hatten
Hoffnungen, aber auch Ängste, und wir bauten unsere Nes-
ter, die zu Bunkern wurden, machten unsere Häuser kinder-
sicher, kauften Autositze und Saft aus biologisch angebauten
Äpfeln, beschäftigten mehrsprachige Kindermädchen und bezahlten Schulgeld für Privatschulen, aus Liebe und auch aus
Angst.

Was passiert ist?

Erst willst du eine neue Welt erschaffen und dann merkst
du, dass du eigentlich nur noch deinen Weinkeller auffüllen
und die Glasveranda ausbauen willst, du siehst, dass du älter
wirst, und fragst dich, ob du dafür schon genug beiseite gelegt
hast, und plötzlich merkst du, dass dir die Jahre Angst machen, die vor dir liegen.

Das ist passiert.

Watergate, Irangate, Contragate, Skandale und Korruption
ringsum, und du glaubst, du wirst niemals korrupt werden,
aber die Zeit korrumpiert dich, korrumpiert dich so sicher wie
Schwerkraft und Erosion, reibt dich auf, macht dich mürbe,
ich glaube, mein Sohn, das ist mit dem Land passiert, es war
müde, zermürbt von den Morden, den Kriegen, den Skan-
dalen, zermürbt von

Ronald Reagan, von Bush dem Ersten, der Kokain verkaufte, um Terroristen zu finanzieren, vom Krieg für billiges Ben-
zin, von Bill Clinton, von Realpolitik und Kleidern mit Sper-
maflecken, während wahnsinnige Fanatiker Pläne schmieden,
von Bush dem Zweiten und denen, die ihn lenkten, ein ehe-
maliger Verbindungsstudent und böse alte Männer, und dann
machst du eines Morgens den Fernseher an, und die Türme

stürzen ein und der Krieg ist zu Hause angekommen, das alles ist

passiert.

Afghanistan und Irak und der Wahnsinn das Töten das Bomben die Raketen der Tod, du bist wieder in Vietnam, und ich könnte alles darauf schieben, aber am Ende am Ende

tragen wir selbst die Verantwortung.

Was passiert ist?

Wir wurden müde, wir wurden alt, wir hörten auf zu träumen, wir lernten uns zu verachten, unseren jugendlichen Idealismus abzulehnen, wir haben uns billig verkauft, wir sind nicht die

die wir sein wollten.

247

Paku liegt auf dem Sofa.

Flasche Gin, Pillen auf dem Wohnzimmertischchen.

Man sieht ihr die Wirkung im Gesicht an, am Blick. Sie mustert O beim Reinkommen und sagt: »Du wirkst ungewöhnlich adrett.«

»Wo ist Nummer vier?«

»Wie witzig«, sagt Paku und lallt ein bisschen. »Nummer vier ist weg.«

»Ich war bei Paul.«

»Das habe ich dir doch verboten.«

»Ich weiß.«

»Aber du hast es trotzdem gemacht.«

»Sieht so aus.«

Paku setzt sich auf, schenkt sich den Rest aus der Flasche

ins Glas und sagt:»Und bist du jetzt glücklicher? Hattest du eine Erleuchtung? Die dir erlaubt, dem Zustand unaufhörlicher Pubertät zu entwachsen?«

»Er hat gesagt, er ist nicht mein Vater.«

»Der Mann lügt.«

»Ich glaube ihm.«

»Natürlich tust du das«, sagt Paku. »Du hast ja auch an die Zahnfee geglaubt, bis du elf warst. Ich hab schon überlegt, ob ich dich untersuchen lassen soll.«

»Wer ist er?«

»Wer ist wer?«

»Mein Vater«, sagt O.

Sag's einfach.

248

Er kennt seinen alten Herrn.

Kennt ihn auf eine Art, wie man nur sein eigenes Fleisch und Blut kennt.

Der gemeinsame Code, verschlüsselt in Desoxyribonukleinsäure.

DNA.

Väter und Söhne sind eigentlich Brüder

Zwillinge der Doppelhelix

ineinander verschlungene Schicksale

unzertrennlich

unentwirrbar.

Er kennt seinen Vater.

Er wäre nicht unvorbereitet zur Party erschienen.

Weil er es auch nicht getan hätte.

Er weiß, dass sein Vater
es so nicht enden lassen kann
weil er es nicht könnte.
Er weiß, was er tun muss
das Einzige
das ihn mehr kosten wird, als er zu zahlen bereit ist.
das er niemals tun würde
für niemanden
nicht mal für sich selbst
aber jetzt wird er es tun
für Ben.
Er geht zum Haus seines Vaters und
bittet um
Gnade.

249

INNEN – PAKUS WOHNZIMMER – NACHT

*Paku nimmt einen tiefen Schluck und sieht O
über das Glas hinweg an, die zornig und entschlossen vor ihr steht.*

PAKU
Schau dich an, mein kleines Mädchen, so
energisch und resolut. Lächerlich. Willst
du, dass dein Gesicht so erstarrt?

*O sagt nichts, hält aber ihren wütenden Blick
weiter starr auf sie gerichtet.*

PAKU (forts.)
Ich wünschte, du wärst ebenso wild
entschlossen, dir einen Job zu suchen.

O wie vorher.
Paku ist jetzt völlig neben der Spur, die
Wirkung von Alkohol und Pillen ist ihr deut-
lich anzumerken.

PAKU (forts.)
Na ja, das muss ich gerade sagen. Ich hab
mit meinem Leben absolut nichts angefangen.
Nichts. Außer, dass ich dich zur Welt
gebracht habe. Und nimm's mir nicht übel,
bitte versteh das nicht persönlich, aber du
bist so eine … Enttäuschung. Also gut. Du
willst wissen, wer dein Vater ist? Wer er
war?

250

Elena nippt an einem Sherry und sieht die Abendnachrichten.

Ein kleines Vergnügen vor dem Essen an einem leeren
Tisch, da sich Magda weigert, ihr Zimmer zu verlassen, so
dass Elena mit ihren Erinnerungen und Gedanken an das, was
hätte gewesen sein können, alleine speisen muss.

Sie trinkt gerade aus, als ihre Wachleute Lado hereinlassen.

»Ich habe gehört, im Revolución Club gab's ein Gemetzel«,
sagt sie.

»Hab ich auch gehört.«

»Schreckliche Sache«, sagt sie. »Wir leben in schrecklichen Zeiten.«

»Jemand hat mir einen Namen zugeflüstert«, sagt Lado.

»Geflüstert oder geschrien?«

Sie guckt aus dem Fenster in den Hof und rechnet immer noch damit, jeden Augenblick Filipo zu sehen, der in seinem Wagen vorfährt und sie in seine Arme schließt.

»*Buen viaje*«, sagt sie.

Gute Reise.

251

»Dieser John«, fragt Ben. »Wie hat er ausgesehen?«

»Wieso?«, fragt Diane.

»Ich muss das wissen.«

Sie kramt herum, bis sie ein Fotoalbum findet. Klappt es auf, und was da zu sehen ist, ist fast schon lustig – seine Mom und sein Dad als Hippies, lange Haare, Lederfransen, fast wie auf einer Kostümparty.

Diane blättert weiter, bis zu einem Bild von einer Gruppe Menschen vor einem alten Buchladen. Sie deutet auf einen jungen Mann mit nacktem Oberkörper und in Jeans.

»Das ist John«, sagt sie.

»Ich muss los.«

252

Sein Name war Halliday, sagt Paku, und sie nannten ihn den »Doc«.

Als ich gemerkt habe, dass ich mit dir schwanger war, hat er sich eine Pistole an den Kopf gehalten, abgedrückt und den Innenraum eines sehr teuren Wagens versaut.

Ich weiß nicht, ob meine Schwangerschaft der … Auslöser war, aber das ist die Geschichte.

Zufrieden?

O rennt aus dem Haus.

253

Ben fährt durch den Canyon und wählt Chons Nummer.

Er geht nicht dran.

Wo zum Teufel steckst du, denkt Ben.

Chon hat die Leine von Crowe und Hennessy aus verfolgt. Wenn ihm das gelungen ist, dann hat sie ihn zu seinem eigenen Vater geführt.

Ben darf das nicht zulassen.

Immer wieder lässt er das Telefon klingeln.

Chon geht nicht dran.

254

Chon ist außer Atem.

Blut strömt ihm übers Bein, als er den Hügel hinauf zu Johns Haus trottet.

Er bleibt auf der Straße stehen, um Luft zu holen und die Lage zu checken.

In der Auffahrt parkt ein Wagen, und er kann drei Männer darin erkennen – zwei vorne, einer hinten.

Chon atmet dreimal tief durch, wirft sich auf den Bauch und robbt über das Nachbargrundstück hinters Haus. Dann klettert er über den Zaun in Johns Garten, reißt ein weiteres Stück von seinem Hemd ab, bindet es sich um die Hand und schlägt die Badezimmerscheibe ein.

Er greift rein, öffnet das Fenster, schiebt es auf und klettert ins Haus.

Vom Bad geht er ins Wohnzimmer.

Dort steht John.

Altes Denimshirt, Jeans.

»Überrascht, mich zu sehen?«, fragt Chon.

»Ich dachte, du bist im Irak. Oder so.« John dreht sich um und geht ein paar Stufen runter ins Wohnzimmer, stellt sich hinter die Bar und macht sich einen Drink. »Willst du auch was?«

Chon will nichts.

»Einen Joint?«, fragt John. »Willst du kiffen?«

»Lass die Hände über der Bar.«

»Du traust deinem alten Herrn nicht?«

»Nein«, sagt Chon. »Das hast du mir beigebracht, weißt du noch? *Vertrau keinem?*«

»Und ich hatte recht.«

John nimmt einen Schluck und lässt sich schwer aufs Sofa sacken. Zum ersten Mal fällt Chon auf, dass er einen Bauch hat.

»Setz dich.«

»Nein, danke.«

»Wie du willst.« Er lehnt sich in die Kissen zurück. »Wer hat mich verraten? Crowe?«

Er wirkt fast belustigt.

»Crowe und Hennessy sind tot.«

»Damit hast du uns einen Gefallen getan«, sagt John. »Die mussten sowieso verschwinden.«

»Ich dachte, du bist nicht mehr im Geschäft.«

»Und ich hab nicht gewusst, dass du drin bist«, sagt John. Er hebt eine Hand. »Ich schwör's, mein Sohn. Aber der Apfel fällt nicht weit vom Stamm, hm? Obwohl du wahrscheinlich so was wie ein Kriegsheld bist? Stimmt das?«

»Nein.«

John zuckt mit den Schultern. »Also, was willst du hier?«

»Glaub mir, ich wollte nicht herkommen.«

»Aber du bist hier.«

255

Ben fährt zu Chons Wohnung.

Er ist nicht da.

Ben fährt die Straßen ab, PCH, Laguna Canyon Road, Bluebird Canyon Drive, Glenneyre Street, Brooks Street – keine Spur von Chon.

Natürlich nicht, denkt Ben.

Wenn Chon nicht gefunden werden möchte, wird er nicht gefunden.

Immer wieder wählt Ben seine Nummer.

256

INNEN – JOHNS HAUS – NACHT

Chons Handy klingelt.
Er geht nicht dran.

CHON

Ich hab dich nie um was gebeten.

JOHN

Aber gleich wirst du's tun. Also was willst
du?

CHON

Lass Ben Leonard in Ruhe.

John schüttelt den Kopf.

JOHN

Halt dich von ihm fern.

CHON

So bin ich nicht.

John lacht.

JOHN

Du willst mir erzählen, wie du bist? Ich
weiß, wie du bist.

CHON

Du weißt einen Scheiß über mich.

JOHN

Deine Mutter wollte dich in den Ausguss
spülen. Das weiß ich.

CHON

Ich auch. Sie hat's mir erzählt.

JOHN

Sieht ihr ähnlich. (Kurze Pause) Ich hab's
nicht zugelassen. Keine Ahnung, ich war wohl
sentimental.

CHON

Soll ich dir jetzt dafür danken?

JOHN

Du willst doch was von mir.

CHON

Lässt du die Finger von ihm oder nicht?

JOHN

Was zum Teufel bist du diesem Leonard
eigentlich schuldig?

CHON

Er ist meine Familie.

*John weiß, dass das die Wahrheit ist. Ihm
fällt keine Antwort ein.*

CHON

Es geht hier nicht um mich und Ben. Es
geht um dich und mich. Ich bitte dich um
etwas. Wenn du mir den Gefallen tun willst,
wunderbar. Wenn nicht …

                    JOHN
Dann was?

                    CHON
Dann ändern wir den Kurs.

                    JOHN
Was du von mir verlangst, kann ich nicht
tun. Damit meine ich nicht, dass ich nicht
will, sondern ich meine, dass ich nicht
kann. Aber ich kann was anderes für dich tun
- ich kann dir raten, dich aus dem Staub zu
machen. Glaub mir, ich weiß, wovon ich rede.
Ich wünschte, ich hätte mich vor zwanzig
Jahren aus dem Staub gemacht. Du kannst es
noch.

                    CHON
Wenn ihr zu Ben wollt, müsst ihr an mir
vorbei.

                    JOHN
Dann haben wir ein Problem, Junge.

John greift unter ein Sofakissen, zieht eine
Pistole und richtet sie auf Chon.

257

»Ich bin kein kleines Kind mehr«, sagt Chon.

»Bist du nie gewesen.«

»Ich kann dir die Waffe aus der Hand reißen und sie dir in den Hals rammen, bevor du auch nur mit den Augen zwinkerst.«

»Ach ja, hab ich vergessen, du bist ja Superman«, sagt John.

»Du bist kalt genug, du kleines Arschloch, um deinen eigenen Vater umzubringen, das muss ich dir lassen. Aber glaubst du im Ernst, dass ich die Spitze des Eisbergs bin? Glaubst du, über mir kommt nichts mehr?«

Chon wird müde.

In seinen Augen fängt die Welt ein bisschen zu tanzen an.

»Egal, was mit mir passiert«, sagt John, »der Befehl ist längst raus. Dein Freund Ben ist tot.«

Die Pistole immer noch auf Chon gerichtet, steht er auf.

»Los. Wir fahren weg.«

Er bugsiert Chon zur Tür hinaus.

258

Die Killer kommen aus Mexiko, aber es sind keine Mexikaner.

Schneider und Pérez sind so amerikanisch wie Apple Pie, Veteranen diverser Kriege, aber ohne feste Anstellung, und deshalb arbeiten sie jetzt für die Berrajanos.

Jetzt sind sie nach Hause zurückgekehrt, um was für John McAlister zu erledigen.

Als sie über den Strand laufen, die Kapuzen über die Köpfe gezogen, sehen sie aus wie Druiden im Nebel.

Sie sind auf dem Weg zu Ben.

259

Sie steigen mit einem Bewaffneten hinten in den Wagen.

Chon findet, er sieht aus wie ein Kühlschrank.

Oder ein Cop.

Der Typ sagt zu Chon: »Mir egal, wessen Sohn du bist. Eine Bewegung, und du hast zwei Kugeln im Kopf.«

»Immer mit der Ruhe, Boland«, sagt John.

»Nur, damit er Bescheid weiß«, sagt Boland.

»Wo fahren wir hin?«, fragt Chon. »Zum Football? Chuck E. Cheese?«

»Mexiko«, erwidert John.

260

Mexiko, denkt Chon.

Weil man nicht unendlich viele Leichen in South Orange County rumliegen lassen kann, ohne dass die Cops irgendwann die Nase voll haben und einem aufs Dach steigen.

In OC geht man streng gegen Umweltsünder vor.

In Mexiko?

Nicht so.

261

Bei Ben klingelt es.
  Bitte lass das Chon sein, denkt er.
  Er geht zur Tür.

262

Lado überquert den Kiesparkplatz auf dem Weg zu seinem Wagen, als Magda aus dem Schatten tritt und ihn am Ellbogen packt.
  »Lado«, sagt Magda. »Kannst du mir einen Gefallen tun?«

263

Es ist O.
  Sie steht im Regen.
  Ihr Haar ist nass, Wasser
  Rinnt ihr über den Hals.
  Sie hat Tränen in den blauen Augen.
  »Kann ich –«
  »Komm rein«, sagt Ben.

264

»Ich kann nirgendwohin«, sagt O.
»Schon okay.«
»Ich hab kein Zuhause.«
»Alles wird gut«, sagt Ben. »Du kannst hier bleiben.«
Er zieht sie in seine Arme und hält sie ganz fest.

265

Sie kommen an die Grenze.
(Wie jeder irgendwann, früher oder später.)
»Sei kein Arschloch«, sagt John.
Ein bisschen spät für väterliche Ratschläge, denkt Chon, aber er weiß, was John meint. Wenn es einen Moment gibt, um aus der Sache hier rauszukommen, dann ist es dieser. Er muss nur an der Passkontrolle losbrüllen, wo die schwer bewaffneten Grenzpolizisten stehen, und weder John noch die anderen beiden können irgendwas dagegen tun.
»Noch lebt dein Kumpel Ben«, sagt John. »Wenn du hier Dummheiten machst, wird sich das ändern.«
So kenne ich meinen Dad, denkt Chon.
Ein echter Pfadfinder.
Für alle Eventualitäten gerüstet.

266

O sagt: »Wie sich rausgestellt hat, ist Patterson gar nicht mein Vater.«

»Tut mir leid.«

»Schon gut, es wird noch besser.« Sie zieht an dem Joint, hält den Rauch in der Lunge, und beim Ausatmen sagt sie: »Mein echter Vater war ein Typ, den sie – pass auf, das wirst du lieben – *Doc Halliday* nannten, und halt dich fest: Er hat sich umgebracht, als ich noch in der Röhre schmorte.«

»Gott, O, das ist schrecklich…«

Dann rechnet er nach.

Seine Eltern sagten, Halliday habe 1981 Selbstmord begangen, aber O wurde erst –

»Wann wurdest du geboren?«

»28. August, warum?«

»In welchem Jahr?«

»1986. Ben –«

Aber Ben haut schon eine Nummer ins Telefon.

267

Der Beamte an der Passkontrolle fragt, was sie in Mexiko vorhaben.

»Männerabend«, sagt John.

»Bringen Sie nichts mit zurück«, rät der Beamte.

»Machen wir nicht«, sagt John.

Nachdem sie den Kontrollpunkt passiert haben, hört Chon John nuscheln: »Das war Amerika.«

268

Dennis geht ans Telefon.

»Was willst du?«

»Hast du schon mal was von einem Mann namens Doc Halliday gehört?«, fragt Ben.

»Ich bin DEA-Agent«, erwidert Dennis. »Kennen Baseball-spieler Babe Ruth? Wissen Revolverhelden, wer Wyatt Earp ist? Natürlich hab ich von Halliday gehört. Warum?«

Ben sagt es ihm.

269

Die Fahrt runter durch Tijuana ist laaaaaaaaang.

Die Gespräche eher knapp.

Was gibt es schon zu besprechen?

Erinnerungen?

An gute alte Zeiten?

Chon denkt eher an etwas, das sein Vater vorhin gesagt hat.

Was du von mir verlangst, kann ich nicht tun. Damit meine ich nicht, dass ich nicht will, sondern ich meine, dass ich nicht kann.

Warum nicht, Pops?

270

Runter vom alten Highway nach Baja rein.
Vorbei an Rosarito, Ensenada, die alte Surferstrecke.
Nach Süden, ins weite leere Land.
Der Mond scheint hell in dieser Nacht.
Wüstenstreicher und die
Augen von Coyoten
die grün im Scheinwerferlicht leuchten.
Sie könnten es hier überall tun, denkt Chon, irgendwo am
Straßenrand in einem Graben.
Ein zukunftsträchtiger Fick und ein tödlicher Schuss.
Zwei Explosionen
im Hinterkopf.
Der Herr hat's gegeben, der Herr hat's genommen.
Der alte Bill Cosby-Witz: »Ich hab dich in die Welt gesetzt
und ich kann dich verdammt noch mal auch aus ihr entfer-
nen.«
Du verschwindest einfach, und das war's.
Die Krähen picken dir die Augen aus, die Bauern holen sich
deine Schuhe und schicken deine Seele zu Gott, aber wer kann
schon mit Sicherheit behaupten, dass Krähen nicht über Aas-
fleisch beten? Das sind die klügsten Vögel, vielleicht bringt
Intelligenz ja auch Empfindsamkeit mit sich, vielleicht haben
sie Mitgefühl mit den Toten, von denen sie leben.
Natürlich wurde er für diesen Augenblick ausgebildet. In
der Sekunde, in der sie die Tür öffnen, um ihn rauszuholen,
wird sein Körpergedächtnis übernehmen, aber er weiß, dass
er noch schwach ist, frisch verwundet nach der Begegnung
mit Crowe – seine Chancen stehen schlecht, aber er will die
Gelegenheit nutzen und den Krähen noch ein bisschen mehr
Fleisch servieren.

Ich kann euch verdammt noch mal mitnehmen.

Der Wagen fährt vom Highway ab auf einen Schotterweg und Chon merkt, dass seine Muskeln verkrampfen, er zwingt sich, sie zu entspannen.

Mein Vater hat eine Waffe, die innerhalb weniger Zehntelsekunden mir gehören wird – so lange dauert es, sie ihm zu entreißen. Den anderen bewaffneten Typen durch den Rücksitz erschießen, dann den Fahrer, dann John.

Er geht den Filmclip in Gedanken durch, bis er glatt und perfekt abläuft und sich sein Körper die Sequenz eingeprägt hat.

Der Wagen fährt auf eine schmalere Straße ab, und Chon sieht Lichter, die von einem Haus kommen müssen. Als sie über die steinige Straße einen Hügel hinaufholpern, erkennt er, dass es ein ganzes Anwesen mit mehreren Gebäuden ist.

Eine hohe Lehmziegelmauer schlängelt sich den Hügel hinauf.

Glasscherben oben auf der Mauer reflektieren das Scheinwerferlicht.

Zwei Wachen mit Maschinenpistolen über den Schultern halten den Wagen vor dem Holztor an. Der Fahrer sagt etwas zu einem der Wachmänner in einer Sprache, die in Chons Ohren nach Osteuropa klingt, und der Wagen fährt auf das Gelände.

Das Haus ist groß, zwei Stockwerke, sehr schlicht und mediterran.

John steigt aus dem Wagen.

»Und komm nicht auf die Idee, dein Special-Forces-Kung-Fu auszuprobieren«, sagt er zu Chon. »Wir sind in Mexiko. Du kannst nirgends hin.«

Da ist Chon nicht so sicher.

Er ist nicht so sicher, dass er die zwei im Wagen nicht töten, über die Mauer springen und hundert Meilen durch die Baja-Wüste laufen kann.

Das Problem ist Ben.

Im Prinzip ist er eine Geisel.

O auch, falls sie bei ihm ist.

Er sieht seinen Vater ins Haus gehen.

271

»Leonard«, sagt Dennis, »hat dein Freund Chon ein Handy?«

Ben antwortet nicht.

»Herrgott noch mal«, sagt Dennis, »vertrau jemandem, nur einmal im Leben – auch wenn's ein Drogenfahnder ist. Hat er ein Handy?«

Ben nennt keine Namen.

Er nennt eine Nummer.

272

Eine andere Wache macht John die Tür auf.

John tritt ins Foyer, als

der Doc die Treppe runterkommt.

Ja, der Doc.

Laguna Beach, Kalifornien
1991

273

John geht die Ocean Avenue entlang zum Strand und hat ein seltsames Gefühl.

Es ist komisch, den Ozean zu sehen, draußen rumzulaufen und keinen Stacheldraht und keine Wachtürme vor der Nase zu haben, nicht überlegen zu müssen, wer gerade hinter einem geht und was er von einem wollen könnte.

Zehn Jahre im Bundesgefängnis in Indiana, und jetzt ist er wieder in Laguna.

Als freier Mann.

Zehn Jahre einer vierzehnjährigen Haftstrafe, bis dem Antrag auf Straferlass stattgegeben wurde, und jetzt ist er draußen – ohne Auflagen, kein Scheiß mit Bewährungshelfer oder so. Er muss niemandem Bescheid gegen, wenn er ein Bier trinken oder kacken gehen will.

Er geht rüber zum Turm der Rettungsschwimmer, dann über den Bohlenweg.

Roger Bartlett ist schon da.

»Hi, John«, sagt Roger. »Willkommen zu Hause.«

»Ja.«

»Und danke, dass du hierher gekommen bist«, sagt Roger, »und nicht ins Büro.«

Ja klar, denkt John, wenn's um Moral geht, sind Banken sensibel.

John schnaubt. »Wir hatten Geld auf sämtlichen Banken in

Newport, Laguna und Dana Point, überall. Verdammt, ich hab schon mit fünfzehn Säcke voll bei euch Arschlöchern abgeliefert. Niemand hat sich je beschwert. Wenn wir nicht gewesen wären, hättet ihr überhaupt nicht die Kohle für eure Wuchergeschäfte gehabt.«

We built this city on rock-and-roll? Bullshit.

Ein guter Teil dieser Stadt wurde mit Dope gebaut. Mit Geld, das den Banken zufloss und in Form von Hypotheken für Häuser, Geschäfte, Unternehmen wieder herauskam. In den zehn verfluchten Jahren, die er im Loch saß, weil er etwas verkauft hatte, das jemand kaufen wollte, wurde ziemlich viel gebaut.

Jetzt kommt er nach Hause, und da sitzt ein zehnjähriger Fremder auf dem Sofa, Taylor wirft ihm die Schlüssel zu und sagt: *Jetzt bist du dran,* und verschwindet durch die Tür. Hat sich seitdem nicht mehr blicken lassen. Das ist jetzt zwei Wochen her.

Er hat den Jungen angesehen und gesagt: »Hallo, John.«

Der Junge hat geantwortet: »Ich heiße *Chon.*«

Der kleine Wichser.

Schönen Dank auch für die vielen Karten, Briefe und Besuche, *Chon.*

Natürlich gibt er Taylor die Schuld. Sie hat sich achtzehn Monate nachdem er einfuhr, scheiden lassen. Er hat alles unterschrieben – was machte das schon für einen Unterschied?

Jetzt guckt er Roger an, der ein bisschen nervös wirkt, ein bisschen fahrig, und er sagt: »Ich will mein Geld.«

»Ist alles da für dich, John«, sagt Roger schnell. »Sind ein paar Zinsen zusammengekommen, hat schön für dich gearbeitet.«

»Wie viel?«

»Zweiundfünfzigtausend.«

»Als Nächstes sagst du besser ›April April‹, du Wichser.«

»Meinst du, so ein Antrag auf Straferlass ist billig?«, fragt Roger. »Du kannst dich bei Meldrun bedanken, der hat jede einzelne Stunde berechnet. Von den Richtern und Kongress-abgeordneten mal ganz zu schweigen. Alle halten die Hand auf. Und Taylor? Glaubst du, die ist nicht jede zweite Woche vorbeigekommen? Übrigens hab ich sie nie zweimal im sel-ben Kleid gesehen. Du liebe Zeit, und ich hab gedacht, meine Frau würde viel shoppen. Außerdem hast du ein Kind, John, auf einer privaten Schule –«

»Damit ist jetzt Schluss.«

»Wie auch immer«, sagt Roger, »ich hab jedenfalls mein Bestes für dich getan. Das haben wir alle. Du bist frei. Genieß dein Leben.«

»Zahl mich aus.«

»John, du willst nicht –«

»Zahl mich aus.«

274

John zieht in ein kleineres Haus und schickt »Chon« auf die öffentliche Schule.

Dann besucht er einen alten Freund und steigt wieder ins Marihuana-Geschäft ein, kontaktiert einen anderen alten Freund und nimmt für dreihunderttausend Ware in Kommis-sion.

Aber es dauert, das alles zu verticken.

Es dauert, auf dem Markt Fuß zu fassen.

Ungefähr drei Wochen nach Johns Wiedereinstieg ging Chon die Brooks Street entlang, als ein Wagen neben ihm heranrollte und ihn ein Typ aufforderte, einzusteigen. Sie brachten ihn auf eine alte Ranch draußen in Hemet und behielten ihn dort, bis John bezahlt hatte, was er schuldig war.

Dreihunderttausend.

Chon war einen ganzen Monat lang da draußen, hatte eigentlich viel Spaß, blätterte in der *Penthouse*, klaute seinen Entführern Kippen und bretterte mit einem Quad übers Gelände, dann kam Big John persönlich vorbei und holte ihn ab.

»Siehst du, wie sehr ich dich liebe?«, fragte Big John, als sie im Wagen saßen.

»Siehst du, wie sehr mich das interessiert?«, erwiderte Chon und streckte ihm den Stinkefinger entgegen.

Big John schlug ihm ins Gesicht.

Fest.

Chon zuckte mit keiner verfluchten Wimper.

Eine Woche später geht John eine Straße entlang, als ein Wagen heranfährt und *er* aufgefordert wird, einzusteigen. Sie bringen ihn runter nach Mexiko.

275

Bis ganz runter, vorbei an TJ, Rosarito und Ensenada, die ganze Baja-Halbinsel runter.

John denkt, er kriegt eine Kugel in den Hinterkopf, aber dann fahren sie einen Hügel rauf und über den Gipfel, und dann steht da ein großes Haus, umgeben von einer Lehmmauer, und sie fahren durch das Tor auf das Gelände.

Der Doc kommt zur Tür heraus.

Kein Hemd, weite khakifarbene Cargo-Shorts, Sandalen.

Umarmt John wie einen lange verschollenen Sohn.

»Du hättest mich einfach anrufen können«, sagt John.

»Wärst du gekommen?«

»Nein.«

»Hab ich mir gedacht.«

Für einen Toten sieht der Doc gut aus. Ein paar weiße Strähnen im Haar, dessen Ansatz einige Zentimeter die Stirn raufgewandert ist. John hat ihn über zehn Jahre nicht gesehen – seit dem getürkten Selbstmord und Docs Abtauchen ins »Zeugenschutzprogramm«.

»Ich hab gedacht, du verkaufst Aluminiumverkleidungen in Scottsdale«, sagt John.

»Scheiß drauf«, sagt der Doc. »Hab mich bei der ersten Gelegenheit aus dem Staub gemacht und bin hier runtergezogen. Freiheit ist kostbar, mein Sohn.«

»Was du nicht sagst«, sagt John. »Du hast mich verraten, Doc.«

Der Doc schüttelt den Kopf. »Ich hab dich geschützt. Bobby und die anderen Arschgesichter wollten dich umbringen. Ich hab dich da rausgeholt, in Sicherheit gebracht.«

»Zehn Jahre, Doc. Meine Frau ist weg, mein Sohn ist mir fremd –«

»Du hast sie doch beide nie gewollt«, sagt der Doc. »Sei ehrlich.«

»Was willst du, Doc?«

»Ich will dir helfen. Was gutmachen.«

»Wie?«

»Du hast weiter dran geglaubt, Johnny«, sagt der Doc. »Du bist mir treu geblieben. Du bist wie mein eigenes Fleisch und Blut. Ich will dich ins Boot holen. Scheiße, ich muss dich ins Boot holen.«

276

Wenn du einfach so weitermachst wie früher, dann kackst du ab, erklärt ihm der Doc. Deshalb sind wir aufgeflogen, damit haben wir uns in die Scheiße geritten.

Das ist ein Spiel für Verlierer, es endet immer so.

Wir handeln nicht mehr mit Drogen.

Wir handeln mit Gebieten.

277

»Und wofür brauchst du mich?«, fragt John, nachdem es ihm der Doc erklärt hat.

»Ich brauche jemanden, dem ich da oben trauen kann«, sagt der Doc. »Jemanden, der sich ums Tagesgeschäft kümmert. Ich meine, ich kann nicht nach *el norte* kommen, ich lebe hier unten wie ein scheiß Napoleon.«

»Ich bin vorbestraft«, sagt John.

»Als John McAlister«, sagt der Doc. »Besorg dir eine neue Identität. Fünf von mir aus, wen interessiert's? Ist ganz einfach. Zieh eine Scheinfirma auf, lass es aussehen, als würde sie Gewinn abwerfen, und bleib unterhalb des Radars. John, wir reden hier von richtig viel Geld.«

»Und wie kommt das Geld zu dir?«, fragt John. »Ich kann nicht nach Mexiko fahren, ohne dass es auffällt.«

»Das System steht längst«, sagt der Doc. »Es wird eine Art Unternehmensvorstand geben – ein paar von den alten Leuten – die sich um die wichtigen Entscheidungen kümmern.

Aber du wirst der Geschäftsführer. Ist alles schon in die Wege geleitet. Du musst nur einsteigen.«

John steigt ein.

278

Kaum ist Johns Wagen abgefahren, kommt Kim aus dem Haus. Sie sieht wunderschön aus in dem weißen Kaftan mit den aufgestickten Blumen, den langen Haaren, den nackten Füßen.

»Was hat er gesagt?«, fragt sie.

»Was glaubst du wohl?«, fragt der Doc zurück.

Kim schüttelt den Kopf.

»Was?«

»Ich mag ihn nicht«, sagt Kim. »Konnte ihn noch nie leiden.«

»Ich liebe ihn, er ist wie ein Sohn für mich.«

»Du hast ein Kind.«

»Das ich nie sehe.«

»Ich will nicht in Mexiko leben«, sagt Kim. »Ich würde wahnsinnig werden.«

»Ich würde sie gerne mal sehen.«

»Es ist besser so«, sagt Kim, »ich muss bald wieder zurück. Wollen wir reingehen?«

Sie gehen ins Haus und nach oben ins Schlafzimmer. Die Jalousien sind unten, und dank der dicken Mauern bleibt es relativ kühl.

Trotzdem sind sie glitschnass vor Schweiß, als sie sich lieben.

Baja, Mexiko
2005

»Well, Papa, go to bed now, it's getting late,
Nothing we can say will change anything now.«
Bruce Springsteen, »Independence Day«

279

Der Raum ist groß und befindet sich auf einem Felsvorsprung mit Blick auf den Ozean.

Scheinwerfer erleuchten den Strand und die Brandung.

Eine Fußspur führt vom Gelände runter zum Strand, und John sieht auf der Terrasse einige Long-Boards an der Wand lehnen.

Der Doc trägt ein Hawaii-Hemd zu alten khakifarbenen Shorts und Sandalen. Außerdem ein Basecap, mitten in der Nacht.

Er ist eitel, denkt John, will seine hohe Stirn verstecken.

»Wie geht's?«, fragt John.

»Alles wie immer«, erwidert der Doc. »Luxusexil. Ich surfe, ich angle, ich grille Fisch, gucke beschissenes mexikanisches Fernsehen und gehe ins Bett. Mindestens einmal werde ich nachts wach und muss pissen. Ich frag dich lieber nicht, wie's dir geht.«

»Bei uns ist ein bisschen was aus dem Ruder gelaufen.«

»Ach, wirklich?«, sagt der Doc.

Der Doc ist tiefbraun und wirkt dank seines schneeweißen Haars noch dunkler.

332

Es hängt ihm bis auf die Schultern, aber es ist weiß. Tiefe Falten, vor allem an den Augen, vom vielen In-die-Sonne-Blinzeln.

Er sieht aus wie ein alter Surf-Dude.

»Ich hab hier unten schon genug verfluchte *agita*«, sagt der Doc. »Die ganze Sache mit dem Kartell.«

»Ich denke immer noch, es war ein Fehler, zu den Berrajanos zu wechseln.«

»Die werden gewinnen«, sagt der Doc, »und ich muss hier unten leben, egal wer auf dem scheiß Thron sitzt. Willst du was trinken? Ich hab Pepsi light und Cola light.«

»Ich bin okay.«

»Wann hat das angefangen, dass man das sagt?«, fragt der Doc, geht zum Kühlschrank und holt eine Cola light raus. »*Ich bin okay* statt *Nein, danke.*«

John hat keine Ahnung. Es ist ihm auch egal.

Doc knackt die Dose und nimmt einen langen Schluck. Dann setzt er sich auf die Couch und sagt: »Wir haben ganz schön was zusammen erlebt, hab ich recht, Johnny?«

»Haben wir, Doc.«

»Das waren vielleicht Zeiten«, sagt der Doc, schüttelt den Kopf und lächelt.

»Gute Zeiten. Dein Sohn, wie nennt der sich?«

Chon.

280

»*John* war ihm wohl nicht gut genug?«, fragt der Doc.

»Weißt du noch, die Sechziger?«, fragt John. »Damals hießen alle Rainbow und Moonbeam und so.«

»Das sind aber nicht mehr die Sechziger«, faucht der Doc. »Wir haben 2005, verflucht, und egal wie sich dein scheiß Junge nennt, er ist ein Problem. Ich sag dir eins, Johnny – ich will meine letzten Jahre damit verbringen, mir mit einem Drink in der Hand am Strand den Sonnenuntergang anzusehen. Ich hab keine Lust, in einer Zelle in Pelican Bay zu sitzen.«

»Ich hab ihm gesagt, dass er sich zurückhalten soll.«

»Er hat zwei von unseren Leuten umgebracht«, sagt der Doc. »Sieht das nach Zurückhaltung aus?«

»Er hat uns die Arbeit abgenommen.«

»Trotzdem waren es unsere Leute«, sagt der Doc. »Wir dürfen nicht den Eindruck entstehen lassen, das wäre okay.«

Er trinkt seine Cola aus, zerdrückt die Dose in seiner großen Hand und wirft sie in den kleinen blauen Abfalleimer mit dem Recycling-Logo drauf. »Du weißt, was passieren muss.«

»Wir reden hier von meinem Sohn, Doc.«

»Deshalb wollte ich zuerst mit dir sprechen«, sagt der Doc. »Rausfinden, wo du in der Sache stehst.«

»Was willst du, meine Erlaubnis?«

»Ich brauche deine Erlaubnis nicht, Johnny«, sagt der Doc und fixiert ihn mit seinem starren Blick. »Es muss passieren. Die einzige Frage ist, ob es nur ihm und seinem Kumpel passiert oder auch dir.«

John sieht ihn einfach nur an.

»Niemand verlangt, dass du selbst abdrückst«, sagt der Doc.

John starrt ihn noch ein paar Sekunden länger an, dann steht er auf.

»Ich bin nicht mal sicher, ob er wirklich mein Sohn ist.«

Er geht raus.

281

Von allen Brüllern, die sich Gott im alten Testament geleistet hat, war das mit Abraham und Isaak der größte.

Die Engel haben sich am Boden gewälzt.

Stöhnend vor Lachen.

Hör auf. Mein Bauch. Ich kann nicht mehr.

282

John öffnet die Beifahrertür und sagt: »Jemand will dich sprechen, vielleicht fällt uns ja was ein«, sagt John.

Er führt Chon ins Haus.

Boland folgt ihnen.

283

In Chons Augen sieht Doc Halliday aus wie ein x-beliebiger alter Sack, der hofft, auch wenn es unwahrscheinlich scheint, ein junges Ding abzuschleppen.

»Ich hab gedacht, du wärst tot«, sagt Chon.

Der Doc grinst.

Sieht John an und sagt: »Der ist so dermaßen dein scheiß Sohn.«

John nickt.

»Ich will, dass mein Freund in Ruhe gelassen wird«, sagt Chon. »Er kann euch nicht schaden.«

Der Doc geht ganz dicht ran an Chon. Sieht ihm lange in die Augen und sagt –

284

```
INNEN - DOCS HAUS IN MEXIKO - NACHT
```

                    DER DOC
Pass auf, Junge, ich hab dich herbringen
lassen, um dich zur Vernunft zu bringen,
weil ich deinen Vater liebe. Wenn ihn etwas
schmerzt, dann schmerzt mich das auch,
verstehst du?

Chon antwortet nicht.

                    DER DOC
Wenn du mir in die Augen sehen und mir
versprechen kannst, dass du verschwindest
und die Sache auf sich beruhen lässt - dann
vaya con Dios.

                    CHON
Was ist mit Ben?

                    DER DOC
Mit wem?

Chon starrt ihn an.

DER DOC
Also, haben wir einen Deal? Ich schenke dir
dein Leben, Junge.

CHON
Behalt es.

285

Der Doc dreht sich zu John um, zuckt mit der Schulter und sagt: »Vielleicht hast du recht. Vielleicht ist er gar nicht dein Sohn.«

»Doch, ist er.«

Er zieht die Pistole und schießt dem Doc mitten in die Stirn.

286

Um's mit Lenny Bruce zu sagen –

»Ab ins Klo – diesmal für immer.«

287

Der Doc schwankt eine Sekunde.

Wie eine Statue, die vom Sockel kippt.

Dann fällt er.

Und während er fällt –

Zieht Boland seine Glock und will John ausradieren.
Hätte er auch, doch plötzlich
wird alles stockdunkel
und ist nur noch
Finsternis und Chaos.

288

Chaos, gr. *kaos*: Zustand der Formlosigkeit oder Leere, der der
Schöpfung des Universums vorausgeht.

289

Als ehemalige Elite-Polizisten wissen Lados Männer genau,
was sie zu tun haben. Sie jagen zuerst den Generator in die
Luft und tauchen das gesamte Gelände in Dunkelheit, das
einzige Licht kommt jetzt von den Lampen auf ihren Helmen
und den Nachtsicht-Zielfernrohren auf ihren Gewehren,
dann sprengen sie ein Loch in die Mauer des Anwesens.

Sie bewegen sich mit schnellen Bocksprüngen auf das Haus
zu, ein Team gibt dem anderen Deckung.

In diesem Krieg werden keine Gefangenen gemacht, es ist
ein Krieg, in dem die Eingeweide der Gegner als Infotafel dienen, und obwohl den Berrajano-Männern, die das Gelände
verteidigen, der Doc scheißegal ist, ist ihnen ihr eigenes Leben
ganz und gar nicht scheißegal, und deshalb kämpfen sie wie
die Teufel.

Und sie sind gut.

Sie sind Veteranen der langen mexikanischen Drogenkriege, einige von ihnen haben in Bosnien, im Kongo und in Tschetschenien gekämpft. Kurz gesagt, sie sind Überlebende, und jetzt kämpfen sie wieder ums Überleben, darum, die Nacht zu überstehen, noch mal frühstücken zu dürfen, eine Zigarette zu rauchen, eine Frau zu ficken, ihre Kinder zu umarmen, ein Bier zu trinken, Fußball zu gucken, die Sonne im Gesicht zu spüren – aus dieser dunklen, kalten Nacht herauszukommen.

Aber Lado hat andere Pläne.

Andere Befehle.

Töte den Mann, den sie den Doc nennen, der der Ermordung Filipos zugestimmt hat.

Knall die Berrajanos ab, die ihn bewachen.

Hinterlass eine Nachricht.

Er gibt knappe Anweisungen, obwohl sie überflüssig sind – seine Männer wissen, was sie zu tun haben, sie haben mehr als ein Dutzend solcher Aufträge ausgeführt, sie bewegen sich in kleinen Grüppchen nach vorne, geben kurze effiziente Salven ab, und das geschulte Ohr kann die beiden Seiten anhand der Schusssequenzen unterscheiden, da einige Berrajanos von der Mauer aus schießen und drüberklettern, um zu versuchen, sich durchs Unterholz in Sicherheit zu bringen, während sich andere ins Haus zurückziehen und von den Fenstern aus feuern, in der Hoffnung, das Haus in ein Fort zu verwandeln, das sich verteidigen lässt.

Lado hat nicht die Absicht, dies zuzulassen. Er wird keine unnötigen Opfer unter seinen Leuten in Kauf nehmen, aber notwendige schon, und jetzt schickt er Männer mit Sprengladungen zur Haustür. Zwei erwischt es auf offener Strecke direkt vor der Tür, aber einer schafft es, befestigt die Sprengladung, entfernt sich im Krebsgang und legt sich flach auf den

Boden, als das Ding explodiert und die schwere Holztür zertrümmert.

Sie hängt in den Scharnieren wie ein Betrunkener im Türrahmen, und Lados Team stürmt ins Haus.

290

Schneider und Pérez kommen in der Brooks Street die Treppe hoch und stehen vor Bens Wohnung.

Pérez schickt Schneider nach hinten und tritt selbst an die Tür.

Hinter dem Rücken hält er die Pistole.

Er klingelt.

291

Chon robbt über den Boden.

Indem er seinen Blick fünfzehn Grad nach links wendet, schneidet er den Hinterhauptnerv ab, der verantwortlich ist für die Unterscheidung von Farben, so dass er jetzt im Dunkeln ein bisschen besser sehen kann, gerade gut genug, um Boland auf dem Boden zu entdecken, die Hände an seiner Maschinenpistole.

Chon erreicht ihn, wirft ein Bein über den Mann, als wollte er ein Pferd besteigen, und rollt dann herum, so dass er auf dem Rücken liegt und Boland auf ihm. Chon legt ihm den Unterarm auf die Kehle, mit der anderen Hand fixiert er sein Genick. Er schlingt die Füße wie eine Schlange um Bolands

Knöchel, zieht sie anschließend nach hinten und dehnt ihn wie auf einer Streckbank.

Dann erwürgt er ihn.

Chons Muskeln spannen sich an und ermüden rasch, während Boland bockt, um sich schlägt und die Arme wegzuziehen versucht, aber Chon hält fest, bis Bolands Schließmuskel und Blase nachgeben und der Mann zur Leiche wird.

Chon nimmt die Glock, bewaffnet fühlt er sich besser, aber wogegen kämpft er? Gegen wen? Kugeln zischen über seinen Kopf hinweg, er hört sie ins Holz und in den Putz schlagen, hört Schreie und Stöhnen, das alles ist ihm vertraut, nur ist er es gewohnt, auf der anderen Seite der tödlichen Gleichung zu stehen, von draußen hereinzukommen, nicht drinnen zu sein und in der Falle zu sitzen wie ein Zivilist, ein Kollateralschaden in einem Krieg zweier unbekannter Gegner. Er kann keinen Berrajano von einem Lauter unterscheiden, für ihn sind sie alle Mexikaner, und so tappt er in jeder Hinsicht im Dunkeln. Er weiß nur, dass er dadurch vielleicht eine Chance hat, irgendwie hier rauszukommen, doch dann fällt ihm ein, dass er gar nicht alleine ist in diesem Chaos, und er erkennt seinen Vater, der mit dem Gesicht nach unten auf dem Boden liegt, die Arme über den Kopf gelegt, um sich vor den Holzsplittern und Glasscherben zu schützen, die hier rumfliegen, die Pistole immer noch in der rechten Hand, reflexhaft den Finger am Abzug, sinnlos lösen sich Schüsse, wieder und wieder, und das Mündungsfeuer blitzt rot, und Chon denkt, sein Vater bringt ihn am Ende noch aus Versehen um, und er kriecht rüber, reißt ihm die Waffe aus der Hand, drückt ihm den Lauf seitlich an den Kopf und sagt:

292

»Pfeif sie zurück.«

John zieht sein Handy aus der Tasche.

Seltsam, wie heutzutage Handyempfang über Leben und Tod entscheidet.

293

Ben macht die Tür auf, und da steht ein Typ mit Handy in der Hand.

»Hi«, sagt Ben.

»Hey«, sagt der Mann. »Hab wohl die falsche Tür erwischt. Ich suche Jerry Howard?«

»Ich glaube, da sind Sie wirklich falsch.«

»Entschuldigen Sie die Störung.«

»Kein Problem.«

294

Chon schreit über den Krach hinweg: *Zeit zu verschwinden, mach, was ich mache,* und er fängt an zu kriechen, sein Vater hinterher, wobei als Faustregel gilt, möglichst tief unten zu bleiben, wenn man eine Chance haben will, denn in Wirklichkeit sind wir aus dem formlosen Urschlamm nicht hervorgegangen, wir sind gekrochen.

295

Im Dunkeln sieht man nichts, aber man hört was, also
    verfolgt man den Kampf anhand seines Rhythmus.
    Wie die meisten Gefechte
    endet auch dieses nicht mit donnerndem Crescendo
    sondern mit vereinzelten Salven
    dann verirrten Schüssen
    dann Stille.
    Es gibt keine Klimax.
    Nur eine Antiklimax, oder besser gesagt
    eine Non-Klimax.
    Lados Männer arbeiten sich durchs Haus.
    Gang für Gang
    Tür für Tür
    Raum für Raum
    systematisches Töten
    systematisches Sterben
    und dann ist es vorbei.

296

Chon schafft es raus in den Hof.
    Sein Vater kriecht hinter ihm her.
    Es gibt eine Chance, und es ist nur eine Chance, dass sie es
bis zum Wagen schaffen und aus dem Chaos ausbrechen können, obwohl Chon das Feuergefecht abflauen hört und weiß,
dass es mit dem schützenden Chaos gleich vorbei ist, dass sich
das Fenster schließt, aber die Chance ist da, und er will gerade

seine Beine anziehen und aufstehen und auf den Wagen zu-
laufen, als er das Rattern der Rotorblätter des Helikopters
hört und ihn das Licht der Scheinwerfer trifft.

297

Oben
schwebt der Suchscheinwerfer
erleuchtet das Schlachtfeld.
Das Licht blendet, Chon sieht nichts, hustet, der trockene
Staub, den die Rotoren aufwirbeln und dann der Lautspre-
cher, der Befehl in englischer Sprache:
»Keine Bewegung! Stehen Sie auf, lassen Sie die Waffen
fallen und nehmen Sie beide Hände über den Kopf!«
Was Chon macht.
Er rappelt sich auf, lässt die Waffe fallen und hebt die Hän-
de über den Kopf.
Sieht, dass John dasselbe macht.
Sieht überall um sich herum Exekutionen, schwarzgeklei-
dete Männer, die sich der gegnerischen Verletzten mit Schüs-
sen in den Hinterkopf entledigen, während andere die eige-
nen Verletzten versorgen.
Der Helikopter landet, wirbelt einen Sturm aus Staub auf.
Ein Mann steigt aus, bückt sich unter den Rotorblättern
hindurch. Richtet sich wieder auf und kommt mit einer
Dienstmarke in der ausgestreckten Hand auf sie zu.
»Special Agent Dennis Cain, DEA. Kommen Sie bitte mit.«
Sie folgen ihm zum Helikopter.

298

Lado steht über der Leiche vom Doc.

Dann beugt er sich herunter, schlitzt dem toten Mann den Bauch auf, zieht seine Eingeweide heraus und formt aus dem Darm sorgsam das Wort

Papa

Magdas Wunsch.

299

Als sie im Helikopter sitzen, sagt Chon: »Gib mir dein Telefon.«

John gibt es ihm.

Chon wählt Bens Nummer.

Ben geht beim ersten Klingeln dran.

»Gott sei Dank«, sagt Ben.

»Bist du okay?«

»Mir geht's gut«, sagt Ben. »Und dir?«

»Ja, alles gut«, erwidert Chon. »Und O?«

»Sie ist hier bei mir. Was zum –«

»Erzähl ich dir später«, sagt Chon, »wenn ich dich sehe.«

Er legt auf.

300

»Ich wollte ihn lebend«, sagt Dennis und guckt auf den toten Doc. »Der größte Coup meiner Karriere.«

Lado zuckt mit den Schultern.

»Du lässt dich also vom Kartell bezahlen«, sagt Dennis.

Lado sieht ihn an.

Sagt: »So wie du.«

Fünfhunderttausend dafür, dass er ihn laufen ließ, aber Filipo hatte alles auf Band.

»Du arbeitest jetzt für uns«, sagt Lado. »Ich ziehe in den Norden. Mit meiner Familie. Ich will eine Green Card und als Informant gelistet werden.«

Dennis nickt.

Arbeitsflächen aus Granit sind nicht billig.

301

                   INNEN - HELIKOPTER - TAG

                         JOHN
          Nur, damit das klar ist - zwischen uns
          ändert das gar nichts.

                         CHON
          Hab ich auch nicht gedacht.

JOHN

Du machst dein Ding, ich meins. Wenn wir uns
auf der Straße begegnen, nicken wir uns zu
und gehen getrennte Wege.

CHON

Klingt gut.

*Sie sitzen da und sehen zu, wie Dennis Cain
in den Hubschrauber steigt und das Verladen
von Docs Leiche in einem Leichensack überwacht.*

JOHN

Wir lassen die Vergangenheit vergangen sein.

302

Kein Problem für Chon.
    Aber er weiß
    Die Vergangenheit ist nicht vergangen.
    Sie ist immer bei uns.
    In unserer Geschichte
    Unseren Köpfen, unserer Blutbahn.

303

Julihimmel.

Sonniges, strahlend blaues Kalifornien.

Glückliche Touristen.

Das Kalifornien, für das man bezahlt. Das Kalifornien, das man im Fernsehen und auf den Postkarten sieht. So lässt man es sich schon eher gefallen.

Ben, Chon und O sitzen im Coyote Grill und sehen sich Dennis' Pressekonferenz im Fernseher über der Bar an.

Genial.

Dennis – Rockstar – posiert neben einem vergrößerten Foto vom Doc aus den sechziger Jahren.

»Doc Halliday wollte sich durch die Flucht über die Grenze der Festnahme entziehen und wurde bei dem Versuch getötet«, sagt er. »Damit gelang die endgültige Zerschlagung eines der ältesten und mächtigsten Drogenringe Amerikas, der auch Verbindungen zu den grausamen mexikanischen Kartellen unterhielt.«

»Alles klar?«, fragt Ben O.

»Absolut spitzenmäßig«, sagt sie und guckt sich ihre Jungs an.

Sie weiß, dass man zwei Familien hat – eine, in die man geboren wird, und die andere, die man sich aussucht.

O hat ihre gefunden.

Was sie angeht, war ihr Dad immer schon tot.

Jetzt schaut Dennis betrübt drein. »Leider war auch ein korrupter Polizeibeamter, William Boland, in die Aktivitäten des Rings verwickelt. Er wurde ebenfalls getötet. Zwei weitere Personen, Duane Crowe und Brian Hennessy, töteten sich nach aktuellem Stand der Ermittlungen bei einer Schießerei gegenseitig. Sie gelten als mutmaßliche Täter im Fall der Ermordung von Scott Munson und Traci McDonald.«

Karma, denkt Ben, ist eine knifflige Sache.

Ihres und meins auch.

Ich hab Scott und Traci nicht umgebracht, aber ich bin verantwortlich. Ganz schön viel Karma zum Abstottern.

Vielleicht sollte ich eine Stiftung gründen, in der Dritten Welt helfen. Anfangen, etwas zurückzuzahlen.

Es gibt Dinge, die muss man alleine tragen, denkt Chon und betrachtet die beiden Menschen auf der Welt, die er liebt.

Man trägt sie im Innern.

Man trägt schwer daran, aber man kann's aushalten.

Wie die eigene DNA.

Er guckt wieder zum Fernseher hoch.

»Die endgültige Zerschlagung der Association«, sagt Dennis und blickt in die Kamera, »ist ein entscheidender Sieg im Krieg gegen die Drogen.«

304

»Ich fand, ich sah ziemlich gut aus im Fernsehen«, sagt Dennis. »Meinst du nicht?«

»Du bist ein gutaussehender Mann«, sagt Ben.

Chon sagt nichts.

Sie treffen sich am gewohnten Ort an der Cristianitos Road. Dennis nimmt ein scharfes Hühnchensandwich aus seiner Jack-In-The-Box-Tüte. »Schnelles Mittagessen. Habt ihr was für mich?«

Ben schiebt ihm einen Umschlag zu.

»Am Ersten jeden Monats«, sagt Dennis. »Deine Freundin darf zu spät kommen, du nicht.«

»Solange du uns die DEA vom Hals hältst«, sagt Ben.

»Ja, das ist die Idee.«

»Garantiert?«

»Wenn du Garantien willst, geht zu Midas«, sagt Dennis. Er sieht Chons Falten auf der Stirn, beißt in sein Sandwich und sagt: »Oh Mann! Sieh's mal positiv.«

Er wischt sich den Mund mit einer Papierserviette ab, mustert Ben und Chon von oben bis unten und sagt: »Was gäbe ich dafür, in eurer Haut zu stecken. Ihr habt alles. Ihr seid jung, habt Geld, coole Klamotten, schöne Mädchen. Alles. Ihr seid Könige.«

305

Das sind wir, denkt Ben.

Danksagung

Ich möchte Jonathan Karp für seine Unterstützung und seinen Glauben an mich und dieses Buch danken, Jofie Ferrari-Adler für sein intelligentes Lektorat, Richard Rhorer und seinem Team für die Vorbereitung der Veröffentlichung von *Savages* und *The Kings of Cool*. Ich danke allen bei Simon & Schuster für ihre Arbeit und ihre Unterstützung.

Mein Dank gilt The Story Factory sowie Joe Cohen, Matthew Snyder, Todd Feldman, Risa Gertner und Jon Cassir von CAA.

Außerdem möchte ich Deborah Randall, Toni Boim, Chris Kubica und Emily Horng danken, die sich hinter den Kulissen um kaufmännische, juristische und Social-Media-Angelegenheiten sowie die Betreuung meiner Website gekümmert haben.

Eine Reihe von Menschen haben mir ihre Geschichten über die alten Zeiten in Laguna anvertraut, und ich würdige sie am besten dadurch, dass ich ihre Namen unerwähnt lasse. Sehr geholfen hat mir auch die Lektüre zweier Sachbücher, *Orange Sunshine* von Nick Schou und *The Brotherhood of Eternal Love* von Stewart Tendler.

Meine Wertschätzung und Dankbarkeit gelten wie immer meinem Sohn Thomas und meiner Frau Jean, für ihre Geduld, Ermutigung, Unterstützung und die Mahlzeiten, die sie mir hin und wieder an den Schreibtisch gebracht haben.

Schließlich möchte ich meinen Fans danken, sowohl den Lesern, die mir seit zwei Jahrzehnten die Treue halten, als auch denen, die neu dazugekommen sind. Bitte folgen Sie mir auf Twitter: @donwinslow.

DER AUTOR **DON WINSLOW**

Don Winslow wurde 1953 in der Nacht zu Halloween in New York geboren. Kindheit und Jugend verbrachte er in South Kingstown, Rhode Island, einer Kleinstadt am Atlantik. Die Geschichten, die ihm sein Vater von seiner Zeit bei der Marine erzählte, beflügelten seine Fantasie und erweckten in ihm den Wunsch, eines Tages Schriftsteller zu werden.

Schon früh kam Winslow mit den Themen und Figuren in Berührung, die später eine so prominente Rolle in seinen Büchern spielen sollten. Einige Mafiagrößen des Patriarca-Syndikats lebten in seiner Nachbarschaft, und seine eigene Großmutter arbeitete Ende der Sechziger für den berüchtigten Mafiaboss Carlos Marcello, den mutmaßlichen Drahtzieher des Kennedy-Attentats, der den späteren Autor mehrere Male zu sich einlud.

Nach seinem Schulabschluss kehrte Don Winslow in seine Geburtsstadt New York zurück. Bevor er mit dem Schreiben begann, verdiente er sein Geld unter anderem als Kinobetreiber, als Fremdenführer auf afrikanischen Safaris und chinesischen Teerouten, als Unternehmensberater und immer wieder als Privatdetektiv.

Auch als Schriftsteller ist Don Winslow unermüdlich. Jeden Morgen um fünf setzt er sich an den Schreibtisch. Mittags läuft er sieben Meilen, in Gedanken immer noch bei seinen Figuren, um dann am Nachmittag weiterzuarbeiten. Dabei schreibt er mindestens an zwei Büchern gleichzeitig. Schreibblockaden kennt er nicht, im Gegenteil: Winslow sagt von sich, dass er bislang nur fünf Tage durchgehalten habe, ohne zu schreiben. Es ist eine Sucht, die bis heute ein Werk hervorgebracht hat, dessen Qualität, Vielseitigkeit und Spannung Don Winslow zu einem der ganz Großen des zeitgenössischen Krimis machen. Oliver Stones *Savages*, die Verfilmung von *Zeit des Zorns* mit Blake Lively, John Travolta, Salma Hayek und Benicio Del Toro, für die Winslow selbst das Drehbuch schrieb, ist nur der vorläufige Höhepunkt einer grandiosen Karriere. *Kings of Cool*, das zum Filmstart erscheinende Prequel zu *Zeit des Zorns*, zeigt: Winslow wird immer besser!

DIE BOONE-DANIELS-SERIE

Boone Daniels lebt, um zu surfen. Jeden Morgen bei Tagesanbruch ist er am Strand von San Diego, Kalifornien, und erwartet die großen Wellen. Nebenbei übernimmt er als Privatdetektiv ein paar Jobs – eigentlich will er sich nur ein bisschen Geld dazuverdienen, doch bald wird er in Fälle hineingezogen, die sein eigenes Leben stärker betreffen als gedacht. Don Winslow beschwört in dieser Serie das kalifornische Lebensgefühl der Surfer, schreckt nicht vor der kompromisslosen Darstellung von Gewalt zurück und bleibt dabei seinem temporeichen und unverwechselbar witzigen Ton treu. Bisher sind zwei Teile erschienen. Die Serie wird fortgesetzt.

»Boone Daniels ist eine Art surfender Philip Marlowe.«
Focus Online

Pacific Private *(2009)*
(amerikanisches Original: The Dawn Patrol, *2008)*
Gerade als Riesenbrecher auf Pacific Beach zurollen, wie sie nur alle paar Jahre vorkommen, wird Boone Daniels in einen Fall verwickelt, der auch ein dunkles Kapitel seiner Vergangenheit betrifft. Was als harmloser Versicherungsbetrug beginnt, führt zurück zu einem Fall, der ihn vor Jahren dazu brachte, seinen Job als Polizist aufzugeben – und der sein Gewissen bis heute belastet. Damals ist ein junges Mädchen entführt und getötet worden. Jetzt hat er unverhofft die Chance, Rache zu üben.

»Ein Krimi wie ein Tsunami.« *Die Welt*

»Winslows Roman reißt den Leser mit wie die Monster-
welle die Surfer von Pacific Beach.« *Spiegel Online*

»Möglicherweise der beste Sommerkrimi aller Zeiten.«
San Francisco Chronicle

Pacific Paradise *(2010)*

(amerikanisches Original: The Gentlemen's Hour, *2009)*
Im zweiten Buch der Serie wird Boone Daniels von
einem alten Freund gebeten, seine Frau zu überwachen
– ein Auftrag, den Boone lieber nicht annehmen würde.
Kurz darauf erfährt er, dass ein Profisurfer aus Hawaii
kaltblütig erschlagen wurde – es scheint, als würden die
Lokalmatadore ihren Strand mit brutaler Gewalt verteidigen. Und während Boone gegen die eigenen Freunde
ermitteln muss, wird das Wasser um ihn herum immer
tiefer und tödlicher …

DIE SAVAGES-ROMANE

Als *Zeit des Zorns* erschien, war sich die amerikanische
Presse einig: Dieses Buch macht Don Winslow endgül-
tig zu einem der weltbesten Krimi-Autoren. Noch hals-
brecherischer war das Tempo, noch spürbarer waren die
harten Kanten des Textes, noch unversöhnlicher die Geschichte. Am Ende steht ein Buch, das die Maßstäbe
von Spannung und Unmittelbarkeit sprengt und den
Leser atemlos zurücklässt. Die Verfilmung von Oliver
Stone, für die Winslow gemeinsam mit dem Regisseur

das Drehbuch verfasste, kommt im Herbst 2012 in die Kinos. Zeitgleich erscheint Winslows neuer Roman *Kings of Cool*, der als Prequel von *Zeit des Zorns* angelegt ist und die Geschichte um die zwei jungen Drogendealer Ben und Chon und ihre hinreißende Freundin Ophelia zu einem Epos über die Ursprünge des modernen Verbrechens in Kalifornien ausweitet.

Zeit des Zorns *(2011)*

(amerikanisches Original: Savages, *2010)*

Ben und Chon betreiben ein exklusives Millionengeschäft mit erstklassigem Dope für erstklassige Kundschaft. Sie lieben, was sie tun, und sie lieben Ophelia. Die drei sind ein unschlagbares Team. Doch als sich das mexikanische Baja-Kartell plötzlich für die Leute hinter dem Stoff interessiert, fliehen sie vor dem erzwungenen Joint Venture. Erfolglos. Das Kartell entführt Ophelia. Sie soll erst nach drei Jahren Frondienst oder gegen 20 Millionen Dollar freikommen. Ben und Chon lassen sich nicht drauf ein. Für sie beginnt die Zeit des Zorns und sie führen einen aussichtslosen Kampf gegen einen Feind, der keine Gnade kennt. Sie kämpfen um ihr Leben, ihre Liebe und das Dope.

»Eine Offenbarung.« *Stephen King*

»Ein brillanter Roman.« *Frankfurter Rundschau*

»Ihr Leben dreht sich um Gewalt, Drogen, Waffen und harten Sex – und das sind wohlgemerkt die Guten in diesem sehr harten, sehr schnell erzählten Thriller um eine Liebe zu dritt und die Umverteilung einiger Geschäftsanteile im amerikanischen Drogenmarkt.«

Denis Scheck, *ARD Druckfrisch*

»*Zeit des Zorns* bietet etwas ganz Rares im zeitgenössischen Krimi: einen unverwechselbaren Sound.«

Spiegel Online

»*Zeit des Zorns* katapultiert Mr. Winslow in eine neue Liga.« Janet Maslin, *The New York Times*

Kings of Cool *(2012)*

(*amerikanisches Original:* The Kings of Cool, *2012*)

Im Prequel zu *Zeit des Zorns* erzählt Don Winslow, wie alles anfing mit der Geschichte von Ben, Chon und Ophelia – und mit dem Drogenhandel im Süden Kaliforniens. Und während die drei ihr Geschäft gegen korrupte Bullen und die Machenschaften anderer Dealer verteidigen, müssen sie schmerzhaft erfahren, dass ihre Zukunft untrennbar mit der Vergangenheit und den Sünden ihrer Eltern verbunden ist. Was folgt, ist ein blutiger Kampf der Generationen.

STANDALONES

Die Standalones – eigenständige, nicht seriell fortge-
setzte Krimis – bilden den zweiten Teil von Don
Winslows Werk. Gemeinsam mit den Serien fügen sie
sich zu einem überwältigenden fiktionalen Panorama
und zu einer abgründigen, faszinierenden Geschichte
des ewig sonnigen Kaliforniens.

Frankie Machine *(2009)*

(amerikanisches Original: The Winter of Frankie Machine, *2006)*
Alle mögen Frank, den Mann vom Angelladen. Sympa-
thisch, pensioniert und immer noch mit dem Surfbrett
unterm Arm, ist er eine feste Stütze des Strandlebens
von San Diego. Doch der Traum vom Ruhestand findet
ein jähes Ende, als ihn Schatten aus der Vergangenheit
heimsuchen und er sein altes Handwerk aufnehmen
muss. Frank Macchiano wird zu Frankie Machine, dem
gnadenlos effizienten Mafiakiller.

»Ein weiterer Klassiker.« *Lee Child*

»*Frankie Machine* ist poetisch, brutal, hypnotisierend
und einfach unglaublich gut.«   *Ken Bruen*

Tage der Toten *(2010)*

(amerikanisches Original: The Power of the Dog, *2005)*
Nachdem sein Mitarbeiter zu Tode gefoltert wurde,
schwört der US-Drogenfahnder Art Keller Rache und
startet einen gnadenlosen, blutigen Feldzug gegen die
mexikanischen Drogenbarone. Zu spät bemerkt er, dass

er sich damit neue Feinde macht – und die sitzen in Washington. Vor die Wahl gestellt, seiner Regierung zu dienen oder seinem Gewissen zu folgen, trifft er eine einsame Entscheidung – und stößt dabei auf unverhoffte Verbündete.

Jahrelang recherchierte Don Winslow für dieses Buch, sprach mit Polizisten, Mitgliedern der Kartelle und deren Opfern. Was steht hinter der mexikanischen Gewalt? Was treibt diese blutige Hölle immer wieder an? Don Winslows literarische Antwort auf das Unfassbare ist ein monumentales Epos und »das Buch des Jahrzehnts« (Lee Child). *Tage der Toten* gilt als eines der Meisterwerke der Spannungsliteratur, ist in mehr als 20 Sprachen übersetzt und Gewinner des Deutschen Krimipreises 2011.

»Ein Meisterwerk.« *Der Stern*

»Ein grandioses, ein blutiges Epos.«
Frankfurter Allgemeine Sonntagszeitung

»Ein Epos wie *Der Pate*.« *Andrew Vachss*

»Vom ersten, herzzerreißenden Satz an war ich süchtig nach diesem Buch.« *Ken Bruen*

Bobby Z *(2011)*
(amerikanisches Original: The Death and Life of Bobby Z, *1997)*
Tim Kearney hatte es sich anders vorgestellt, in die Rolle eines legendären Surfers und Drogendealers zu schlüpfen. Die Vereinbarung mit den Ermittlern schien simpel,

und es war sowieso die letzte Chance, dem Knast mit den rachsüchtigen Hells Angels zu entkommen. Doch kaum ist aus ihm der lange verschollene Bobby Z geworden, jagt ihn ein Haufen irrer Killer quer durch Kalifornien. Sein einziger Verbündeter: ein Sechsjähriger, der fest davon überzeugt ist, Tims Sohn zu sein. Ein wahrer Winslow-Klassiker.

»*Bobby Z* ist ein typischer Winslow-Plot: witzig, schnell, bunt, brutal. Schnelle Wendungen, schräge Figuren, bissige Dialoge. Harte Syntax. Man schlürft solche Geschichten so schnell weg wie drei Coronas.« *Stern*

»*Bobby Z* hat, was man für einen kurzweiligen, actiongeladenen Thriller braucht – und noch mehr.« *Focus.de*

Sprache des Feuers *(2012)*
(amerikanisches Original: California Fire and Life*, 1999)*
Jack Wade war der Star der Abteilung für Brandstiftung im Orange County Sheriff Department, bis ein Skandal ihn seine Karriere kostete. Für seinen neuen Arbeitgeber ermittelt er in einem Versicherungsfall: Das Anwesen des Immobilienmoguls Nicky Vale ist bis auf die Grundmauern abgebrannt – mitsamt seiner jungen Frau Pamela. Aber Jack Wade glaubt nicht an einen Unfall mit zu viel Wodka und Zigaretten. Er kennt die Sprache des Feuers. Und macht sich auf Spurensuche.

»Ein raffinierter, heftiger Thriller.« *Julian Barnes*

Don Winslow
Zeit des Zorns
Roman
Aus dem Amerikanischen
von Conny Lösch
st 4300. Klappenbroschur
(978-3-518-46300-0)
Auch als eBook erhältlich

Ben und Chon betreiben ein exklusives Millionengeschäft mit erstklassigem Dope für erstklassige Kundschaft. Sie sind Yin und Yang, Gegensätze, die sich ergänzen. Sie lieben, was sie tun, und sie lieben Ophelia. Die drei sind ein unschlagbares Team: Ben investiert in Hilfsorganisationen, Ophelia bringt den Kreislauf des Geldes in Schwung, und Chon hält ihnen allen Ärger vom Hals. Doch nun macht das mexikanische Baja-Kartell ihnen ein Angebot, zu dem sie besser nicht nein sagen sollten. Aber Ben und Chon sagen nein. Und sie schlagen sich gut. Bis das Kartell Ophelia entführt. Um sie zu retten, sind Ben und Chon bereit, bis zum Äußersten zu gehen – gegen einen Feind, der keine Gnade kennt.

»Eine Offenbarung.« Stephen King

suhrkamp taschenbuch

Weitere Informationen erhalten Sie unter www.suhrkamp.de
oder in Ihrer Buchhandlung.

Don Winslow
Tage der Toten
Roman
Aus dem Englischen von
Chris Hirte
st 4340. 689 Seiten
(978-3-518-46340-6)
Auch als eBook erhältlich

Mit großem Tatendrang hat sich der US-Drogenfahnder Art Keller dar-
angemacht, in die Strukturen der mexikanischen Drogenmafia einzu-
dringen – mit Erfolg. So viel Erfolg, dass die Drogendepots reihenweise
auffliegen und die Narcotraficantes die Jagd auf ihn eröffnen.
Nachdem sein Mitarbeiter von den Gangstern zu Tode gefoltert wurde,
schwört Art Keller Rache und startet einen gnadenlosen, blutigen Feldzug gegen die Drogenbarone. Zu spät bemerkt er, dass er sich damit
neue Feinde macht – und die sitzen in Washington.
Was als ›Iran-Contra-Affäre‹ in die Geschichte einging, erlebt Keller als
gigantisches Drogen-, Geldwäsche- und Waffengeschäft. Vor die Wahl
gestellt, seiner Regierung zu dienen oder seinem Gewissen zu folgen,
trifft er eine einsame Entscheidung – und stößt dabei auf unverhoffte
Verbündete.

»Das Buch des Jahrzehnts.« Lee Child

suhrkamp taschenbuch

Weitere Informationen erhalten Sie unter www.suhrkamp.de
oder in Ihrer Buchhandlung.

Don Winslow
Die Sprache des Feuers
Roman
Aus dem Amerikanischen
von Chris Hirte
st 4350. Klappenbroschur
(978-3-518-46350-5)
Auch als eBook erhältlich

Jack Wade war der Star der Abteilung für Brandstiftung des Orange County Sheriff Department, bis ihn eine angebliche Falschaussage die Karriere kostete. Dass sein Kollege Bentley die Finger im Spiel hatte, ist eine andere Geschichte. Für seinen neuen Arbeitgeber, die »California Fire & Life«, ermittelt er in einem Versicherungsfall: Das Anwesen des Immobilienmoguls Nicky Vale ist bis auf die Grundmauern abgebrannt – mitsamt seiner jungen Frau Pamela. Auch Bentley war schon am Tatort. Er tippt auf zu viel Wodka und eine brennende Zigarette. Aber Jack Wade kennt die Sprache des Feuers …

»Ein raffinierter, heftiger Thriller.«
Julian Barnes

suhrkamp taschenbuch

Weitere Informationen erhalten Sie unter www.suhrkamp.de
oder in Ihrer Buchhandlung.

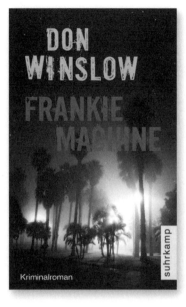

Don Winslow
Frankie Machine
Kriminalroman
Aus dem Amerikanischen von
Chris Hirte
st 4121. 365 Seiten
(978-3-518-46121-1)
Auch als eBook erhältlich

Frank Macchiano ist ein geschiedener Kleinunternehmer, ein leidenschaftlicher Liebhaber und eine feste Stütze des Strandlebens von San Diego – der Mann vom Angelladen, den alle mögen und der immer noch gerne surft, obwohl er nicht mehr der Jüngste ist. Er ist auch ein Mafiakiller im Ruhestand: Frankie Machine, bekannt für gnadenlose Effizienz. Er hat das Geschäft hinter sich gelassen, und so soll es auch bleiben. Doch dann holt ihn die Vergangenheit ein: Jemand will ihn töten, und Frankie Machine muss ihn zuerst finden. Das Problem: Die Liste der Verdächtigen ist länger als die kalifornische Küste …

»Dieses Buch erwischt einen, wie die Welle den
Surfer erwischt, wenn er eine Sekunde nicht auf-
gepasst hat: mit alles verschlingender Wucht.«
Süddeutsche Zeitung

suhrkamp taschenbuch

Weitere Informationen erhalten Sie unter www.suhrkamp.de
oder in Ihrer Buchhandlung.